왜 고기를
veganism
안 먹기로 한 거야?

LES ANIMAUX NE SONT PAS COMESTIBLES

By Martin Page

© Editions Robert Laffont S.A., Paris, 2017

All rights reserved.

Korean translation copyright © 2019 by Slow & Steady Publishing Co.

왜 고기를
veganism

안 먹기로 한 거야?

마르탱 파주 **Martin Page** 지음 | 배영란 옮김

관대하고 흥미로운 지적 혁명, 비거니즘!

LES ANIMAUX NE SONT
PAS COMESTIBLES

황소걸음
Slow&Steady

일러두기

1. 단행본과 잡지는 《 》로, 논문과 신문은 〈 〉로 표기했습니다.
2. 국내에 번역·출간된 단행본이나 논문은 번역 제목에 원제를 병기하고, 출간되지 않은 단행본이나 논문은 원제에 번역 제목을 병기했습니다.
3. 비거니즘 관련 용어는 프랑스어 대신 영어를 썼습니다.
4. 지은이 주는 각주[1]로, 옮긴이 주는 각주[*]로 처리했습니다.

헌사

인간을 포함한 모든 동물을 애정 어린 시선으로 바라보는 이들에게 이 책을 바친다. 바르고 감성적이고 정 많고 쾌활한 사람들과 몰지각한 기준은 지키지 않으려는 사람들에게도 이 책을 바치고 싶다.

아울러 순간순간 목숨을 잃는 수많은 생명에게도 이 책을 바친다. 내가 먹은 고기 한 입과 우유 한 모금과 달걀 한 개로, 내가 사용한 가죽 제품으로, 새끼를 어미에게서 떼어놓은 내 행위로, 고통 받고 죽어간 동물에게 이 책을 바친다. 그들에게 용서를 구한다. 단 하루도 잊은 날 없이 그들을 생각하고 또 생각한다. 마음속으로 자책하려는 게 아니라, 잊지 않고 있다는 사실을 되뇌기 위해서다. 나는 이런 생각 덕분에 오늘도 투쟁할 힘을 얻는다.

"우리는 사회의 해방 못지않게 사고의 해방에 대해서도 이야기해야 한다."

앤절라 데이비스Angela Davis

"나는 대의를 위한 투쟁이 곧 삶과 즐거움을 포기하는 것을 의미한다고는 생각지 않는다."

엠마 골드만Emma Goldman

"한 번도 해본 적이 없는 일이니 반드시 해봐야 할 수 있다고 생각해, 난."

말괄량이 삐삐Pippi Långstrump

"감정적인 사람이라고 무조건 멸시해선 안 된다. 감정적인 사람은 자신의 나약한 모습이나 무력하고 무능한 모습을 내보일 수도 있고, 체통을 지키지 못할 수도 있다. 두 눈이 울기 위해 달린 것이냐는 비아냥거림이나 그렇게 나약해서 이 험한 세상을 살아가겠냐는 핀잔을 들을 수도 있다. 하지만 이런 딱한 모습이 결코 핀잔이나 조롱의 대상이 돼선 안 된다. 오히려 체면 구길 위험을 무릅쓰고 감정을 드러낸 사람은 그만큼 솔직하게 행동한 셈이다. 자신의 감정을 있는 그대로 드러내는 일은 상황에 따라 용기 있는 행동일 수 있다."

조르주 디디-위베르망Georges Didi-Huberman

V E G A N I S M

채식주의자의 단계별 명칭

★ 세미 베지테리언semi vegetarian : 동물성 식품 가운데 소고기나 돼지고기 등
  붉은 살코기를 먹지 않는 사람.

★ 페스코 베지테리언pesco vegetarian : 동물성 식품 가운데 어류는 먹지만,
  육류는 먹지 않는 사람.

★ 락토 오보 베지테리언lacto ovo vegetarian : 동물성 식품 가운데 달걀과 유제품은
  먹지만, 육류와 어류는 먹지 않는 사람.

★ 락토 베지테리언lacto vegetarian : 유제품은 먹지만, 그 밖의 동물성 식품은
  먹지 않는 사람.

★ 비건vegan : 모든 동물성 식품을 먹지 않고, 채소와 과일만 먹는 사람.

비거니즘이란?

비거니즘veganism은 동물성 식품과 동물을 착취해 만든 제품 일체를 소비하지 않으면서 동물 해방을 위해 노력하는 철학이며, 인간이 아닌 다른 생명도 이 땅에서 살아가도록 자리를 내주고 그들과 더불어 사는 삶의 한 방식이자 세상을 바꾸는 정치적 운동이다.

비건은 수천 년 동안 동물을 식재료나 물건 취급하며 착취 가능한 자원 정도로 여기던 인간의 태도에 문제를 제기하고, 동물원과 동물 서커스, 투우, 사냥 등 인간이 취미로 동물을 이용하는 데 반대한다. 동물에 대한 사회정의가 지켜지고, 동물이 예속에서 벗어날 수 있도록 노력하며, 동물성 식품과 제품에 대안이 있음을 널리 알리고, 새로운 대안을 찾기 위해 힘을 모은다.

V E G A N I S M

비거니즘이라는
지적 혁명

비건이 된다는 건 굉장히 창의적인 정치적 모험이다. 비건으로 살려면 꽤 용기도 필요하고, 힘들 때도 많다. 그렇다고 수도자처럼 사는 건 절대 아니다.

다행히 우리는 굳이 동물을 죽이지 않아도 잘 먹고 잘 살 수 있는 시대에 태어났다. 우리는 동물권을 보장해도 입고 먹는 문제를 어렵지 않게 해결할 수 있다. 그런데도 여전히 비건은 극소수다. 비건이 되려면 그동안 우리가 당연하게 여기던 생활 방식을 바꾸고, 뿌리 깊은 문화적 관습에서 벗어나야 하기 때문이다. 게다가 농식품 산업과 보수주의 정권에도 반기를 들어야 한다. 도축장에서 일어나는 무자비한 행위를 알면 누구라도 동물을 불쌍히 여기고 분개하지만, 돌아서면 그만이다. 너무 쉽게 잊는다.

비거니즘은 동물에 대한 연민과 공감을 넘어, 지금까지 지속된 문명의 변화를 추구한다. 최근 동물 해방 논의가 확산되

는 것도 비단 동물 때문은 아니다. 공장식 사육으로 지구온
난화가 가속하고, 인간에게 옮을 수 있는 신종 가축전염병이
발생하는 등 오늘날 우리 삶의 방식은 인류의 생존까지 위협
하고 있다.

물론 고기를 좋아하는 사람이나 가죽 가방을 즐겨 드는
사람이 이 책을 읽자마자 고기를 끊고 가죽 가방을 포기하리
라고는 생각지 않는다. 책에서 자극을 받아 곧바로 근본적인
변화를 추구하는 사람도 있겠지만, 대체로 변화는 서서히 찾
아온다. 비건이 되고 싶지 않은 사람, 사정상 비건이 될 수 없
는 사람이라도 우리와 뜻을 함께해주면 좋겠다. 어떤 식으로
생각하고 말하느냐가 중요하다. 동물을 대하는 문제적 행동
도 대개 말과 생각으로 정당화하기 때문이다. 늘 해오던 행동
을 바꾸기는 어려운 일이지만 말과 생각을 바꾸기는 그보다
훨씬 쉽고, 변화를 위해 가장 중요한 첫걸음이다. 말과 생각
을 바꾸면 행동은 자연히 따라오게 마련이다.

고대에도 전조가 없었던 건 아니지만, 비거니즘은 비교적
최근에 일어난 운동이다. 인간이 인간을 착취한 경우가 그랬
듯이, 인간이 동물을 착취한 것 역시 근절하기 대단히 어렵고

오랜 시간이 걸리는 일이다. 그러나 지금 우리는 여유 부릴 시간이 없다. 해마다 육지 동물 600억 마리와 바다 동물 1조 마리가 목숨을 잃기 때문이다.

이 책을 쓴 목적은 동물의 참혹한 도축 환경을 고발하는 데 있지 않다. 이 책을 통해 내가 하고 싶은 말은 소와 양, 돼지, 닭, 물고기, 오징어 같은 동물을 좀 더 나은 환경에서 고통 없이 죽여야 한다는 게 아니라, 도살을 멈춰야 한다는 거다. 제 아무리 쾌적한 환경에 감미로운 음악이 흐른다 해도 고통과 슬픔이 없는 도축장은 존재하지 않는다. 차선이나 차악을 말하는 게 아니다. 비거니즘은 단순한 개량보다 근본적이고 정치적인 방향을 추구한다.

동물권 운동가로서 한 가지 주의할 점은 고기 먹는 사람을 죄인 취급해선 안 된다는 거다. 고기를 먹는 사람이 몰지각한 야만인은 아니다. 그저 인습에 젖었거나 익숙한 입맛에 길들여졌을 뿐이다. 오늘날 동물이 처한 비극적인 상황을 알고 마음 아프지 않을 사람은 아무도 없지만, 대부분 이를 외면하기 위한 구실을 찾는다. 오랜 세월 당연하게 받아들이던 관행이나 생활 습관을 바꾸기 어려울뿐더러, 동물성 제품에 애착과

집착도 크기 때문이다. 그러다 보니 동물의 처참한 현실에 고개를 돌리고 다시 전처럼 살아간다.

내가 처음 비건의 길로 접어든 결정적 계기는 미디어에서 참혹한 사육 환경을 접하고 충격을 받아서가 아니다. 물론 그런 끔찍한 장면에 적잖은 충격을 받기도 했지만, 눈앞에 오븐구이 치킨이나 도미가 놓이는 순간 혹은 옷 가게에서 근사한 가죽점퍼를 보는 순간, 충격적인 장면은 머릿속에서 사라졌다. 그런 자극적인 이미지보다 동물도 나름의 고유한 삶이 있는 생명이라는 인식이 결정적이었다. 살고 싶은 마음은 사람이나 동물이나 마찬가지다.

그러니 우리는 동물을 죽여선 안 된다. 제아무리 덜 과격한 방법을 써도 달라지는 건 없다. 잔인하지 않은 방법으로 죽인다는 발상은 우리가 나이프와 포크를 들 때나 가죽 제품을 손에 쥘 때 마음이 덜 불편하기 위한 수단에 불과하며, 인간으로서 당연히 가져야 할 자비로운 마음을 잘라버리는 가장 확실한 방법이기도 하다.

비거니즘은 사회적으로 보편화한 억압을 고발하는 진보적인 윤리 의식이다. 잘못을 비판하는 운동이라기보다 더 나은 삶을 위해 실질적인 해결책을 제안하는 긍정의 철학이다. 나는 비거니즘이 어렵고 경직돼 보일 수 있지만, 얼마나 관대하고 흥미로운 발상인지 널리 알리고 싶다. 채식으로도 얼마든지 맛있게 식사할 수 있다는 사실을 알리고, 비거니즘이 동물 해방은 물론 인간 중심 사고에서 벗어나는 일종의 인간 해방 운동이라는 사실도 일깨우고 싶다.

비거니즘은 지적 혁명이다. 우리는 비거니즘을 통해 전과 다른 방식으로 동물과 세상을 인식하고, 공감하고, 교감하며 창의적으로 새로운 관계를 맺어갈 수 있다.

내 몸의 세포를
하나하나 바꿔가는 여정

나는 남들만큼 하려면 남들보다 많은 노력이 필요한 편이다. 비건이 되는 일도 마찬가지였다. 고기를 완전히 끊기까지 시간이 생각보다 훨씬 오래 걸렸는데, 이는 뭐 하나 빠릿빠릿하지 못한 내 성향 때문만은 아니다. 동물을 전과 다른 시각으로 보려 해도 이를 함께할 친구가 별로 없었다.

사실 육식은 우리 사회에서 압도적인 식생활 방식이다. 심지어 육식을 찬양하고 지지하며, 적극 권장하는 세상이다. 키우던 개가 죽었다고 눈물을 흘린 사람이 돌아서서 닭다리를 뜯어도 문제 될 게 없을 뿐만 아니라, 동물을 좋아한다던 사람이 돌아서서 아이에게 생선 요리를 먹여도 전혀 이상하지 않다.

이런 사회에서 동물성 식품과 제품을 끊는 건 정부와 의료기관, 미식가들까지 앞장서서 권장하는 마약을 끊는 것과 같다. 학교가 아이들에게 마약 봉지를 나눠주는 사회에서 나

홀로 마약을 끊겠다고 선언하는 셈이다. 우리는 모두 동물성 식품과 제품에 중독됐으며, 우리 사회는 이 상태를 유지하도록 부추긴다.

내가 채식주의자가 된 데는 반항적인 성향도 한몫한 듯하다. 나는 권위주의를 참지 못하며, 부당한 일에 가만히 입 다물고 있지 못하고 사사건건 따지고 넘어가야 직성이 풀린다. 어쩌면 나는 어머니 말씀대로 "사사건건 토를 다는 트집쟁이"인지도 모르겠다.

고기를 먹는 데 뭔가 문제 있는 건 어릴 때 어렴풋이 눈치챘지만, 나는 고기를 무척 좋아했다. 사람은 이런 모순적인 상황에서도 수십 년을 살 수 있는 존재다. 양심이 너무나 기민하고 융통성 있게 대처하기 때문이다.

고기를 끊기로 결심하고도 목표를 이루기까지 수년이 걸렸다. 처음 몇 년은 관련 자료를 읽고 정보를 얻는 데 시간을 보냈고, 동물 착취를 당연시하는 사회적 인습에서 벗어나 스스로 달라지기까지 몇 년이 걸렸다.

변화는 서서히, 더디게 일어났다. 마치 내 몸의 세포를 하나하나 바꿔가는 것 같았다. 비건으로 거듭나는 기나긴 여정에서, 비건이 되는 게 살아가는 데 중대한 실존적 변화를 의미한다는 교훈을 얻었다. 물론 느려 터진 나와 달리 비거니즘의 윤리적 필요성을 인식한 뒤 곧바로 실천에 나서는 사람들도 있으리라.

어느 날 고기가 된
내 친구 짐보

　내가 비건이 된 데는 어린 시절 첫 번째 친구인 강아지 믹과 두 번째 친구인 양 짐보도 한몫했다.

　나와 동생은 아버지와 함께 프랑스 남서부 지방에 산 적이 있다. 어머니와 갈라서고 일자리도 잃은 아버지는 빌뇌브쉬르로트Villeneuve-sur-Lot 인근의 작고 예쁜 시골 마을에서 새로운 삶을 꾸렸다. 우리가 살던 로트에가론Lot-et-Garonne은 미야자키 하야오 감독의 만화영화에 나올 법한 동네다. 녹음이 우거진 온화한 풍경에서는 마치 귀여운 요괴와 희한한 유령들이 튀어나올 것 같았다.

　우리는 이사할 때 믹을 데려갔다. 믹은 부모님이 주유소에서 우연찮게 만나 입양한 개다. 어떤 부부가 내 앞에서 상자를 열자, 작은 갈색 강아지가 나를 빤히 쳐다봤다. 나는 강아지에게 손을 내밀었고, 우리는 곧 둘도 없는 친구가 됐다. 믹과 나는 함께 나이를 먹어갔다.

짐보가 우리 집으로 온 건 빌뇌브쉬르로트에 장이 선 날이었다. 치즈 가게와 과일 가게 사이에 놓인 철창에는 꽤 자란 새끼 양들이 있었다. 나는 아버지한테 왜 양들이 여기에 있느냐고 물었다. 아버지는 양들이 고기로 팔려 나가기 위해 여기 있는 것이라고 했다. 어린 나는 도저히 믿기지 않았다. 인형같이 보송보송한 양들을 어떤 잔인한 작자가 죽이는지, 대체 누가 이 아이들을 잡아먹는지 도통 이해할 수가 없었다. 나는 양들을 모두 구해주고 싶었다. 우리는 결국 아버지의 승낙을 받고 양 한 마리를 사서 집으로 데려왔다.

　새끼 양은 금세 자랐고, 어엿한 우리 식구가 되었다. 양한테 원래 이름이 있었는지 잘 기억이 나지 않는데, 양이 죽은 뒤에 짐보라고 불렀다. 돌아보면 곁에 두고 기르는 동물에게 이름을 붙이는 일은 꽤 중요한 듯싶다. 동물을 고유한 존재로 인식하는 한 가지 방법이기 때문이다. 우리는 동물을 고유한 성격과 삶의 방식을 지닌 존재이자, 지각 능력을 갖춘 개별 주체로 보는 데 익숙지 않다. 그저 모습이 비슷비슷한 종으로 인식하거나, 마치 공장에서 찍혀 나오는 물건처럼 생각한다. 이런 시각으로 보면 동물에게 나쁜 행동을 하면서도 별로 개의치 않기 쉽다.

믹과 짐보는 사이좋은 친구처럼 어울리며 지냈다. 짐보는 자기가 양인지 개인지 인간인지 모르는 것 같았다. 식탁에서 우리와 같이 식사하고, 잠은 소파에서 잤을 뿐만 아니라, 믹의 얼굴도 자주 핥아줬다. 볕 좋은 날 오후에는 동생과 나도 믹과 짐보처럼 들판에서 함께 뒹굴며 뛰어놀았다. 믹과 짐보는 우리에게 시간을 어떻게 보내고 어떻게 살아야 하는지 가르쳐 준 친구다.

나무로 뭐든 잘 만드는 아버지는 신기한 물건이나 장난감을 많이 만들어줬다. 아버지는 맨해튼 17번가에서 날아온 미국인 여자 친구 린다가 있었는데, 우리는 그 아주머니한테 영어도 배웠다. 이 시기는 내게 매우 행복한 기억으로 남아 있다. 하지만 아버지는 벌이가 시원치 않자, 일을 찾아 파리 교외 지역으로 이사했다. 파리 쪽으로 와서 어머니하고도 다시 만났는데, 두 분이 번갈아 우리를 키우기로 했다. 로트에가론에서 보낸 시간은 짧은 일탈 같은 시기인 셈이다.

이사할 때 기억은 별로 없다. 작은 흰색 트럭 뒤에서 어수선한 짐과 먹을거리를 담은 통 사이에 동생과 내가 있었고, 통

안에는 내 친구 짐보가 담겨 있었다. 그 상황이 도저히 이해가 되지 않은 나는 이만저만 속상한 게 아니었다.

그렇게 활달하고 재미있던 내 친구가, 때로는 사람처럼 때로는 개처럼 살던 짐보가, 어떻게 한낱 고깃덩어리가 되어 이 통에 담길 수 있을까?

지금 생각해봐도 정말이지 너무나 잔인한 일이었다. 생태 페미니스트 철학자 캐럴 애덤스Carol J. Adams 말마따나 "어떻게 누군가가 무언가로 전락할 수 있는가? 어떻게 엄연한 한 생명이 물건이나 상품이 될 수 있으며, 나아가 음식이 될 수 있단 말인가?"[1]

나는 음식이 된 내 친구를 먹지 않았다. 물론 짐보를 죽인 아버지를 원망하진 않았다. 아버지가 사람 마음을 다 헤아리는 분도 아니고, 그때 우리는 가난했으니까. 아버지 세대가 살던 사회는 동물을 너무나 당연하게 물건처럼 여겼다. 물론 아버지가 그런 주류 사회의 사람은 아니었다. 아버지는 동유

---

1 Carol J. Adams, *The Pornography of Meat*, Lantern Books, 2003, p. 13.

럽 지역의 독재에 남다른 시각과 비판 의식을 보인 탓에 프랑스 공산당에서 제명됐고, 페미니즘 성향이 있는데다, 늘 억압받는 사람들 편에 섰다. 하지만 아버지는 동물이 억압 받는 존재라는 생각에 이르지 못했다. 동물의 권리를 위해 싸우는 게 인간을 위한 투쟁을 포기한다는 뜻은 아니라는 점도 미처 깨닫지 못했다.

어쨌든 우리는 파리 남부의 교외 지역에서 새로운 삶을 시작했다. 그때까지 나는 채식을 하지 않았고, 얌전한 아이로 고분고분 사회적 관례를 따르며 지냈다. 그러나 뭔가 잘못됐다는 점은 확실히 인지하고 있었다.

내 친구 짐보를 생각하면 지금도 마음이 편치 않다. 이사하고 몇 달 뒤 세상을 떠난 친구 믹이 떠오를 때도 가슴이 시리긴 마찬가지다.

주중에만
채식주의자였던 부모님

몇 년 전 어머니는 1970년대에 아버지와 같이 채식을 결심한 적이 있다고 말씀하셨다. 내가 태어나기 전의 일인데, 주중에는 채식을 했지만 일요일이 되면 외할머니가 만들어준 바비큐 요리를 걸신들린 듯 먹었다고 실토했다.

히피 문화의 영향을 받아 채식을 하는 사람들이 많은 시기였다. 대부분 건강을 위해 채식을 했지만, 부모님은 주머니 사정이 여의치 않아 채식을 할 수밖에 없었단다. 당시는 대형 마트가 없고, 공장식 축산업이 지금처럼 일반화되지 않아 고기는 쉽게 사 먹을 수 있는 음식이 아니었다. 그러니 바비큐는 당연히 고급 요리였고, 일요일에 닭고기를 먹는 것을 관습처럼 여겼다.

이제 고기는 그리 귀하지 않지만 여전히 특별한 음식이다. 사회적으로도 고기는 명절이나 특별한 자리에 어울리는 음식이라는 인식이 있고, 어느 정도 경제적 여유가 있어야 먹을 수 있는 음식으로 통한다. 알랭 파사르Alain Passard처럼 유명한 요리사가 채소나 콩으로 고급 요리를 선보여, 고기를 넣지 않아도 얼마든지 훌륭한 요리를 만들 수 있다는 인식을 심어주려고 노력하는 것은 그나마 다행이다. 세계적인 스타 셰프 알랭 뒤카스Alain Ducasse도 파리에 있는 자기 레스토랑 메뉴에서 고기 요리를 빼기 시작했다.

부모님은 결국 채식주의자가 되지 않았다. 두 분은 여전히 고기를 먹는 문화에서 벗어나지 못했지만, 채식 쪽으로 몇 걸음 내디딘 건 사실이다. 그 몇 걸음이 오늘날 내가 비건이 되는 밑거름으로 작용했다고 생각한다. 다른 부모도 얼마든지 자녀에게 이와 비슷한 역할을 할 수 있다. 사회적 분위기나 관습 때문에 고기를 식탁에서 완전히 없애지는 못하더라도, 착취 당하고 비참하게 죽어가는 동물의 처지와 생명에 대한 경각심을 일깨우는 정도는 얼마든지 할 수 있다. 아울러 동물도 의식과 감정, 감성이 있으며 저마다 성격이 다르다는 사실을 알려주는 것이다.

우리가 동물을 대하는 태도는 주변 환경의 영향을 받는다. 가정이나 생활환경, 인상적인 만남 등에 따라 동물을 바라보는 눈이 달라진다. 우리 모두가 똑같은 환경에서 살지는 않는다. 분명 비거니즘과 종 차별 반대 운동의 길로 좀 더 쉽게 접어들 수 있는 사람들이 있다.

동물을 사랑하지만
고기는 먹고 싶다?

짐보의 비참한 죽음에 대해 생각할 겨를 없이 몇 년이 훌쩍 지나갔다. 집안 형편이 넉넉지 않아 울고 웃는 다사다난한 날이 이어졌다. 힘들지만 나름대로 즐겁게 지낸 그때도 막연히 채식을 하고 싶다는 생각은 있었다.

그러나 어떻게든 살아남는 게 더 우선이던 심난한 청소년기가 지나고 대학교에 들어간 20대 초반에는 상황이 더 안 좋아졌다. 보기 좋게 학업에 실패했기 때문이다. 법대에 들어갔지만 철학, 심리학, 언어학 쪽으로 연이어 방향을 틀다가 결국 인류학까지 흘러갔다. 파리 남부 교외 지역에 있는 집에서 파리 시내까지 통학하느라 길에 허비한 시간도 많았다. 학생 때는 아르바이트하고 글 쓰는 데도 공을 들였지만, 이렇다 할 성공을 거두지 못했다. 하도 거절 편지를 많이 받아 이를 제본까지 할 정도였다. 그래도 글은 계속 썼다.

좌절과 결심이 반복되던 어느 날, 내 소설을 출간하겠다는 출판사가 나타났다. 잠시나마 내 인생에도 볕이 드는 것 같았다. 하지만 아버지에게 문제가 생겼다. 몇 년간 실직 상태로 있던 아버지가 결국 살던 집에서 쫓겨나 노숙자로 지냈고, 아버지의 그림도 경매에 넘어가 쓰레기처럼 처분되고 말았다. 그 모든 사실을 나는 한참 뒤에 알았다. 아버지와 1년 동안 연락이 두절됐기 때문이다. 머리가 좋고 감수성도 뛰어난 아버지는 결국 알코올의존자가 되어 8제곱미터 남짓한 임대 아파트에서 살았다.

게다가 아버지는 우리를 다시 만나고 얼마 되지 않아 고약한 병에 걸렸다. 외롭고 불안한 생활을 지속한 탓에 신경 질환이 생긴 것이다. 나와 동생이 아버지를 돌봤는데, 아버지 주위에는 정말 우리 외에 아무도 없었다. 나는 책을 내고 인세도 받으며 국내외 여행을 하는 등 어느 정도 성공한 작가였지만, 우리 가족에게 그 시기는 참으로 힘들고 고된 나날이었다. 내가 '병원 대투쟁기'라고 일컫는 그 시기 덕분에 몰랐던 사실을 새로이 알게 됐다.

질병도 차별 대우를 받는다는 점이다. 치료가 잘되고 경제적 부담이 덜한 질병이 있는가 하면, 치료가 어렵고 사람들에게 잘 알려지지 않은 질병도 있다. 아버지가 걸린 코르사코프 증후군도 그런 경우다. 가난이 원인이 되는 이 희귀 질환은 병원이나 의사가 다루기 힘든 골치 아픈 병이어서, 아버지를 다른 병원으로 보내려고 안간힘을 썼다. 모든 사람이 똑같은 대우를 받는 게 아니라는 사실을 새삼 깨달았다.

그런 일을 겪고 나니 어린 시절 학교에서 쉬는 시간에 폭력을 당한 친구가 생각났다. 한 녀석은 장애인이라서, 다른 녀석은 별나서 놀림과 조롱을 받았다. 옷도 깔끔하지 않고 혼자 다니는 이상한 아이였던 나 역시 남들 눈에 잘 띄지 않아야 또래 아이들의 주먹질을 피할 수 있었다.

이렇듯 인간끼리도 남을 하찮게 대하는데, 하물며 동물은 어쩌겠는가. 이 사회에서는 돈이 없고 몸이 불편하거나 남들과 조금 다르면 인간 대접을 제대로 받지 못하는 게 당연시된다. 인간에 대한 폭력과 동물에 대한 폭력은 확실히 닮았다. 내가 동물 해방 문제에 민감해진 것도 이 때문이다. 나는 대다수 사람이 모르는 비참한 현실을 겪은 뒤, 우리 눈에 잘 띄지 않는 억압적인 사회구조에 촉각을 곤두세웠다.

아버지는 58세 때 병원에서 돌아가셨다. 나는 아버지를 죽음으로 몰고 간 장본인들을 잊을 수가 없다. 곁에서 손을 내밀어준 몇몇 친구도 있었지만, 내 주변 사람들의 무관심을 잊지 못한다. 지미 콕스Jimmy Cox의 노랫말처럼 '당신 인생이 끝장나면 아무도 당신을 아는 척하지 않는다Nobody Knows You When You're Down and Out'.

얼마 뒤에는 친한 여자 후배에게 문제가 생겼다. 여러 차례 정신병원에 입원한 후배 덕분에 나는 다시 한 번 병원의 민낯을 봤다. 간혹 좋은 직원도 만났지만, 직원들은 대부분 고약하게 굴었다. 동물이 다 같은 동물이 아니듯이, 환자도 다 같은 환자가 아니다. 정신 질환을 앓는 사람은 엄살을 부린다거나 행동에 문제가 있다는 말을 듣지만, 이런 막말이 사회적으로 문제가 되는 일은 별로 없다.

당뇨나 암, 천식 환자에게는 이런 막말을 하지 않는다. 관상동맥 이식술을 받아야 하는 심장병 환자 역시 정성껏 치료하고 돌본다. 하지만 사회적으로 인식이 좋지 않은 병을 앓는 사람은 멸시하고 막 대하는 경향이 있다.

인간은 연민이 부족하다는 점이 문제다. 인간은 친한 사람에게 공감하고 연민을 느낄 뿐이다. 비거니즘은 이런 우리의 공감 능력을 확대하고자 노력한다.

　나는 비거니즘에 정치적 성격이 없다고 생각하지 않는다. 동물을 연민하는 마음은 인간을 연민하는 마음과 맞닿고, 이는 모든 억압에 반대한다는 뜻이기도 하다. 지배 구조에 따라 움직이는 우리 사회에서 남자는 여자를 지배하고, 건장한 사람은 장애인을 지배하며, 인간은 동물을 지배한다.

　자크 데리다Jacques Derrida 식으로 말하면 육식Le carnivorisme과 남근Le phallocentrisme, 로고스Le logocentrisme가 중심이 돼 지배하는 세상과 논리 구조가 동일하다. 이 사회구조의 부조리를 외면하고 인정하지 않는 건 일부러 자신의 공감 능력을 버리는 것이나 마찬가지다. 그리고 동물이 계속 그 피해를 본다.

　비거니즘은 본질적으로 진보적이며 자유의지를 추구한다. 보수 반동적인 성격은 없으며, 어찌 보면 생태 운동과도 비슷한 면이 많다. 물론 비거니즘을 개인적인 해방 도구이자, 모두가 택할 수 있는 윤리 기준이라고 생각할 수도 있다. 마치 페미니즘처럼 말이다. 유감스럽게도 모든 비건이 모든 해방운동에 동참하는 것은 아니지만, 이 진보적인 생각은 결국 보수주의자도 받아들일 수밖에 없을 것이다. 역사의 주된 흐름이 이

것이기 때문이다. 좌파 정부가 우파의 경제 담론을 채택하는 경우처럼 진보가 보수화되는 안타까운 경우도 있지만.

나는 사회규범을 고분고분 따르지 않는 사람이다. 개인적인 성향이나 경험 때문일 것이다. 비건을 선택한 이유는 특이한 내 성향을 인정하며 당당히 드러내는 방식이기도 하고, 국적이나 성별과 종의 구분 등 모든 경계를 뛰어넘은 사회정의를 추구하려는 의지를 표현한 것이기도 하다.

여러 가지 시련의 여파가 잠잠해진 뒤, 나는 동물의 죽음과 희생을 전제로 한 삶에서 벗어나기로 했다. 나로서는 지극히 당연한 수순이었다. 부당한 대우를 받고 주변의 무시와 외면을 당하는 사람을 본 이상, 자기보다 열등하다고 생각하는 이들 위에 군림하려는 자들의 모든 폭력을 참을 수 없었기 때문이다.

내 변화는 몇 가지 단계를 거쳐 나타났다.

먼저 나는 동물의 어린 새끼부터 먹지 않기로 결심했다. 엄밀히 말하면 이건 결심이라기보다 불가피한 선택이었다. 어린 송아지의 살을 내 이로 물어뜯는다고 생각하니 도저히 견딜

수가 없었다. 나는 송아지 고기와 새끼 양고기도, 젖먹이 새끼 돼지고기도 먹을 수가 없었다. 태어난 지 얼마 안 된 귀여운 새끼들을 잡아먹는 건 확실히 다 큰 동물을 잡아먹는 것보다 부담스럽다.

아이들 교육에도 문제가 된다. 육식을 권장하는 데서 나아가 새끼까지 잡아먹는 것은 아이들의 순하고 착한 성품을 버리는 꼴이며, 아이들에게 기성 문화의 폭력성을 답습하고 이에 동화하는 법을 가르치는 격이다. 나는 아이들이 동물의 어린 새끼를 먹는 것은 어른들에게서 비롯된 억압 구조가 극에 달한 상태라고 생각했다.

그때 나는 합법적인 도축 연령이 필요하다고 생각한 것 같다. 동물을 죽이더라도 새끼는 죽이지 말고, 죽이려면 다 자란 뒤에 죽여야 한다는 것이다. 지금은 새끼든 아니든 동물을 죽인다는 사실에 문제가 있다고 생각하지만, 새끼 도축에 문제의식을 가진 것이 내가 비거니즘의 길로 접어든 첫 번째 단계다.

두 번째 단계는 공장식 사육으로 기른 고기는 먹지 않겠다는 결심을 한 것이다. 한동안 나는 이런 윤리적인 소비 방식에 만족하며 살았다. 소규모 축산 농가에서 기른 소고기나 닭고기, 어부가 잡은 자연산 물고기를 구입하면서 나름의 방식으로 정치적 행동을 실천한다는 느낌을 받았다. 어느 정도 맞는 말이다. 공장식 축산업의 굴레에서 벗어나 먹을거리에 대한 선택권을 회복했기 때문이다. 스스로 먹을거리를 찾는 건 오늘날 현대인에게 중요한 문제다.

하지만 이는 내 착각과 오만을 유지하기 위한 수단에 불과했다. 나는 좌파 생태주의자로서 각종 사회문제에 민감한 윤리적 인간임을 자처하고, 내심 다른 사람보다 낫다는 생각으로 위선을 떨었다. 우리는 어릴 때부터 고기 위주 식단에 익숙하기 때문에 고기를 먹지 않는 건 그리 쉬운 일이 아니다. 익숙한 현실에 안주하고, 그 안에서 변명거리를 찾으려는 건 인간의 본성이다. 이는 다년간 심리 분석을 통해 내가 깨달은 사실인데, 우리는 자신에게 불리한 상황을 모면하거나 유리한 변명을 만들어내며 합리화하는 데 이성이라는 탁월한 무기를 타고난 듯하다.

어쨌든 나는 주변 사람들에게 고기를 거의 먹지 않는다고 말했고, 실제로 내가 그런 줄 알았다. 하지만 엄밀히 따지면 거의 매일 고기를 먹은 셈이었다. 날마다 스테이크를 먹지는 않았지만, 고기를 베이스로 한 스프레드나 생선 통조림은 수시로 먹었으니 말이다. 유기농 베이컨이나 소규모 축산 농가에서 기른 닭을 구입하면서 내가 좋은 사람이라는 의식과 모종의 우월감이 들었고, 부끄러운 일이지만 공장식 사육으로 생산된 고기를 먹는 사람을 경멸하는 마음도 없지 않았다.

내가 정한 규칙을 완벽하게 지키지도 않았다. 유기농 소고기나 소규모 축산 농가에서 기른 고기가 없는 경우에는 별다른 고민 없이 눈앞에 있는 걸 골랐다. 기차 타고 가다가 닭고기 샌드위치를 사 먹고, 식당에 가서 유기농 라벨이 표시되지 않은 소고기도 먹었다. 친구들과 식사 자리에서는 그냥 거기 있는 고기 메뉴를 먹었다.

무엇보다 나는 중요한 사실 하나를 애써 외면하고 있었다. 농장에서 풀어놓고 기른 돼지도 공장식 사육 시설에서 자란 돼지와 똑같이 도축된다는 점이다. 오로지 내 먹는 즐거움을 충족하기 위해 갓 태어난 아기 돼지가 목숨을 잃어야 하는 건 무엇으로도 가릴 수 없는 사실이다.

게다가 유기농 라벨이 붙은 제품이라도 동물이 좋은 처우를 받는다는 의미는 아니다. 이 라벨은 그저 먹어도 괜찮다는 인식을 심어주며 소비자를 안심시키기 위한 수단일 뿐이다. 나 같은 소비자에게 이 라벨은 상당히 이기적인 징표다. 내가 먹는 고기에 더러운 게 들지 않았다는 인증 마크이기 때문이다.

우리가 유기농 제품을 먹는 것은 자신의 건강과 이미지를 위해서지, 결코 동물을 위해서가 아니다. 유기농이나 생명 윤리 라벨로 우리의 먹을거리 선택권을 어느 정도 확보할 수는 있다. 하지만 기업은 어떻게든 빠져나갈 구멍을 찾게 마련이다. 게다가 소규모 사육이라도 오염원이 되긴 마찬가지다. 아무리 동물 친화적인 방식으로 기르는 근거리 소규모 축산 농가라도 계속 그 수가 늘어난다면, 결국 이 지구 하나로는 모자랄 것이다.

국내산이라고 다 좋은 것도 아니다. 무조건 국내산이 좋다고 잘못 알고 있는 경우가 많은데, 국내산 소고기보다 남아메리카산 퀴노아를 먹으면 온실가스 배출량과 물 소비량이 적어 환경오염에 미치는 영향도 적다. 우리가 소규모 축산 농가에서 기른 고기를 먹을 수 있는 것은 누군가 다른 곳에서 질 낮은 공장식 사육으로 생산된 고기를 먹어주기 때문이다.

세 번째 단계는 낙지와 문어, 오징어 등을 먹지 않는다는 결심을 한 것이다. 어떤 다큐멘터리를 통해 알고 보니 낙지와 문어, 오징어 같은 두족류가 굉장히 지능이 높고 감성이 풍부한 동물이었다. 거의 인간과 비슷한 수준이었다. 하지만 이런 이유로 두족류를 먹지 않는 것 역시 부끄러운 일이다. 그저 인간과 비슷하다는 이유로 먹지 않을 뿐, 그 동물의 고유한 특징 때문에 먹지 않는 것은 아니기 때문이다. 나는 '네가 나랑 비슷하고, 인간의 지능과 공통점이 있는 똑똑한 존재라면 너를 먹지 않겠다'는 논리를 편 셈이다. 동물의 처지에서 이해하고, 그 존재를 받아들이려는 이타적인 윤리 의식과는 아직 거리가 멀었다.

　네 번째 단계에서는 다른 동물을 잡아먹는 상위 포식자만 먹겠다고 결심했다. 지금 생각하면 매우 기만적이지만, 얼핏 타당한 논리로 보였다. 닭이 상위 포식자로서 무자비하게 지렁이를 잡아먹는다면, 나도 닭에게 자비를 베풀 이유가 없지 않을까? 하지만 지금 상황에서 지렁이를 먹고 자라는 식용 닭은 별로 없다. 게다가 닭은 인간과 달리 먹이를 스스로 선택하지도 못한다.

나는 이런 과정을 거치는 동안 어떻게 해서든 자신을 합리화했으며, 고기를 먹고자 하는 욕심을 버리지 않았다. 그러면서 올바르게 행동하는 윤리적 인간인 척했다. 나는 채식주의자가 되길 원했지만, 오리 가슴살이나 닭 날개 요리와 생선구이도 무척 좋아했다. 이 시기에 나는 고기를 먹어도 되는 논리를 찾는 데 갖은 노력을 쏟은 셈이다. 인도주의와 생태주의를 가장한 선전 논리에 도취된 나는 계속해서 자신과 타협했다.

    그래, 이 정도면 됐어. 나는 이제 송아지 같은 새끼 고기는 안 먹으니까. 그래, 이 정도면 됐어. 나는 친환경 유기농 축산 제품만 먹으니까. 그래, 이 정도면 됐어. 나는 소규모 축산 농가에서 동물 복지를 준수하며 기른 고기만 먹으니까. 그러니 더는 죄의식에 괴로워하지 않아도 돼. 부담 없이 계속 고기를 먹는 거야.

    정말이지 인간은 위선을 떨며 없는 말 지어내는 기술 하나는 타고났다.

채식에 대한 편견

"배고파 죽을 것 같은데, 피자 한 쪽 먹고 갈까?"

몇 년 전 일이다. 아내 콜린과 채식을 하는 친구 집에서 저녁을 먹기로 했는데, 그 집에 가기 전에 뭔가 간단히 먹자고 콜린에게 조르던 참이다.

우리를 초대한 사람은 사진작가 안나를 통해 만난 작가 달리보르 프리우Dalibor Frioux다. 우리 둘 다 낭트로 이사 온 지 얼마 안 된 상황이라, 금세 말이 잘 통하는 친구가 됐다. 나는 아직 채식할 때가 아니어서, 채식주의자인 달리보르를 존경하는 마음이 있었다. 그날 달리보르는 아내 소니아와 아이들도 소개할 겸 우리를 저녁 식사에 초대했다.

그때까지 나는 채식이 윤리적으로야 물론 좋지만, 곡물 좀 넣고 채소를 끓여 먹는 정도려니 생각해서 걱정이 이만저만이 아니었다. 그러나 그건 완전히 내 오판이었다.

달리보르는 애피타이저로 해초를 곁들인 흰 강낭콩 다진

요리와 귀리 크림이 들어간 호박수프를, 주요리로 밀고기(세이탄)와 절인 채소, 렌틸콩, 코코넛밀크를 넣은 달dhal 커리와 치즈를 내왔다. 디저트는 복숭아파이였다. 굉장히 푸짐하고 맛있는 식사였다.

그날 저녁 내 모습만 봐도 우리가 채식에 어떤 편견이 있는지 알 수 있다. 채식에 호의적이던 나조차 채식은 맛없을 거라고 생각했다. 우리는 식사할 때 반드시 고기나 생선이 있어야 한다는 잘못된 교육을 받아온 탓에, 이런 음식이 빠지면 뭔가 부족하다고 느낀다. 비건 채식에 대한 편견은 더 심하다.

이렇듯 채식에 대한 부정적 인식이 자리 잡은 건 우리가 오랜 관행에 젖은 상태에서 식습관을 바꾸지 않아도 되는 그럴 듯한 핑계를 찾으며 은연중에 채식을 회화화하기 때문이다. 그런데 언론에서는 채식에 대한 편견을 바로잡는 기사를 내보내는 경우가 별로 없다. 비건이 아닌 사람이 제대로 된 시각으로 비거니즘에 대해 글을 쓰는 경우도 별로 없다.

채식에 대한 편견을 깨는 것은 결국 비건의 몫이다. 비건 스스로 올바른 정보를 알리고, 비건의 생활 방식과 식습관을 제대로 기술해야 한다. 동물 하나하나를 고유한 개별 주체로 본 계기가 무엇인지, 동물을 어떻게 대해야 하는지, 맛있는 채식 조리법과 나름의 팁은 무엇인지, 비건으로 살면서 느낀 어려움은 무엇이고 즐거움은 무엇인지 비건이 직접 이야기해야 한다.

비건을 희화화한 농담이 있다. 남자 둘이 있는 카페에서 한 남자가 다른 남자에게 다가가 대뜸 "난 비건이오"라고 말을 건네는 것이다. 누가 묻지 않아도 자신이 비건이라고 밝히기 좋아한다는 걸 비꼬는 우스갯소리다.

틀린 말은 아니지만 부끄러워할 일도 아니다. 나는 비건이 앞으로도 자신이 비건임을 적극 알려야 한다고 생각한다. 비거니즘은 사회정의를 위한 투쟁임을 알리면서 동물에 대한 이야기를 하고, 맛있는 채식 요리를 알리며, 의복 문제를 해결할 대안도 제시해야 한다. 그리하여 고기를 먹는 사람들의 참여를 이끌어내야 한다.

나는 외투와 상의, 가방에 비건임을 표시하는 자수 패치를 달았다. 컴퓨터에 스티커도 붙였다. 내가 비건이라고 우쭐거리는 게 아니다. 비건이라는 단어가 사람들 사이에서 더욱 생명력을 얻고, 더 많은 질문과 논의를 끌어냈으면 하는 바람 때문이다.

사회참여를 드러내면 비웃고 등 돌리는 사람들이 있다. 하지만 동물이 겪는 고통에 비하면 그까짓 조롱을 받는 일쯤은 아무것도 아니다. 그런 건 대수롭지 않게 넘기고 웃으면서 설명하자.

내 인생에서
가장 잘한 선택

결국 어느 날 나는 채식주의자vegetarian가 됐다. 유제품과 달걀은 허용하는 일반 채식 단계였다. 고민을 거듭하고 수많은 자료를 읽었으며, 여러 사람과 토론을 거친 끝에 '동물은 음식이 아니다'라는 분명한 사실에 생각이 미쳤다. 아내 콜린도 내 뜻을 적극 지지했다.

고기를 먹지 않으니 뭔가 한 단계 뛰어넘은 느낌이 들었다. 내 의지로 식단에서 고기를 없앴다는 생각과, 이제 부당하고 불필요한 동물 학살에 일조하지 않는다는 생각에 뿌듯했다. 어쭙잖은 자기만족이었다.

우여곡절 끝에 채식주의자가 됐지만, 하루하루는 전과 크게 다르지 않았다. 나는 치즈와 달걀을 워낙 좋아해서 식단이 별로 달라질 게 없었다. 집 근처 탈랑삭Talensac시장에는 질 좋은 치즈를 파는 가게가 많고, 전부 다 현지에서 생산한 유기농 식품이었다. 모든 게 완벽했다. 한 친구에게 치즈가 대부분 레닌rennin으로 만들어진다는 얘기를 듣기 전에는.

레닌이라니? 처음 듣는 말이었다.

"송아지 위장에서 채취하는 응유효소야. 치즈를 만들 때 사용하지."

자료를 찾아보니 친구 말이 맞았다. 송아지가 죽어야 내가 먹는 치즈가 만들어지는 것이다. 그동안 치즈를 먹으며 송아지 도축에 적극 동참한 꼴이었다.

그 친구를 죽여버리고 싶었다. 나도 죽고 싶었다.

그 후 레닌으로 만들지 않은 치즈를 찾기 시작했다. 그런 치즈는 대개 재래식으로 만든 치즈가 아니라, 대기업에서 만든 치즈와 유대인의 전통 제조 방식으로 만든 코셔 치즈다. 선택의 폭이 그리 넓지 않았다. 이제 나는 재래시장의 맛있는 치즈와도 작별해야 했다. 설령 100퍼센트 식물성 레닌이 발명된다고 해도 해결될 문제가 아니다. 유제품과 달걀, 양모 등 모든 동물성 식품과 제품이 야기하는 문제를 곧 깨달았기 때문이다.

비건으로 살다 보면 그동안 보지 못하던 것이 보이기 시작한다. 언제나 노골적으로 존재하지만 우리가 인식하지 못하던 현실을 새롭게 인식하는 것이다. 자신과 이 사회에 대해 그간 모르던 서글픈 사실을 굉장히 많이 알고, 윤리적으로 보이지만 실상은 그렇지 않은 발상의 실체도 깨닫게 된다. 모르던 사실을 알고 의식이 깨어나는 건 좋지만, 처음엔 그리 유쾌한 일이 아니다. 그래도 시간이 지나면 이 지식이 곧 행동하는 힘의 원천임을 알고, 아는 만큼 전에 없던 기쁨과 자유를 누리게 된다.

달걀과 유제품까지 허용하는 일반 채식 기간은 짧게 끝났다. 불완전한 채식으로 죽어가는 동물의 문제를 해결할 수 없다는 사실을 깨달은 순간, 나는 비로소 비건이 됐다. 그제야나 자신을 동물 해방을 위해 싸우는 제대로 된 운동가로 인정할 수 있었다. 이는 정치적으로나 윤리적으로 당연한 귀결이었다.

돌아보면 고기를 먹는 단계에서 일반 채식 단계에 이르는 과정은 심리적으로 힘들었을 뿐, 실질적으로 힘든 건 별로 없었다. 고기를 치즈와 달걀로 바꾸면 그만이니까. 하지만 일반 채식 단계에서 완전한 비건으로 넘어가는 과정은 심리적으로 수월했으나, 실천하기는 더 힘들었다. 새로운 조리법을 배워야 했고, 옷장도 정리해야 했다. 게다가 전에는 느끼지 못한 새로운 문제가 생기기 시작했다.

비건이 된 후의 세상은 그전과 완전히 다르다. 비건이 된 건 내 인생에서 가장 잘한 선택이자, 중요한 전환점이었다.

비거니즘의 역사

고기를 먹지 않고 산 사람들의 역사는 고대까지 거슬러 올라간다. 피타고라스와 엠페도클레스, 포르피리오스는 물론 오르페우스교 교도가 일반 채식을 했다는 기록이 있다. 하지만 비거니즘은 최근에 생겨난 개념이다.

비건소사이어티Vegan Society는 영국 베지테리언소사이어티 Vegetarian Society에서 나온 모임이다. 베지테리언소사이어티의 몇몇 회원이 치즈와 달걀을 포함한 동물성 식품을 완전히 배제하는 소모임을 결성하려 하자, 베지테리언소사이어티가 거부했다. 이에 왓슨 부부Donald Watson, Dorothy Watson와 헨더슨 부부 George A. Henderson, Fay K. Henderson, 엘시 슈리글리Elsie Shrigley를 비롯한 몇몇 회원이 1944년 11월에 새로운 조직을 결성했다.

이들은 먼저 조직의 이름에 적당한 표현을 찾기 시작했다. dairyban, vitan, benevore, sanivore, beaumangeur 같은 단어가 물망에 올랐지만, 창단 멤버인 헨더슨 부부는 비건vegan이

란 단어를 고안했다. 두 사람이 《Allvegan》이라는 잡지를 펴
냈는데, vegan은 당시 유명한 베지테리언 식당 'Vega'에서 비
롯된 말이다.

나중에 도널드 왓슨은 비건이 베지테리언vegetarian의 앞뒤 글
자를 따서 만든 말이라고 설명했다. 베지테리언에서 출발한
비건은 결국 베지테리언의 종착역이기 때문이다.

비건소사이어티의 초창기 멤버인 프레이 엘리스Frey Ellis 박사
는 비건 채식에서 영양학적인 측면의 필요성을 비건에게 알리
는 데 일조했다. 비건 채식은 차츰 자리를 잡아갔지만, 그 과
정에서 문제가 없지는 않았다. 비타민 B_{12} 결핍으로 병에 걸
리는 회원이 생긴 것이다. 1949년에 발견된 비타민 B_{12}는 식
물계에서 얻을 수 없는 유일한 영양소다. 오늘날 비건소사이
어티와 프랑스 쪽 자매 조직인 소시에테베간Société Végane은 이와
같이 채식에 필요한 정보를 널리 알리는 데 주력한다.

비거니즘의 원래 목표는 동물 착취와 도살을 거부하는 데
있지만, 이는 인간이 사는 길이기도 하다. 도널드 왓슨도 기
근을 해결하는 대안이 채식이라고 봤다. 목축은 동물에게 비
극이지만, 방대한 곡물과 수자원, 에너지, 토지가 소요되는

만큼 인간에게도 피해가 가기 때문이다. 농업 원료의 투기 역시 짚고 넘어가야 할 문제다. 금융 자본과 관계를 끊는 문제나 토지와 부의 재분배 문제를 해결하지 못하면, 비거니즘으로도 기근과 식량 문제가 해결되지 않을 것이다. 비건소사이어티는 꿀 소비를 비롯한 같은 여러 가지 문제를 논의하며 활동을 이어가고 있다. 비거니즘은 수십 년간 소수의 운동에 머물렀으며, 실질적으로 발돋움한 건 최근 몇 년 사이 일이다.

비건소사이어티는 바티칸 같은 존재가 아니다. 비건소사이어티의 역사에 집착하고, 선구자들이 동물권 운동에 미친 정치적·학술적 공로를 인정하려는 움직임은 어찌 보면 당연한 일인지 모른다. 하지만 비거니즘은 이제 그들에게 한정된 단어가 아니다.

나는 제도권이나 기관, 조직 등과 관련된 일이라면 일단 경계하는 편이다. 지도자나 권위자라는 사람들은 자기 말이 진리인 양 떠들면서 마음대로 주무르려 하기 때문이다.

비거니즘은 조직보다 개인이 주도적으로 나서는 게 중요하다. 서로의 말에 귀 기울이고 논의를 이어가며 차츰 정치 세력화하는 노력이 필요하다. 비거니즘은 이제 모두의 운동이다.

생각의 집을 짓는
단어들

　비건이 되고 나면 새로운 단어들이 눈에 띈다. 단어 뜻을 모르면 부당한 현실을 제대로 인지하지 못하는 경우가 많다. 우리는 지금 있는 단어들을 잘 지키며 그 뜻이 어떻게 달라지는지, 어떤 식으로 왜곡되는지 살펴봐야 한다. 이에 관해서는 빅토르 클렘페러Victor Klemperer의 책[2]에 자세히 설명되어 있다. 잘 쓰이지 않지만 정치적으로 상당히 중요한 단어도 알 필요가 있다.

　나 역시 비거니즘이란 말을 알기 전에는 동물 착취에 대해 생각해본 적이 없다. 모든 동물성 식품과 제품을 소비하지 말아야 한다고 주장하는 정치철학이 있다는 사실조차 몰랐다. 이

2　유대계 독일인 언어학자 빅토르 클렘페러가 1947년에 출간한 시론집 《LTI(Lingua Tertii Imperii) : Notizbuch eines Philologen제3제국의 언어 : 어느 문헌학자의 수첩》. 선전 수단으로 활용되던 나치 신조어의 의미를 해석했다.

단어 하나를 앎으로써 내가 동물을 사물로 바라보지 않는 계기가 됐다.

말은 우리 삶을 풍성하게 하며, 더 많은 단어를 알수록 현실을 좌우하는 힘도 커진다. 말은 변하지 않던 것을 변화시키는 수단이 되기도 하고, 규범의 족쇄를 부수는 도구가 되기도 한다.

내가 장애인 차별주의ableism라는 말을 처음 들었을 때, 모든 게 더 분명하고 명확해졌다. 장애인 차별주의 혹은 정상 신체 중심주의는 장애가 있는 사람과 없는 사람을 다르게 대하는 것을 뜻한다. 이 단어 하나로 모호하던 내 생각과 감정이 체계적으로 정리됐다. 이후 나는 그런 생각을 하는 사람을 장애인 차별주의자라 부를 수 있었고, 이로써 굉장히 많은 것이 달라졌다.

내가 중요하다고 생각하는 또 다른 단어는 로버트 프록터Robert N. Proctor 교수가 고안한 아그노톨로지agnotology다. 이는 가짜 뉴스가 넘쳐나고 진짜 정보는 없는 오늘날의 미디어 상황처럼 사회가 무지를 양산하는 방식을 지칭하는 말이다. '무지'란 뭔가 부족한 게 아니라, 관행을 은폐하려는 집단의 의식적인 노력이 만들어낸 결과물이다. 프록터가 지적한 대로 "우리가 어떤 사실을 알지 못하는 이유는 무엇인가? 특정 지식이 전파됨으로써 혹은 그렇지 않음으로써 이득을 보는 자는 누구인가?"[3] 고민해볼 필요가 있다.

최근에 표준어 중심주의glottophobia라는 말을 알게 됐다. 사투리나 비속어 등 규범에 맞는 정확한 표준어를 구사하지 못하는 사람을 경멸하고 혐오하는 말이다.

비거니즘과 관련해 내가 소개하고 싶은 몇 가지 용어는 다음과 같다. 일부 내용은 위키피디아를 참고했다.

동물권 옹호주의animalism : 동물행동학이 발전하면서 생겨난 윤리 사상으로, 인간 이외 동물의 권리 옹호를 주장한다. 동물권 옹호주의에서는 동물도 '쾌고 감수 능력'(61쪽 참고)이 있는 존재로 보고, 모든 동물에게 인도주의적 가치를 확대해야 한다고 주장하며, 포괄적인 사상적 범주에서 인도주의를

---

3 Robert N. Proctor, *Value-free Science?: Purity and Power in Modern Knowledge*, Harvard University Press, 1991.

흡수하되 인간중심주의에는 반대한다.

주폴리스zoopolis : 지리학자 제니퍼 월치Jenifer R. Wolch가 만든 말로, 그는 이 말뜻을 다음과 같이 설명했다. "동물과 자연을 고려한 윤리관과 관행, 정책 등이 나타날 수 있으려면 도시를 자연 상태로 되돌리고, 동물을 불러들여야 한다. 도시를 다시 매력적인 곳으로 만드는 것이다. 나는 그 도시를 주폴리스 zoöpolis라고 부른다."[4]

이 말은 수 도널드슨Sue Donaldson과 윌 킴리카Will Kymlicka가 쓴 《Zoopolis주폴리스》[5]라는 책이 출간된 후 유명해졌다. 원래 zoöpolis로 강세 부호가 있었으나, 이후 zoopolis 형태로 일반화됐다.

동물 의식론 혐오주의mentaphobie : 동물학자 도널드 그리핀

4   Jennifer R. Wolch & Jody Emel dir., *Animal Geographies: Place, Politics and Identity in the Nature-Culture Borderlands,* Verso, 1998.

5   Sue Donaldson & Will Kymlicka, *Zoopolis,* Éditions Alma, 2016.

Donald Griffin이 종 차별주의의 일종으로 동물에게 의식이 있음을 인정하지 않으려는 태도를 지칭하기 위해 만든 용어.

육식주의carnism : 멜러니 조이Melanie Joy가 고기를 먹는 인간의 식습관을 정당화하는 이데올로기를 지칭하기 위해 구상한 개념. 사실 인간은 대부분 육식주의자인 셈이지만 육식주의자라고 하면 이를 육식동물의 동의어로 보는 경우가 많고, 그저 수식어일 뿐인데 인간을 모독하는 표현으로 여기는 경우도 있다.

개인적으로 나는 육식주의보다 잡식주의라는 표현을 좋아한다. 인간은 모두 고기와 채소를 먹고 소화할 수 있는 잡식성 동물이기 때문이다. 비건이야 타고난 식성을 버린 사람이지만, 인간이 초식동물은 아니지 않는가. 그래서 나는 육식주의자를 칭할 때 고기를 혼식하는 사람이란 말을 쓴다. 그 편이 더 쉽고 간단한데다, 고기를 먹는 사람도 육식주의자라 불리는 것을 좋아하지 않기 때문이다. 이에 대한 내 입장은 앞으로 달라질 수 있을 듯싶다.

종 차별주의_{speciesism} : 1970년 리처드 라이더_{Richard D. Ryder}가
종에 따른 차별을 정당화하기 위해 만든 말이다. 종 차별주
의자는 자신이 다른 동물보다 우월하다고 여기며, 어떤 동물
은 자신의 반려동물로 받아들이며 특별 대우를 한다. 그러나
어떤 동물은 자신의 배 속에 들어가거나, 핸드백 재료가 되거
나, 실험에 쓰이기 위해 목숨을 잃어도 괜찮다고 생각한다.

　　반면 종 차별 반대주의자는 인간이 동물보다 우월하다는
생각을 거부하고, 동물의 권익을 보호하기 위해 싸운다. 이는
개나 돼지한테 면허증 딸 권리를 주자는 말이 아니다. 단지
개나 돼지라는 부류에 속한다는 이유로 우리가 이들을 죽이
고 먹을 권리가 정당화돼선 안 된다는 것이다.

　　이는 내가 이해한 종 차별 반대주의 개념이지만, 말이란 자
기가 쓰기 나름이니 종 차별주의와 종 차별 반대주의라는 단
어를 이용해 비거니즘의 개념을 다듬고 보완할 수도 있을 것
이다. 말은 의미를 두고 싸움이 벌어지는 현장이다.

　　나는 종 차별 반대주의보다 비거니즘이란 개념을 자주 사
용하는 편이다. 비거니즘이 더 대중적이고 듣기 좋으며, 긍정
적 뉘앙스를 띠기 때문이다. 특히 비거니즘은 종 차별 반대주

의보다 시기적으로 앞선다. 종 차별 반대주의에 영향을 준 비거니즘은 개인이 아니라 다수의 관심과 의지에 따라 만들어진 흐름이다.

나는 비거니즘이 이런 식으로 남녀 모두가 힘을 합쳐 그 역사를 만들어간 것이라 좋다. 종 차별 반대주의자는 그 개념이 조금 더 크다고 볼 수 있다. 비건이 아니라 채식주의자면서 종 차별 반대주의자가 될 수 있기 때문이다.

나는 종 차별주의에 반대하나, 종 차별주의와 인종주의, 성차별주의를 모두 같은 것으로 보지는 않는다. 이를 하나로 간주하는 도식적인 사고는 그런 차별주의가 모두 비슷비슷한 배경이 있는 듯한 착각을 불러오기 때문이다. 모든 차별과 억압은 연결되지만, 미국의 백인 우월주의 단체 큐클럭스클랜Ku Klux Klan, KKK과 닭고기를 먹는 사람들이 같지 않다.

실질적으로 비거니즘과 종 차별 반대주의를 구분하기는 어렵다. 이는 페미니즘과 가부장 반대주의를 구분하기 어려운 것과 비슷하다. 따라서 이 둘은 겹치면서도 상호 보완적인 개념으로 봐야 한다.

쾌고 감수 능력sentience : 쾌감과 고통을 느끼는 동물의 지각 능력을 뜻하는 말이다. 대다수 비건은 동물이 고통을 느낄 수 있느냐 없느냐에 개의치 않는다. 원칙적으로 비건은 동물을 식용 대상으로 보지 않고, 이들을 죽이거나 착취하는 일에 반대하기 때문이다.

그러나 비건 중에도 고통을 느끼는 동물에 한해서 착취와 도살을 자제해야 한다고 생각하는 사람들이 있다. 이들은 홍합이나 굴, 조개, 가리비 등 두껍질조개는 쾌고 감수 능력이 없는 동물로 간주하지만, 곤충은 고통을 느낄 수 있다고 본다. 반면 조개류까지 쾌고 감수 능력이 있다고 보는 비건도 있다. 생물학자 마크 베코프Marc Bekoff가 이에 해당한다.

비건이란 단어가 좋은 이유는 다양한 뜻을 함의하고, 토론할 거리가 될 수 있기 때문이다. 하지만 각자 비거니즘을 실천하는 나름의 방식을 깎아내리지 않았으면 좋겠다.

채식주의와 비거니즘은 직관적이고 자연주의적이며 종교적인 기원이 있다. 피타고라스도 윤회를 믿어 채식을 실천했다. 비거니즘의 토대를 마련한 사람들은 기본적으로 정의와 평등에 확신이 있었고, 동물을 착취하거나 도살하지 않는다는 원칙에 따라 행동했다.

쾌고 감수 능력은 동물권 운동의 이성적 토대와 과학적 근거를 위해 비교적 최근에 생겨난 개념이다. 물론 이렇게 이성적인 토대를 마련하는 것도 나쁘지 않지만, 다른 이유로 인간이 동물을 예속시키는 데 반대하며 동물 해방운동을 하는 사람들의 중요성 역시 배제돼선 안 된다. 감정 중심의 윤리학도 철학적 전통을 계승한 이성 중심의 윤리학 못지않게 진지하고 가치가 있다. 동물 해방운동의 길에서 교만은 절대 금물이다.

철학자 패트릭 로레드Patrick Llored에 따르면, 최초의 채식주의 철학자 엠페도클레스는 동물의 의식과 고통(오늘날 이야기하는 쾌고 감수 능력)에 바탕을 두고 철학을 발전시킨 것이 아니라 인간과 동물을 이어주는 관계를 바탕으로, 인간과 동물의 유사성과 증오에 대한 사랑의 우위에 근거하여 철학을 발전시켰다고 한다.

불교와 자이나교 등 인도철학이 미친 영향도 빼놓을 수 없으며, 최근에는 기독교를 비롯해 유대교, 이슬람교 등 유일신교조차 변화가 생겨나고 있다. 그동안 동물에게 호의적이지만은 않던 유일신교에서도 요즘은 종교를 앞세우며 동물을 보듬고 독자적 존재로 인정하려는 목소리가 높다.

　사람들이 비건의 길로 접어드는 경로는 여러 가지다. 동물에 대한 연민과 공감은 물론, 범신론적 사상이나 종교적 글귀, 학술 자료를 통해, 직관적 본능에 따라 비건이 되곤 한다. 다행이다.

　동물 착취 폐지론abolitionism : 모든 동물 착취를 완전히 폐지하려는 운동이다. 미국 내 일부 비건 진영에서는 이 단어가 노예제 폐지를 위한 흑인 운동을 지칭하는 용어를 차용했다고 꺼리기도 한다. 나 역시 이런 지적이 적절하다고 본다. 프랑스인이 듣기에도 폐지론이라고 하면 1789년 8월 4일 밤 귀족의 특권 철폐를 말하는 것 같기도 하고, 1981년의 사형제 폐지를 가리키는 것 같기도 하다.

　동물 복지주의welfarism : 착취되는 동물의 고통을 줄이고자 하는 운동이다. 하지만 동물 착취는 문제 삼지 않는다.

　신동물 복지주의neowelfarism : 모든 동물 착취가 폐지되길 바라는 가운데 동물 복지를 위한 캠페인을 이끄는 운동.

　나는 동물 복지주의, 동물 착취 폐지론이라는 단어를 쓰지 않는다. 운동 내부에서 이런 개념을 논의하는 건 알지만, 괜히 쓸데없는 대립을 불러온다는 생각을 지울 수 없기 때문이다. 내가 싸워야 할 대상은 같이 동물권 옹호 운동을 하는 활동가들이 아니다. 동물만 신경 쓰고 다른 사회적 억압 구조는 도외시하는 활동가가 아니라면 말이다.

　동물권 옹호주의 사상가 에스티바 뢰스Estiva Reus의 말마따나 "도덕적으로 어떤 철학 조류를 따르는지는 그리 중요하지 않다. 우리가 하는 이 운동에서는 뭔가를 우선시하지 않은 채 논의를 진행하는 것으로 충분하다. 그것으로도 우리가 원하는 결론, 즉 아무 대가를 치르지 않은 채 습관적으로 고통과 죽음을 강요하는 상황이 지극히 부당하다는 결론에 이를 수 있기 때문이다".[6]

　내가 가장 많이 사용하는 표현은 비거니즘과 동물권 옹호

6　Estiva Reus, "Utilitarisme et antiutilitarisme dans l'éthique animale contemporaine de l'égalité animale", *Les Cahiers antispécistes*, 32호, 2010년 3월.

주의다. 나는 이 단어가 거부감을 주지 않으면서도 강한 메시지를 전달한다고 생각한다. 쾌고 감수 능력이라는 표현도 사용하나, 의식이라는 단어를 써서 좀 더 간단히 말할 때도 있다. 그밖에 동물권 운동, 동물 해방, 종 차별주의, 종 차별 반대주의라는 표현도 사용한다.

동물 해방과 관련된 표현과 개념이 많아지면, 동물 해방을 위한 운동 역시 규모가 커진다. 상반된 이야기가 오가고 토론이 벌어질 때도 있지만, 우리 모두가 도살장 폐쇄를 위해 함께 노력한다는 점이 그보다 중요하다.

인권과 동물권은
한 끗 차이

햇살이 밝은 어느 가을 토요일 오후, 낭트에서 집회가 열렸다. 나는 4개월 된 아들 귀에 방음용 헤드폰을 씌운 채 콜린과 함께 루아얄광장에 가서 난민 지지 시위를 벌였다. 몇 주 전 시리아 알레포주의 코바니 출신 알란Alan과 갈립 쿠르디Galip Kurdi라는 아이가 터키 연안 바다에서 익사하는 참담한 사건이 발생했기 때문이다.

내가 글을 쓰는 이 순간에도 매일 두 아이가 지중해에서 목숨을 잃는다. 그러나 유럽은 아이들을 구하기 위해 아무런 조치도 취하지 않는다. 프랑스에서 매일 두 아이가 부모한테 맞아 죽지만, 대다수 프랑스인은 여전히 체벌이 당연하다고 생각한다.

우리가 현장에 머문 시간은 30초 남짓이었다. 우리를 반대하는 보수 단체가 득달같이 달려와 맞불 시위를 벌였기 때문이다. 콜린과 나는 대치 현장에서 멀리 떨어져 유모차를 밀고 있었기 때문에 위험한 상황은 아니었다. 우리는 '비앵에메Bien-aimés'라는 카페로 들어가 몸을 피했다. 채식 메뉴가 많아 평소에 자주 들르던 곳이다. 우리가 아들을 데리고 조심스레 수박 겉핥기라도 하듯 시위 현장에 나가는 이유는 아이에게 올바른 도덕적 가치를 전해주고 싶어서다.

동물권을 옹호하는 사람은 기본적으로 인권에 관심이 많다. 인간도 동물이기에 당연히 인간을 위한 투쟁에도 동참한다. 내가 동물 해방운동에 참여하는 것과 인권 운동에 참여하는 것은 서로 다른 차원의 문제가 아니다. 철학자 플로랑스 뷔르가Florence Burgat가 썼듯이 "동물을 죽이는 게 당연한 일이라고 가르치는 한, 사람들 사이의 폭력을 줄이는 건 불가능"[7]하다.

동물을 위한 행동이 인간에게 손해가 된다는 고정관념은 버려야 한다. 동물에게 권리를 부여하는 것은 정의의 범위를 넓히는 일이지, 결코 좁히는 일이 아니다. 나는 모든 억압과

7 Florence Burgat, *Cause des animaux: Pour un destin commun*, Buchet-Chastel, 2015, p. 99.

차별에 반대한다. 동물과 사람을 모두 좋아하기 때문이기도 하고, 그게 곧 정의를 살리는 길이자 배려와 공존의 삶을 추구하는 길이기 때문이다.

나는 사회운동이 지극히 당연하고 정당하며, 논리에 부합하는 이성적 행동이라 생각한다. 자본주의는 물론 여성 차별, 동물 차별, 인종차별, 세대 차별, LGBT(성 소수자) 차별, 유대인 차별을 반대하는 대대적인 사회운동이 일어나면 기꺼이 참여할 생각이다.

여러 가지 사회운동을 하나로 모으면 참으로 이상적이겠지만, 현실적으로 쉽지 않은 일이다. 내부 세력의 알력과 갈등으로 특정 운동이 다른 운동보다 부각될 소지가 있기 때문이다. 이를 해결할 방법은 가장 많이 억압 받고 소외되는 쪽이 운동의 전면에 나서는 것이다.

어쨌든 비건은 결코 인간 혐오자가 될 수 없다. 고기를 먹는다고 해서 그 사람을 미워하지 않는다. 비건은 사람들에게 그동안 알려지지 않은 정보를 알려주고, 동물성 식품을 먹거나 동물성 제품을 사용하지 않도록 설득하며 이 사회를 바꾸려는 것뿐이다. 고기를 먹는 사람에게 반감이 드는 심정을 이해 못 하는 바는 아니나, 이는 무용할뿐더러 정치적으로도 별 도움이 되지 않는다.

　철학자 안토니오 네그리Antonio Negri가 말했다. "우리가 안주 한 현실과 완전히 단절될 수 있어야 한다. 뭔가 버리고 뭔가 없어야 우리는 다시 타자他者와 이어질 수 있다. 그래야 그동 안 버려진 우리 친구를 되찾고, 엉망이 된 지금의 상황과 제대 로 마주할 수 있다."[8] 이게 우리가 가야 할 길이며, 따라야 할 윤리다.

8　Toni Negri, *Art et multitude: Neuf lettres sur l'art,* Mille et Une Nuits, 2009, p. 27.

동물에 대한 폭력을 멈춰야
인간에 대한 폭력도 사라진다

비건은 대개 듣기 싫은 소리만 골라서 하는 편이다. '이 세상에 산타할아버지는 존재하지 않아'처럼 아이들조차 알고 싶지 않은 진실을 어른들에게 억지로 알려주는 사람인 셈이다.

이 책에 동물이 당면한 처참한 현실을 묘사하는 내용은 없다. 이런 현실을 두 눈으로 확인하고 싶거나, 살이 찌기 쉽게 하려고 소규모 친환경 축산 농가에서도 실시하는 새끼 돼지 거세가 궁금한 독자는 인터넷에 널린 동영상 자료를 참고하기 바란다. 이런 영상에는 동물이 어떤 대우를 받는지 잘 담겨 있는데, 이는 몇몇 사람들의 잘못이나 탈선이 아니라 오늘날 일반적인 관행이다.

이제 동물에 대한 인간의 폭력적 양상을 대략이나마 기술해 보고자 한다.

어획의 문제

물고기도 감정이 있고, 두려움과 즐거움, 고통을 느낀다. 육류는 먹지 않지만 어패류와 유제품, 달걀을 먹는 페스코 채식주의자들의 생각과 달리 물고기도 유대 관계를 맺으며 복잡다단하게 살아간다(페스코 채식도 채식주의라고 할 수 있을지 모르지만, 그런 식으로 따지면 언젠가 '소고깃국'만 먹는 채식주의자라는 표현이 나올지 모르겠다).

보통 포유류에 대해서는 감정 체계가 우리와 비슷하려니 생각하고 쉽게 공감하는 편이다. 그러나 우리와 생김새부터 모든 게 다른 어류는 감정도, 감각도 없을 거라고 생각한다. 당연히 잘못된 생각이며, 바꿔야 한다. 동물권을 옹호하는 사람이라면 이런 확신에서 벗어나, 우리와 외양이 다른 생물의 삶도 그리 단순하지 않다는 사실을 깨달아야 한다. 어류와 두족류, 갑각류 역시 포유류와 같은 시선으로 바라보고 동일한 애정을 가져야 한다.

수적으로 볼 때 육식하는 사람들 때문에 가장 큰 피해를 보는 것은 바다 동물이다. 해마다 육지 동물 600억 마리가 잡아먹히는 데 반해, 바다 동물은 1조 마리 가까이 잡아먹힌다. 바다 동물 포획 중단을 위한 싸움은 비건과 동물권 운동가의 우선 과제다. 해양 동물 보호 단체 피시카운트Fishcount의 활동가 앨리슨 무드Alison Mood가 말했듯이 "최악의 상황은 바다에서 일어나고 있다".[9]

이제는 어류를 무차별 포획하는 일을 중단하고, 양식장도 없애야 한다. 살아 있는 물고기를 보라. 이들의 삶 역시 흥미롭고 감동적이다. 죽어가는 물고기는 어떤가? 그물에 걸려 입이 벌어지고 시선은 풀렸다. 우리가 이들에게 무관심한 현실이 개탄스럽다. 취미로 낚시를 하는 사람도 문제다. 비록 잡은 물고기를 다시 놔준다고 하나, 낚싯바늘에 걸린 물고기는 상처 때문에 결국 목숨을 잃거나 포식자의 먹잇감이 되기 쉽다.

게, 새우, 가재 등 갑각류도 고통을 느낄 수 있다.

---

9 Alison Mood, "Le pire a lieu en mer", *Les Cahiers antispécistes,* 34호, 2012년 1월 (2010년 fishcount.org.uk에 게재된 보고서 *Worse Things Happen at Sea: Welfare of Wild Caught Fish*에서 발췌).

축산업계의 문제

　오늘날 축산업계의 참혹한 현실을 모르는 사람은 거의 없다. 생명을 죽이는 것은 어떤 방식이든 존엄할 수 없다. 안락한 죽음이란 존재하지 않는다. 인간이 반드시 고기를 먹어야 사는 것도 아니다.

　고통 없이 행복하게 죽은 동물의 고기란 있을 수 없다. 도살장에서 동물 복지를 말하는 것은 새빨간 거짓 선전이다. 식탁에 오르기 위해 피 흘리며 죽어간 새끼 양을 생각하면서 기분 좋을 사람은 아무도 없다. 우리가 먹는 즐거움을 누리기 위해 동물을 죽여도 된다는 기본 논리가 달라지지 않는 한, 소규모 축산 농가와 농장 내 도축을 지지하더라도 결국 도살을 계속하기 위한 구실에 불과하다. 동물 복지를 준수하는 도살장 또한 고기 먹는 사람의 마음을 편하게 해주기 위한 수단일 뿐이다.

　유기농 축산물을 소비함으로써 윤리적 행동을 실천한다는 생각도 착각이다. 소규모 축산 농가에서 기른 동물 역시 주어진 수명의 일부밖에 살지 못하기 때문이다. 닭의 기대 수명은 최대 8년이지만, 친환경 닭이라도 생후 3개월이면 도축된다. 돼지의 기대 수명은 15년인데, 친환경 새끼 돼지는 태어난 지 1년도 되지 않아 도축된다. 소는 20년까지 살 수 있는 동물이지만, 송아지는 태어난 지 3~8개월 만에 목숨을 잃는다. 푸아그라용 오리도 생후 13주에 생을 마감한다. 오리의 기대 수명은 15년이다. 그나마 수컷 이야기고, 암컷 새끼 오리는 태어나자마자 분쇄된다. 푸아그라를 생산하는 데 수컷만 이용하기 때문이다.

동물 학대가 당연시되는 이 사회에서 일부 소규모 축산업자는 자신도 기르는 동물을 사랑한다고, 이들을 도살장에 보내는 게 마음 아프다고 이야기한다. 이 말이 거짓은 아닐 것이다. 하지만 이들의 모습에서는 상처 주고 죽이면서도 피해자를 사랑한다고 말하는 문명의 모순이 전형적으로 드러난다. 사회 도처에서 벌어지는 이 역설적인 상황이 우리의 불행을 만드는 근간이다.

이런 사고방식과 모순이 없어져야 한다. 동물을 사랑한다면서 오히려 상처 주고 학대하고 죽이는 상황이 더는 생기지 않았으면 좋겠다. 고기를 먹는 식습관을 뿌리 뽑기 위해서는 우리의 고정관념과 잘못된 생각을 바로잡는 것 외에 다른 방법이 없다.

대규모 도살장 직원들도 고역이긴 마찬가지다. 이들은 저임금과 격무에 시달리고, 괴로운 직무를 수행하느라 정신까지 피폐해진다. 이들은 피해자를 만들어내는 동시에, 자신도 피해자가 되는 셈이다. 그러므로 동물권 운동은 결코 도살장을 폐쇄하는 데 그쳐선 안 된다. 축산업자와 고기로 생계를 꾸려가던 사람이 다른 일자리를 찾을 수 있는 사회의 모습도 구상해야 한다. 사회를 바로잡고, 새로운 일자리를 만들고, 도축장 직원과 축산업자를 고려해 노동시간의 배분까지 생각하는 게 비거니즘 운동이 해결해야 할 몫이다. 우리가 싸워야 할 대상은 지금의 제도와 이념, 도살을 전제로 한 사회지 개인이 아니다.

최근 일을 그만둔 축산업자가 점점 늘고 있다. 그만큼 이들도 자기 일이 힘들었다는 뜻이다. 도살장을 관리하던 감독관이 사표를 내고 도살 현장을 고발한 경우도 많다. 마르시알 알바르Martial Albar는 일간지 〈리베라시옹Libération〉과 인터뷰하면서 밝혔다. "어린 새끼 양들은 도살되기 전 울타리 안에 갇힐 때 갓난아이처럼 울어댄다. 마치 어린이집 아이들 같다.

양들에게 다가가면 어미젖을 빨 듯 우리 손가락을 빨려고 한다. 배가 고파서다. 정말 끔찍한 광경이었다."[10]

산란 업계의 문제

알에서 깨어난 병아리가 수컷이면 산 채로 분쇄된다. 업계에서 수컷은 아무 쓸모가 없기 때문이다. 소규모 축산 농가도 수컷 병아리를 죽이기는 마찬가지다. 어떤 농장이든 수탉이 암탉만큼 많지 않은 상황이 이를 방증한다. 산란용 암탉이라도 알 생산량이 떨어지거나 알을 더 낳지 못하면 도축한다.

닭들은 대부분 얼마 살지 못하고 도축장에서 죽을 운명이지만, 그런 닭을 데려다 키우는 사람들도 있다. 굉장히 좋은 방법이라 생각한다. 주변에 닭을 키우는 사람들이 있는데, 이렇게 집에서 키우는 닭은 나이가 들었다고 죽이지 않는다. 가족 중 누가 세미 채식주의자거나 고기를 먹는 사람이라면 닭을 키워보는 것도 좋을 듯하다.

---

10 〈리베라시옹〉, 2016년 5월 16일자.

낙농업계의 문제

인공수정을 한 젖소와 염소는 온종일 꼼짝 못하게 몸이 고정된다. 새끼 젖소와 염소도 매몰차게 어미와 떼어놓는다. 드물게 어미와 새끼를 잠시 함께 두기도 하지만, 새끼 수컷은 결국 고기로 팔려 나가는 신세가 된다. 바로 죽여서 고기로 사용하거나, 거세한 뒤 더 키워서 도축장으로 보내기도 한다. 우유 생산이 목적인 암컷 역시 우유를 만들어내지 못하면 도축장으로 보낸다. 이는 공장식 축산이나 소규모 농가나 다를 바 없다.

곤충, 절지동물의 식용과 관련한 문제

단백질은 식물에서도 얼마든지 구할 수 있지만, 기업들 시각에서 이는 최후의 수단일 뿐이다. 이들은 우리가 곤충을 먹고, 나아가 지렁이 패티를 먹기 더 바란다.

곤충은 생물학적으로나 물리적으로나 워낙 인간과 거리가 멀어 보통 경멸하는 대상이 되지만, 곤충도 신경계가 있어 고통과 쾌감을 느낀다. 관심사에 따라 움직일 뿐 아니라 창의적 역량도 있다. 그러므로 무척추동물에 대한 우리의 고정관념을 바꾸려고 노력해야 한다.

사냥의 문제

우리는 생태계의 균형을 위해 사냥이 불가피하다고 배웠다. 실제로 사냥할 수 있는 야생동물 개체 수도 사냥꾼에 의해 유지된다. 사냥꾼이 다니는 길목마다 동물의 먹이용 곡물을 뿌려주기 때문이다.

하지만 이런 행위는 동물 사이에 관계의 불균형을 야기한다. 게다가 해마다 프랑스에서 사냥으로 목숨을 잃는 동물 3000만 마리 가운데 2000만 마리는 사육 후 자연에 방사된 경우다. 오로지 살생과 총질을 즐기는 이들의 욕구를 충족하기 위해 키워져 사냥감이 되고 마는 것이다.

이제 사냥은 생태계 질서를 유지하는 데 필요한 일이 아니라, 그저 취미일 뿐이다. 사냥꾼이 쏘고 난 탄약도 자연에 그대로 방치된다. 이 말은 삼림과 지하수 층을 오염하는 납과 플라스틱 수 톤이 버려지고 있다는 뜻이다.

사냥꾼이 없으면 멧돼지나 노루, 토끼 같은 야생동물이 도시로 쳐들어올 거라고 겁을 주면서 사냥의 필요성을 역설할

수 있다. 설령 그렇다손 치더라도 동물과 함께 살아갈 대안
이 없지는 않다. 일부 생태학자는 사냥꾼 때문에 개체 수가
급감한 포식자를 다시 풀어놓자고 하고, 동물권 운동가는 울
타리나 피임 등 개체 수를 조절하기 위한 방법을 내놓기도 한
다. 동물과 비폭력적이고 조화로운 관계는 모두 우리가 생각
하기 나름이다.

　세계에서 가장 먼저 사냥을 금지한 나라는 코스타리카다.
이는 사냥 없는 세상도 얼마든지 가능하다는 말이다. 정치적
의지가 필요할 뿐이다.

　물론 생계유지를 위해 꼭 사냥을 해야 하는 사람까지 나무
라는 건 아니다. 제대로 된 비건이라면 아마존강 유역 열대우
림 한복판에 들어가서 원주민에게 사냥을 그만두라고 하지는
않을 것이다.

투우를 비롯해 동물끼리 싸움을 붙이는 경기의 문제

　오랜 전통이라고 해서 유혈이 낭자한 관행이 용서될 순 없
다. 과격하고 폭력적인 전통과 관습에 대항해 구축된 것이 바
로 문명이다.

투우 애호가들은 동물권 운동가에게도 물리적 폭력을 가할 때가 있다. 이렇듯 동물에게 행하는 폭력은 자연히 인간에게 행하는 폭력으로 이어진다. 이는 투우 애호가의 취미가 그만큼 위협을 받는다는 뜻이기도 하다. 투우는 이제 카탈루냐에서 금지됐고,* 프랑스 문화유산 목록에서도 제외됐다.

얼마 전 스페인에서 투우 경기 중 투우사가 소에 받혀 죽는 사건이 발생했다. 투우 경기 규칙과 관행에 따라 해당 투우를 낳은 암소는 도살됐다. 문제가 된 소의 혈통을 끊는다는 명목이다. 여기서도 우리는 투우가 남성 중심적이고 가부장적인 취미임을 알 수 있다. 책임은 어미에게 있으니 그 어미를 죽여야 한다는 논리이기 때문이다.

서커스와 동물원의 문제

이제 동물원에는 가지 말아야 한다. 동물을 잡아서 무리와 강제로 떼어 도심 한복판 감옥 같은 곳에 가두는 일은 명백한

★ 카탈루냐의 주도 바르셀로나에서는 과거 투우장으로 쓰인 아레나를 대형 쇼핑몰로 개조했다. 이제 아레나는 관광객 사이에서 쇼핑몰로 더 유명하다.

범죄 행위다. 동물을 이해하고 연구하기 위해 반드시 동물을 가둘 필요는 없다. 동물원이 있어야 사람이 동물에게 관심을 보이는 것도 아니다. 동물원은 우리에게 필요하지 않을뿐더러, 잔인하기 짝이 없는 곳이다. 최근에는 동물원이 멸종 위기에 처한 동물을 구하는 길이라는 광고까지 해대는데, 모두 새빨간 거짓말이다.

그 와중에 부에노스아이레스의 동물원이 얼마 전 폐쇄됐다는 반가운 소식이 들렸다. 부에노스아이레스 시장은 "갇혀 살게 하는 것은 동물을 참혹한 환경으로 몰아넣는 학대에 해당한다. 우리는 동물을 보살펴야 한다"고 주장했다. 동물원을 나온 동물은 넓은 야생 공원에서 앞으로 살아갈 터전을 찾게된다. 코스타리카 정부 역시 국내 모든 동물원을 폐쇄할 방침이다.

서커스도 문제의 본질은 같다. 코끼리가 아이를 납치해 초원에서 굴리고 바오바브나무 껍질을 뜯어 먹게 하지 않는 이상, 인간도 야생동물을 억지로 데려와 오락거리로 삼아선 안된다. 우리는 오직 재미를 위해 코끼리나 돌고래 새끼를 강제로 어미와 떼어놓는다. 그때 들리는 어미의 절규는 이 땅에서 완전히 사라져야 한다.

르네 샤르René Char가 말했듯이 "우리에서 괴로워하는 사자를 보는 사람도 사자의 눈에는 곱게 보이지 않는다".[11]

피혁 산업의 문제

우리는 이제 옷을 지어 입기 위해 반드시 동물 가죽이 필요하진 않다. 요즘은 가죽 재질이 아닌 가방이나 지갑, 벨트를 구하기 쉽고, 신발도 면이나 마, 황마, 재활용된 합성섬유 등 소재가 굉장히 다양하다. 대도시라면 비건 라벨이 붙은 인조 가죽 제품도 구할 수 있다. 파인애플 잎에서 추출한 피나텍스는 식물성 가죽 제품을 만들기 위해 개발한 섬유 원단이고, 얼마 전에는 버섯에서 추출한 섬유 원단이 개발됐다.

게다가 가죽은 제작 과정에서 유해 물질인 크롬처럼 화학 물질을 사용해 환경 재앙을 불러오는 주범이다. 가죽은 퇴출해야 한다. 가죽이나 양모 같은 동물성 소재가 합성 소재보다 생태적이라고 잘못 생각하는 경향이 있다. 합성 소재는 재

---

11 René Char, "Centon", *Les Matinaux*, Gallimard, 1987, p. 68.

활용으로 원료가 만들어질뿐더러, 진짜 심각한 환경오염을 유발하는 주범은 가죽과 양모다.

양모 산업의 문제

양모는 부드러운 천연 소재다. 인간은 수천 년 전부터 양모로 옷을 지어 입었다. 어릴 적 할머니가 목도리나 스웨터, 양말 등을 떠준 경험은 누구나 있을 것이다. 양모는 우리가 애용하는 옷감이다.

그런데 양모를 제작하는 이면에는 동물의 상당한 고통이 수반된다. 인간은 수 세기에 걸쳐 가장 높은 수확률을 보장할 양의 품종을 선별했고, 모 소재를 생산할 다른 동물도 골라냈다. 인간이 용도에 맞게 양의 품종을 선별하고 개량해온 나머지, 이제 양은 반드시 털을 깎아야 하는 상태가 되고 말았다. 털을 깎지 않으면 자기 털에 눌려서 질식사할 수 있기 때문이다. 동물이 인간의 착취에 의존하게 된 셈이다. 인간의 악행이 어디까지 이를 수 있는지 잘 보여주는 사례다.

양모 재질을 내세운 상품 광고처럼 겉으로 포근해 보이는 양모 섬유 이면에도 냉혹한 산업의 얼굴이 숨어 있다. 털을 쉽게 깎기 위해 양의 몸에 상처를 내는 것은 물론, 몸을 훼손하기도 한다. 이는 사고가 아니다. 양털을 깎는 기본 매뉴얼이 그렇다.

소규모 생산업자는 자신이 기르는 동물을 어느 정도 배려하며 작업할 수도 있다. 하지만 양이 나이가 들어 질 좋은 양모를 제공하지 못하면 어떻게 될까? 양에겐 요양원 같은 곳이 없다. 쓸모가 없어진 양은 도축장으로 보낸다.

이처럼 양모는 동물의 상처와 고통, 죽음으로 얼룩진 대표적인 산업이다. 캐시미어나 알파카, 앙고라 같은 고급 모직도 상황은 같다. 털이 빠지지 않아 깎아줘야 하는 양을 죽게 내버려두자는 말이 아니다. 양을 정성껏 돌보고 상처 나지 않게 털도 깎아주는 건 당연지사다. 물론 그 털은 내다 팔려는 게 아니다. 그랬다가는 기업이 이 틈을 파고들어 자기들도 양을 구하겠다고 난리 칠 게 뻔하다.

이는 양이 편히 지낼 수 있도록 털을 깎아주고, 모두 주어진 수명대로 살아갈 수 있도록 하려는 것이다. 우리 사회가 쓸모없는 동물에게도 살아갈 자리를 마련해주면 좋겠다. 이는 동물권 운동가의 투쟁 과제이기도 하다.

우리는 양모 없이도 얼마든지 따뜻하게 살아갈 수 있다. 플리스 원단이나 고어텍스, 면, 쐐기풀이나 삼으로 만든 섬유 등 대체재는 얼마든지 있다. 특히 쐐기풀이나 삼으로 만든 섬유는 질기고 따뜻하며, 면보다 친환경적이다.

일부 동물권 운동가는 양모 소재를 절대 사지도, 입지도 말아야 한다고 생각한다. 하지만 부득이하게 양모 제품을 써야 하는 경우도 있다. 비건이나 동물 복지 라벨이 붙은 새 옷을 구하지 못할 수 있기 때문이다. 그런 때는 전에 입던 양모 재질 옷을 그대로 입거나 헌 옷 가게, 나눔 장터, 온라인 벼룩시장을 이용하는 방법이 있다.

뜨개질을 좋아하는 사람이라면 쐐기풀이나 면, 삼, 합성섬유로 된 털실을 이용하고, 이조차 힘들면 재활용된 양모 털실을 사용할 수도 있다. 쐐기풀과 삼은 의복 제조용으로 대량 재배해도 좋을 듯한데, 그 전에는 소규모 생산업자의 제품을 이용하면 된다.

비단 역시 생각해볼 문제다. 비단을 생산하려면 살아 있는 누에나방이 든 고치를 끓는 물에 삶아야 하기 때문이다. 삶은 누에고치에서 비단을 짜는 명주실을 뽑는다.

모피와 다운 제품의 문제

모피는 잔인한 방식으로 과잉생산 되는 대표적인 제품이다. 모피 산업이 왜 지금까지 건재한지 모르겠다.

겨울 코트와 다운 제품은 아스클레피아스 섬유처럼 보온 기능이 있는 식물성 소재나 합성 소재로 대체가 가능하다. 이런 섬유는 거위 털보다 보온 효과가 뛰어나다. 요즘은 값이 적당하고 품질도 웬만한 식물성 소재와 합성 소재가 점점 많아지는 추세다.

동물실험의 문제

동물실험을 반대한다고 하면 대개는 반협박성 어조로 묻는다. "그러면 당신은 난치병에 걸린 아이들이 완치되길 바라지 않습니까?"

사실 치료법 연구에 희생되는 동물은 굉장히 적다. 세제나 화장품을 만들기 위한 동물실험이 문제다. 이런 실험은 당장이라도 얼마든지 금지할 수 있다. 우리에게 바닥 청소를 위해 얼마나 더 획기적인 세제가 필요하겠나? 보디 샴푸나 립스틱, 섬유 유연제 가운데 무엇도 말라리아를 치료하지 못한다.

유럽에서 판매되는 화장품 브랜드는 이제 동물실험을 하지 않지만, 글로벌 브랜드는 중국 시장에 진출하기 위해 지금도 동물실험을 한다. 중국에서는 동물실험이 의무이기 때문이다. 이런 제품은 불매운동을 해야 마땅하다.

　동물을 빼내기 위해 실험실에 난입하는 동물권 운동가를 곱게 보는 사람은 별로 없지만, 그들이 지나친 행동을 하는 이유는 구조화된 학대의 참상을 알기 때문이다. 모든 폭력 행위에 대항하는 방법은 폭력적일 수밖에 없다.

　동물실험 비율이 전보다 줄고 실험동물의 처우가 조금 나아졌다고는 하나, 그마저 연구소의 자정적인 노력에 따른 것이 아니라 동물권 운동가들이 투쟁한 결과다. 예를 들어 토끼 눈에 화학물질을 집어넣는 드레이즈 테스트도 정부나 기업, 학자들이 자발적으로 중단한 게 아니라 동물권 운동가들이 끊임없이 싸워온 덕분에 문제시한 것이다.

　실험실에서 희생되는 일부 동물은 교육 목적으로 사용되지만, 장기나 기타 해부학 부위 등은 복제본이 존재하므로 굳이 실제 동물을 사용할 필요가 없다. 실제 모델과 호흡기나 혈관의 특징이 동일한 마네킹을 만들 수 있지 않을까? 해부나 수술, 실험 과정을 보여주는 영상이 있고, 생리적인 작용이나 신체 기관의 작동 과정을 가상으로 띄워주는 쌍방향 소프트웨어도 존재한다. 해부나 부검을 위해서라면 동물의 사체를 이용하는 방법도 있다. 키우던 반려동물이 죽으면 연구를 위해 기증하는 사람이 있기 때문이다.

마네킹, 동영상, 소프트웨어, 인조 피부나 합성 소재로 만든 장기 등 살아 있는 동물을 사용하지 않더라도 얼마든지 이를 가능케 하는 기술이 존재하고, 심지어 그 기술이 나날이 발전하는 상황이다. 그런데도 이런 대체 방법이 좀 더 일반화하지 못하는 이유는 학자들의 관심이 부족하고 이권 다툼이 심해서다. 사고팔 수 있는 실험동물은 쏠쏠한 수입원이기 때문이다.

동물실험을 대체할 좋은 방법이 생기고 신뢰도가 높아지는 데다 종류도 점점 늘어나지만, 이를 더욱 발전시키는 건 정치적인 차원의 문제다. 늘 그렇듯이 오랜 관습과 교만, 공감 능력 부재, 경제적인 문제 등이 가장 큰 걸림돌이다.

비건으로서 내가 끼지 않는 논쟁이 있다. 나는 "난치병에 걸린 어린이를 위한 치료법을 찾고 싶지 않냐"는 식으로 질문하는 사람과 설전을 벌이지 않는다. 그가 나와 제대로 토론할 생각이 없다는 걸 잘 알기 때문이다. 이런 질문을 하는 사람은 아픈 아이를 위해 싸우는 게 아니라, 아무것도 바꾸지 않기 위해 애쓸 뿐이다. 이들은 우리를 오랜 흑백논리에 가두려고 한다. "당신은 동물을 사랑하지, 인간을 사랑하는 게 아니다"라는 식으로 말이다.

얼마 전 프랑스에서 신약 실험에 참가한 사람이 사망하는 사건이 발생했다. 그룹 건즈앤로지즈Guns N'Roses의 보컬 액슬 로즈Axl Rose는 돈이 없던 젊은 시절, UCLA의 의약 실험에 참여했다고 이야기한 적이 있다. 온종일 담배를 피우는 역할이었다고 한다.

제약 회사는 지금도 규제가 덜하고 경제적이라는 이유로 아프리카에서 의약 실험을 진행한다. 인간을 대상으로 한 실험의 폐단이나 사건 사고, 윤리적 문제를 지적하는 연구 조사도 수시로 발표된다. 대상자가 가난한 사람일 경우에는 이런 문제가 더욱 빈번하다. 여기에 더해지는 것이 동물실험 문제다. 의약품의 역사는 남자와 여자, 어린아이, 장애인을 대상으로 한 실험으로 얼룩졌다.

시민과 시민 단체들이 의약품 연구 상황을 통제해야 하는 이유는 윤리 의식이 결여된 실험이 수없이 많기 때문이다. 인간과 동물의 목숨을 담보로 한 실험은 이제 사라져야 한다. 인간과 동물은 학대할 대상이 아니다. 다른 분야와 마찬가지로 의약 분야에서도 목적이 수단을 정당화하지 않는다.

　일각에서는 동물을 대상으로 실험한 결과가 인간에게 약효를 제대로 증명하는지 회의가 생긴다고 문제를 제기하기도 한다. 인간과 동물의 해부학적·생리학적 차이가 크기 때문에 동물실험의 실효성에 의심이 간다는 것이다. 연구실에서 일어나는 지나친 실험 관행에 반대하는 익명의 투사도 분명 있을 것이다. 실제로 현직 의사나 학자 중에 대안을 수립하기 위한 운동에 동참하는 수도 점점 늘고 있다.

　얼마 전에는 의사 몇 명이 모여 책을 내기도 했다. 현재 유통 중인 의약품 가운데 수많은 제품이 사람에게 불필요하다는 내용이다. 의약 관련 전문지《프레스크리르Prescrire》나 소비자 연합의 월간지《크슈아지르Que Choisir》에서도 위험하고 쓸데없는 의약품을 고발하는 기사를 게재했다.

　우리는 업계의 과잉 행동을 통제할 수단이 있고, 전문 지식을 공유해서 위험한 실험을 막을 수 있으며, 화장품 업계의 잘못된 실험을 금지할 수도 있다. 해야 할 일은 산더미지만, 인간에게 해가 되지 않으면서 수많은 불필요한 죽음을 피할 방법도 얼마든지 있다.

한 가지 좋은 소식은 교육부에서 쥐 해부 실험을 금지하는 조항을 되살렸다는 것이다. 하지만 프랑스 교원 노조는 얼마 전까지 중등교육 과정에서 쥐 해부 실험 금지 조항을 없애라고 요구했다. 동물이 죽는 과정을 학생들이 실제로 볼 수 있게 해야 한다는 이유였다. 좌파 성향인 교원 노조가 이렇듯 잔혹한 생각을 한다는 게 안타까울 따름이다.

동물실험의 대안은 많다. 실제로 여러 나라에서 대안을 활용한다. 이스라엘과 네덜란드, 스위스, 아르헨티나, 슬로바키아는 고등학교 생물 시간에 해부학 실습을 금지했다. 그럼에도 얼마든지 생물학자를 양성하며, 고등학생도 충분히 사실적인 교육을 받고 있다.

반려동물 거래의 문제
반려동물의 존재를 어찌 할 수는 없다. 개와 고양이를 비롯한 일부 동물은 사람에게 길들여져 반려동물로 살아간다. 우리와 이 동물들 사이에는 깊고 애정 어린 관계가 유지된다.

하지만 여기에도 몇 가지 지켜야 할 원칙이 있다. 동물은 물건이 아니며, 돈을 주고 거래할 대상이 아니라는 점이다. 보호소에서 입양을 기다리는 불행한 동물이 수없이 많은데, 이들이 기댈 대상은 인간뿐이다.

강압적으로 교육하지 않는다면 안내견도 반대할 이유가 없다. 문제는 교육하는 과정에서 개들이 학대를 당하고, 제대로 먹지도 쉬지도 못한다는 점이다. 게다가 나이가 들면 그대로 버려질 수 있다. 이런 문제가 없다면 개들도 보호소의 철창에 갇혀 지내기보다 자기를 아껴주는 사람 곁에서 지내는 편이 행복할 것이다.

따라서 안내견이 시각장애인에게 도움이 되고 사랑받을 수 있다면 나도 얼마든지 찬성한다. 동물이 우리에게 도움이 되고, 우리도 동물에게 도움이 될 수 있으니까 말이다. 요즘은 안내견 대신 활용할 만한 기술적 대안이 있지만, 시각장애인은 개를 반려동물로 들이는 경우가 많다.

비건의 세계에서는 반려동물도 없어져야 할까? 나는 그렇게 생각하지 않는다. 비건들이 다 마찬가지겠지만, 나 또한 이를 원치 않는다. 야생에서 살아가는 종이 아니라면 개와 고양이는 얼마든지 우리 곁에 있을 수 있고, 예전에 가축에게 했던 것처럼 태어나는 새끼의 개체 수를 조절해 지속적으로 우리 곁에 두고 함께 살아갈 수 있다.

수 도널드슨과 윌 킴리카가 《Zoopolis》에서 주장하는 바와 같이 이종 간의 사회적 연대 또한 찬성한다. 야생동물 사회를 주권국가로 간주하면서도 심각한 위기 상황이나 동물이 부상당했을 때 혹은 전염병이 창궐할 때 인간이 개입해 도와주는 것이다.

이런 목표를 달성하기까지 아직 갈 길이 멀다. 일단 길이나 보호소에 버려진 반려동물부터 보살필 필요가 있다. 귀여운 강아지나 예쁜 새끼 고양이만 눈여겨볼 게 아니라, 나이 들고 상처 받은 동물이나 장애가 있는 동물을 포함해 모든 유기 동물을 차별 없이 입양해야 한다. 비정상적인 동물, 예쁘고 귀엽지 않은 동물도 거둘 수 있어야 한다.

동물에게 인간적인 감정을 투영해 중성화 수술을 비롯한 개체 수 조절 방법에 반대하는 사람에게는 암컷 고양이가 한

배에 새끼를 다섯 마리나 낳는다는 점을 상기시켜야 한다. 심지어 이들은 1년에 두 번 정도 새끼를 낳고, 이 새끼들이 자라면 다시 새끼를 낳는다. 고양이는 번식력이 굉장하기 때문에 그 모든 고양이를 집에서 키우기란 사실상 불가능하다. 결국 적절한 보살핌을 받지 못한 채 길에서 배를 곯고, 상처가 나도 치료 한 번 받지 못한 채 죽음을 맞는다. 자연적으로 개체 수를 조절하기 위해 포식자를 찾는 것도 불가능하므로, 고통과 폭력성이 가장 덜한 방법은 중성화 수술이다.

어미 고양이가 새끼를 낳자마자 일부를 바로 죽이는 사람도 봤는데, 이런 경우 가치판단을 할 수는 없을 것 같다. 그들은 그게 옳다고 교육받으며 자랐을 뿐이다. 하지만 그런 일이 반복돼선 안 된다. 새끼 고양이를 죽인다고 개체 수가 조절되지 않는다. 이는 결코 안 될 일이다.

개와 고양이에게 채식 사료를 먹여도 필수영양소가 모두 들었다면 문제 될 게 없다. 안타깝게도 고양이용 채식 사료는 아직 광범위하게 연구되지 않았다. 그나마 개를 위한 채식 사료는 개발하기 좀 더 쉬울 듯한데, 개보다 고양이, 특히 수컷 쪽이 문제가 복잡하기 때문이다. 고양이용 채식 사료에는 엄격하면서도 의무적인 규범이 필요하고, 이런 식단이 장기적으로 미칠 영향도 연구돼야 한다.

개와 고양이가 채식을 해도 아무 위험이 없고 양호한 건강 상태를 유지할 수 있다면, 반려동물에게도 채식을 권하지 못할 이유는 없다. 동물의 자연스러운 식성을 거스르는 일이라고 반대하는 사람이 있다면, 우리가 키우는 개와 고양이가 이미 자연 상태와 멀어졌다는 점을 깨우치자. 오늘날 반려동물로 기르는 품종이 모두 인위적으로 만든 종이기 때문이다. 다음에 또 이런 말을 하는 사람이 있으면 그 사람 집에 가서 자연적인 것과 거리가 먼 모든 것을 퇴출시키고 싶다. 비스킷 형태로 된 사료나 통조림도 결코 자연적인 식재료가 아니다.

우리는 채식주의자로
태어나지 않았다

우리가 처음부터 비건은 아니었다. 몇 년 전만 해도 소갈비와 정어리, 대게를 먹고 가죽 재킷을 걸치며 송아지 가죽 지갑을 쓰고 새끼 양가죽 신발을 사 신던 사람이 대부분이다. 즉 채식이라곤 생각지도 않던 사람들이다.

그동안 뭐가 잘못된 것인 줄도 모르고 살아온 경험을 스스로 되새기는 일은 중요하다. 그러면 우리 눈에 미처 보이지 않던 다른 문제도 깨닫고, 겸허한 자세로 돌아갈 수 있다. 우리는 지금까지 현대사회의 잘못된 생활 방식을 정당하다고 여기며 살아왔다. 이를 하루아침에 무너뜨리기는 어렵다.

비건은 비건이 아닌 사람도 이해할 수 있어야 한다. 파리 교외에 있는 미디어 도서관에서 비건인 내 삶에 대해 강연을 했는데, 한 여성이 강연이 끝나고 나를 찾아왔다. 탱드라는 이혼하고 세 아이를 기르며 의료 분석 연구실에서 기술자로 일한다고 했다.

어릴 적 내가 살던 곳에서 그리 멀지 않은 교외 주택 단지에 사는 탱드라는 내가 하는 이 투쟁을 이해하고 취지에 동의하며, 자신도 몇 년 전부터 비거니즘에 대해 고민해왔다고 했다. 하지만 애들 기르는 일이 워낙 힘들다 보니 현재 삶에서 벗어나기 쉽지 않고, 식습관에 대해 생각해볼 여유가 없었단다. 그래도 식물성 우유로 바꾸고 달걀을 사 먹지 않으며, 아이들에게는 하루걸러 고기를 준다고 했다.

　나는 자기 시간을 가질 여유가 없다는 탱드라를 격려하면서 몇 가지 조언을 했다. 무엇보다 그녀가 죄책감에 시달리지 않길 바랐다. 탱드라는 지금까지 해온 것만으로 다른 사람들보다 훨씬 나은 편이다. 특히 아이들에게 그릇된 가치관을 심어주지 않았음은 물론, 동물도 사랑하고 지켜줘야 할 존재라는 점을 일깨웠다. 탱드라의 아이들은 자라서 고기를 먹지 않고 동물성 제품도 소비하지 않을 가능성이 높다.

　탱드라 같은 사람이 적지 않다. 이들은 생각할 여력이나 시간적 여유 없이, 질 좋고 다양한 식단을 구경하기 힘든 열악한 환경에서 살아간다. 특히 교외에 살면서 비건이 되기란 쉽지 않다. 아프리카계 미국인 셰프 브라이언트 테리Bryant Terry는 어머니가 집에서 영양가 높고 다양한 채식 요리를 계속 만들어줘야 한다고 강조한다.

　서민층은 본의 아니게 동물성 포화 지방이 가득하고 건강에 해로운 음식을 먹는다. 사정이 여의치 않다 보니 저급한 음식에 의존하고, 병에 걸릴 위험도 커진다. 비건이 더 나은 사회정의를 위해 싸워야 하는 이유도 바로 여기에 있다. 육식주의와 종 차별주의는 사회적 불평등을 더욱 부추기기 때문이다.

　비건은 식생활 주권을 제대로 누리지 못하는 모든 이들과 연대해야 한다. 살충제를 쓰지 않고 동물도 혹사하지 않는 농업을 장려하고, 현지에서 재배한 농작물을 적극 소비해야 한다. 아울러 제대로 된 공정 무역과 생태 농업을 위해 노력하는 단체, 노동자의 안전한 노동권을 위해 투쟁하는 단체와 손잡아야 한다. 이 사회에서 억눌려 살아가는 사람들의 투쟁을 지지하는 것이다.

　비건 연구학자 브리즈 하퍼A. Breeze Harper의 말처럼 "비거니즘의 뿌리는 엘리트주의가 아니다. 전 세계 식습관 체계가 인종 중심 권력 질서에 바탕을 둔 자본주의와 제국주의, 신식민주의의 구조적 틀에 갇히지 않았다면, 계급주의와 인종주의가 장악한 오늘날 사회에서 억압 받는 수많은 사람에게 비거니즘이 하나의 기회가 됐을 수도 있다".[12]

12 A. Breeze Harper, 2010년 8월 18일 'Vegan of Color' 사이트에 게재한 칼럼.

채식을 하면
영양 결핍에 빠진다?

　처음 비거니즘을 접한 시기, 합리적인 소비자가 되고 싶은 나는 도움이 될 만한 내용이 있을까 해서 보건 당국 인터넷 사이트에 들어갔다. 하지만 정부는 비거니즘을 극소수의 움직임으로 보고 있었다. 고기, 생선, 달걀 등 식품과 관련한 웹 페이지를 비롯해 정부 공식 사이트를 구석구석 뒤져도 이렇다 할 정보가 없었다. 비건 채식을 할 경우 굉장히 주의해야 한다는 것, (맞는 말이긴 하지만) 반드시 비타민 B_{12}를 보충해야 한다는 사실 정도만 알 수 있었다.

　국립보건예방과교육연구소Institut national de prévention et d'éducation pour la santé, INPES 사이트의 청소년 홍보용 브로슈어에도 일반 채식과 비건 채식에 대한 글이 있었는데, 그 내용은 내 기대와 거리가 멀었다. "비건 채식은 달걀과 유제품을 포함한 모든 동물성 식품을 배제하는 채식을 말해요. 이 식단은 결코 따라해선 안 돼요! 단백질뿐만 아니라 철분과 칼슘까지 부족해지는 심각한 영양 결핍 상태에 빠질 수 있어요!"

참으로 한심했다. 공중 보건 담당자들이 공식 사이트에 올려놓은 권고 사항이 죄다 이런 어이없는 내용이었다. 채식을 하는 게 간단한 문제는 아니지만, 그렇다고 단백질 결핍이 생기지는 않는다. 더욱이 비타민 B_{12}나 요오드, 셀레늄, 아연, 오메가 3 같은 영양소는 물론, 칼슘과 철분 결핍증을 피하기도 쉽다.

보건 당국이 고의적으로 거짓말을 내뱉었다면 이는 엄연한 범죄다. 이런 정부를 어떻게 믿고 따를 수 있을까? 클릭 몇 번으로 얼마든지 사실을 확인할 수 있는데, 청소년을 기만하는 건 정말 멍청한 짓이다. 이는 아이들을 우습게 보는 것이나 다름없으며, "다 애들 잘되라고 한 거짓말"이라는 입버릇일 뿐이다.

공중 보건 문제와 관련해 이런 행태를 보이는 것은 그야말로 자살행위다. 체르노빌 사고 때 안이하게 대처한 프랑스 보건 당국의 선례도 있지 않은가. 당시 프랑스는 해당 지역에서 생산된 우유나 채소류 섭취를 금지하지 않은 유일한 유럽 국가다.

석면이나 성장호르몬 문제, 메디에이터Mediator 사건,* 최근 항알츠하이머 약이 효과가 없고 위험하다는 판정을 받았는데도 여전히 바뀌지 않는 문제 등 의약품 분야는 여전히 대중을 기만하고, 의료계의 오만함 역시 계속 문제가 되고 있다. 업계 로비의 영향도 심각하다.

나는 이것저것 뒤지던 끝에 비건 채식의 영양학적 측면을 다룬 공식 자료를 발견했다. 영국 보건부 사이트에 게재된 이 자료에는 상세한 정보와 조언이 수록됐지만, 가치판단은 어디에도 없었다. 이스라엘과 캐나다 보건부 사이트도 같은 정보를 게재했다. 그렇다면 프랑스 국민이 생리적으로 남다른 걸까, 아니면 국민을 대하는 프랑스 보건 당국의 태도가 다른 걸까?

프랑스 보건 당국자들은 성가신 문제가 생겼을 때, 괜한 불안감을 조장하면 해결할 수 있다고 생각하는 모양이다. 동

★ 2010년 '메디에이터'라는 이름으로 시판되던 약품에서 벤플루오렉스 성분을 섭취해 문제가 생긴 사람들이 제기한 보건 의료 소송사건. 법정 공방 끝에 해당 성분이 심장판막에 이상을 유발할 수 있다는 이유로 판매 금지 처분을 받았다.

물의 권리를 보호하고 동물 착취를 중단하자는 사람들의 목소리가 커지니 겁주는 방법으로 이를 저지하려고 했나 본데, 단언컨대 이제 그런 미봉책은 먹히지 않는다.

의도적으로 잘못된 정보를 흘리면 사람들은 공식적인 정보조차 의심할 수밖에 없다. 이는 심각한 문제다. 그러다 백신 반대 여론에 무기를 쥐여주는 꼴이 될 수도 있기 때문이다. 과학적으로 잘못된 정보가 대중에 유포되면 치명적인 결과에 이를 수 있다. 출처가 불분명한 곳에서 잘못된 정보를 얻은 채식주의자가 병에 걸릴 위험이 있기 때문이다.

의사들의 어이없는 지식수준도 문제를 더 복잡하게 만든다. 사실 의사들의 영양학 관련 교육 수준은 물론, 채식에 대한 지식수준도 전반적으로 낮은 편이다. 영어로 된 기술적인 자료를 연구하려는 마음조차 별로 없다. 나중에 개방적이고 비판적인 의사가 많아지면 상황이 달라질 수 있겠지만, 아직 갈 길이 멀다.

친구들은 주치의한테 비건 채식을 한다고 얘기하면 잔소리 듣기 십상이라고 했다. 과학적 사실에 근거한 토론이 불가능하다는 것이다. 이는 히포크라테스 선서에 위배되는 일이며,

제대로 된 의학 교육을 받은 사람이 해선 안 될 행동이다. 친구들은 이제 의사에게 아무 말도 하지 않는다.

오늘날 비건은 수백만 명에 이르며, 50년째 건강히 잘 살고 있다. 관련 연구나 학술 자료, 잡지 등 참고할 자료 역시 적지 않다. 정부와 대화하는 단체나 개방적인 태도로 접근하는 의사들 덕분에 상황이 조금씩 달라지고 있으며, 환자들도 의사에게 채식에 대한 관심을 일깨운다. 우리는 의사와 채식 이야기를 하고, 그들을 채식의 훌륭한 파트너로 삼아야 한다. 의사들도 관련 정보와 의학 자료를 살펴봐야 하며, 환자한테 배울 게 있다는 점을 인정해야 한다.

채식을 하지 않는 사람의
흔한 반응

"이론적으로야 비건 채식이 좋지. 그래도 비타민 B_{12}를 따로 챙겨 먹는 건 뭔가 문제 있다는 증거 아냐?"

3월 어느 수요일, 나는 생일을 맞은 라파엘과 릴에서 만났다. 우리는 보방공원 잔디밭에서 체스를 두며 비건용 숙성 치즈와 바게트를 먹었다. IT 회사에서 근무하는 라파엘은 돈 잘 벌고 똑소리 나게 일하는 전형적인 요즘 청년인데, 유감스럽게도 광고 수입을 극대화하려는 쓸모없는 상품 개발에 재능을 허비하고 있다. 내 주위에는 돈을 잘 버는 사람이 별로 없는데, 라파엘은 예외다. 그렇게 성가신 일을 하는 사람도 라파엘뿐이다.

때는 바야흐로 봄이고, 집집마다 아이들을 데리고 밖으로 나와 공원에 진을 쳤다. 사람들은 풀 내음을 맡으며 이야기 나누고 산책도 즐겼다.

라파엘은 담배를 피운다. (달걀흰자와 부레풀을 포함해 허가 받은 54개 재료를 넣는) 재래식 농법과 (38개 허가된 재료를 넣는) 유기농법으로 만든 포도주도 마신다. 라파엘은 진정제를 복용하고, 바지 주머니 안에서 하루 종일 휴대전화를 만지작거린다. 아스파탐과 이산화타이타늄, 아세설팜칼륨, E464, E133 같은 합성 물질이 들어간 껌을 씹는다.

암모늄라우릴설페이트, 요오드프로필, 벤조트리아졸릴, 메칠클로로이소치아졸리논, 피이지-18글리세릴올리에이트, 코코에이트 등 화학 성분이 함유된 보디 샴푸로 몸을 씻고, 항균제 트리클로산이 들어간 치약을 사용한다. PFC 코팅 처리된 프라이팬과 냄비를 사용할 뿐 아니라 아파트 벽지에 쓰이는 프탈레이트라는 산업용 화학물질이 들어간 향수를 뿌린다. 그의 자동차 내부와 방 안 카펫은 브롬 성분(TBBP-A)으로 방염 처리됐고, 플라스틱 컵에 뜨거운 커피를 마신다.

라파엘이 사는 아파트 안에는 포름알데히드 성분이 가득한 책상과 책장 같은 가구가 있다. 부엌 내장재와 부엌 의자 중 하나에는 폴리염화비닐이 사용됐고, 목욕탕 매트에는 벤젠 성분이 들었다. 냉장고 안에 있는 수많은 요리와 치즈, 고기 등에는 살충제 잔여물이 있을 뿐 아니라, 광물 함량이 높은 각종 보존제와 염료도 함유됐다.

이런 라파엘이 걱정하는 게 고작 세균이 만들어내는 비타민 하나란다. 60년 전부터 효능과 무해함에 대해 연구가 진행된 비타민인데 말이다.

채식을 하지 않는 사람의 이 흔한 반응에서는 비건 채식에 대한 잘못된 인식과 비합리적인 모습이 잘 드러난다. 내 친구에게 거슬리는 것은 그깟 비타민 추가 섭취가 아니라, 오로지 고기를 먹지 않아야 한다는 사실이다. 라파엘은 변하지 않기 위해 변명이 필요했을 뿐이다.

게다가 라파엘은 잘 몰랐겠지만, 이미 비타민 B_{12}가 보강된 음식을 먹어왔다. 아침으로 먹는 시리얼에 비타민 B_{12}가 들었고, 매일 점심때 먹는 햄샌드위치에도 비타민 B_{12} 성분이 보강됐다. 대다수 가축은 비타민 B_{12} 성분이 보강된 사료를 먹는데, 자체적으로 비타민 B_{12}를 함유하지만 수익률을 높이려는 사육 업자들이 사료에 성장을 가속화하는 비타민 B_{12} 성분을 추가하기 때문이다. 특히 돼지에게는 필수로 비타민 B_{12}가 추가되고, 소도 대개 코발트를 추가 섭취해 비타민 B_{12}를 더 많이 만들어내도록 한다. 따라서 고기를 먹으면 비타민 B_{12} 성분이 보강된 음식을 먹는 셈이다.

　라파엘은 시리얼과 고기에 보강된 영양소 외에 다른 영양소도 추가로 섭취한다. 바로 요오드 성분이 들어간 맛소금이다. 굵은소금과 달리 맛소금은 보건 당국의 지침에 따라 생산자가 요오드 성분을 보강해야 한다. 요오드는 갑상샘과 뇌가 제대로 작용하는 데 필수적인 성분이기 때문에, 소금에 요오드 성분을 추가하는 것은 정책 실행이 가능한 거의 모든 나라에서 관행으로 자리 잡았다.

　세계보건기구World Health Organization, WHO에 따르면 요오드 결핍증은 전 세계 공중 보건 당국이 특히 신경 쓰는 질환으로, 세계요오드네트워크협회Iodine Global Network, IGN도 요오드 성분 보강을 위해 가난한 나라를 돕고 있다. 프랑스에서도 수십 년 전부터 요오드를 첨가해온 덕에 국민의 신경학적 문제가 상당 부분 줄었다. 프랑스에서는 유제품에도 요오드를 첨가한다. 소와 염소에게 요오드가 풍부한 사료를 먹여 요오드 성분을 보강하고, 젖 짜는 기구를 씻을 때 요오드가 들어간 제품을 사용한다.

　우리가 영양소를 추가 섭취하는 경우는 이뿐만 아니다. 의료 당국은 아이가 태어난 직후부터 비타민 D 보조 용액을 섭취하도록 권고한다. 비타민 D가 뼈 성장에 도움이 되고, 일부 자가면역질환을 예방하기 때문이다. 임신한 여성은 엽산과 철분 보조제를 섭취하고, 겨울에는 비타민 D가 부족한 성인에게 비타민 D를 섭취하도록 권장한다. 즉 대다수 성인이 겨울철에 비타민 D를 추가로 섭취해야 한다는 뜻이다.

캐나다에서는 우유에 무조건 비타민 D 성분을 보강해야 하고, 영국에서는 제빵용 밀가루에 풍부한 칼슘과 철, 비타민 B_3를 넣어야 한다. 프랑스에서는 동물성이든 식물성이든 아이들이 먹는 우유에 (다행히) 비타민과 무기질을 첨가하며, 아침용 시리얼이 나오는 대다수 브랜드 역시 제품에 비타민과 무기질을 첨가한다.

영양소의 추가 섭취가 모든 경우에 좋다는 건 아니다. 첨가물로 영양소를 섭취하는 게 위험할 때도 있기 때문이다. 예를 들어 철분을 추가로 섭취하려면 의사와 상담을 거쳐야 한다. 가능하면 다양하고 균형 잡힌 식단으로 영양소를 섭취해야 상술에 휘둘려 비타민을 지나치게 섭취하지 않을 수 있다.

완전 채식을 하는 비건에게 비타민 B_{12} 문제는 상황이 좀 다르다. 식물성 음식 재료에는 사람이 흡수할 수 있는 비타민 B_{12}가 없기 때문이다. 일반 채식을 하면 유제품으로 비타민 B_{12} 필요량을 채울 수 있지만, 그래도 비타민 결핍증이 생길 수 있다(인도는 채식주의자의 비타민 결핍 문제가 심하지만, 우유와 치즈를 많이 소비하는 서구권 국가에서는 상황이 양호한 편이다). 다만 이 정도 결핍은 고기와 유제품 섭취량이 적은 사람에게도 얼마든지 나타날 수 있다.

채식주의자, 특히 유제품도 먹지 않는 비건 채식을 하는 사람은 의사에게 이 사실을 언급해두는 편이 좋다. 예방 차원에서 해마다 혈액검사를 하는 것도 나쁘지 않다. 혈액검사는 철분과 비타민 D 수치를 관리할 수 있게 해주므로, 전반적인 건강 상태를 확인하기에 좋기 때문이다. 더 확실한 방법은 소변검사로 메틸말론산 농도를 분석해 비타민 B_{12} 수치를 관리하는 것이다. 유사 물질이 개입해 결과가 잘못 나올 가능성을 차단하기 때문이다. 하지만 비타민 B_{12}를 추가로 섭취하면 결핍증에 걸릴 일은 없다.

종 차별 반대주의자 가운데 조개류가 고통을 느끼는 감각이 없다고 생각해 일주일에 몇 번씩 굴과 기타 조개류를 섭취하는 사람은 비타민 B$_{12}$를 따로 챙겨 먹지 않아도 된다. 요오드나 셀레늄을 추가로 섭취하거나, 오메가 3(EPA, DHA) 보조제도 필요 없다. 게다가 조개와 굴 양식은 바다에 아무런 해를 끼치지 않고, 다른 해양 생물에게도 별 영향을 미치지 않는다(물론 인류 전체가 고기 대신 조개를 먹는다면 문제가 생길지도 모르겠다). 따라서 이는 영양학과 생태학적인 관점에서 완벽한 식단이다.

이와 관련한 논란이 없지 않고, 간혹 토론이 격앙된 분위기로 치달을 때도 있다. 조개류를 먹지 않는 사람은 비합리적이라는 소리를 듣기도 하고, 먹기로 한 사람은 진짜 비건이 아니라는 비판까지 받으면서 모순된 동물 운동을 하는 사람으로 치부되기 때문이다.

하지만 진짜 문제는 다른 데 있다. 비타민 알약을 입안에서 녹여 먹는 건 자연적이지 못하다는 이유로 일부 비건이 이를 거부하는 것이다. 이런 경우, 건강이 위험해질 수 있다. 동물 해방운동권 내부에 자연에 대한 환상에 사로잡힌 사람들이 있는데, 이들은 자연이 완벽하다고 생각하며 인위적인 개입 없이 자연적인 것만으로 살 수 있다고 여긴다. 보조제를 통한 영양분 섭취는 불필요하다는 것이다. 비건이 아닌 사람 중에도 이런 사람은 존재한다.

그러나 미국의 영양학자 지니 메시나Ginny Messina가 지적하는 바와 같이 "비건 식단은 위험하지 않지만, 영양에 대해 비합리적인 생각을 하는 사람은 위험"하다.[13] 다시 옛날 사람처럼 먹으며 살겠다는 생각은 환상일 뿐이며, 수천 년간 인간의 수명은 채 40년도 되지 않았다는 사실을 잊지 말자. 과거의 방식이 하나의 모델이 될 수는 없다. 선사시대 사람처럼 먹고 살기 바라는 건 어리석은 발상이다.

우리가 먹는 과일과 채소, 곡물도 인간이 교배와 선별 작업을 거친 것이며, 자연에는 우리의 흔적이 각인돼 있다. 맛이 풍부한 오래된 토마토 품종이라도 상황은 다르지 않다. 환경오염이나 삼림 파괴, 종 다양성 파괴 등 인간이 남긴 발자취는 대부분 나쁜 것이지만 다양한 요리법이나 백신, 약, 책, 테레민, 기타, 인터넷 등 좋은 것도 많다.

비거니즘은 자연주의를 추구하는 운동이 아니다. 그렇다

---

13 비건 사이트 'RD', 2014년 7월 1일.

고 제초제를 쓰자는 말도, 대기업의 GMO 식품을 지지하자는 말도 아니다. 현대사회가 우리 앞에 무분별하게 가져다준 문명의 이기를 찬양하자는 말은 더더욱 아니다.

내가 말하는 비자연주의적인 비거니즘이란 과학적 지식과 수단을 활용한 식단이다. 유기농 식품과 현지 농산물, 비非가공식품을 지켜내는 것도 중요하지만, 오늘날 영속 농업 permaculture이나 비건 농업이 발전한 것도 우리가 토양생물학이나 관개농업, 식물학 등에 대한 지식을 어느 정도 갖춘 덕분이다.

기업이 만든 제품을 경계하는 것은 옳지만, 기업의 도움 없이 해결되지 않는 문제도 있다. 예를 들어 소규모 생산으로는 백신을 만들 수 없고, 전차나 기차도 만들 수 없다. 기업이 만드는 제품에 대중이 관심을 쏟고 통제할 수 있도록 투쟁하는 것 또한 중요하다. 시민사회는 기업을 감시하는 끈을 놓지 말아야 한다.

우리 몸은
모든 유토피아의 주체다

비건으로 산다는 건 비타민 B_{12}와 함께 채소나 과일, 콩 등을 챙겨 먹는 것만을 의미하지 않는다. 그게 전부라면 비건으로서 부족하다. 우리는 비건이기에 앞서 식생활 문제에 대해 생각해볼 필요가 있다. 비건의 식생활은 자기 삶의 주도권을 되찾는 투쟁이자, 자기 몸을 통해 이 사회의 억압에 대항하는 길이기도 하다. 푸코Michel Foucault가 말했듯이 "우리 몸은 모든 유토피아의 주체"*다. 우리 몸이 곧 정치인 셈이다.

안타깝게도 오늘날 열에 아홉은 반드시 우유나 치즈를 먹어야 칼슘을 흡수할 수 있다고 생각한다. 대부분 영양학적인 지식이 많지 않기 때문이다. 이는 정치적인 문제와도 직결된다. 의사인 친구는 "사람들이 유제품을 하루에 세 가지씩 꼬

★ 〈유토피아적인 몸Le Corps utopique〉, 1966년 12월 7일 라디오 채널 'France Culture' 강연. 미셸 푸코 지음, 이상길 옮김, 《헤테로토피아》, 문학과지성사, 2014.

박꼬박 챙겨 먹기가 쉽지 않은데도 식물에 칼슘이 있다는 말을 해주는 사람은 없다"고 말한다. 이 친구 말에 다 동의하는 것은 아니지만, 제대로 된 정보를 가르치고 알려줄 필요는 있다고 본다. 물론 건방진 자세를 취하거나 잘난 척을 해서는 안 되겠지만 말이다.

과일, 채소, 콩류 같은 식품에는 칼슘과 철, 아연, 칼륨, 요오드, 셀레늄 등 다양한 영양소가 들었다. 이 모든 영양소가 한꺼번에 들지 않았고 함량도 제각각이지만, 알아두면 좋은 지식이다.

모든 사람이 비건이 되는 게 나의 바람이다. 그러자면 영양학적 지식이 어느 정도 대중화돼야 한다. 나는 비건이 되고 나서 식물과 과일, 채소, 콩류, 비타민에 관한 지식을 얻었고, 우리 몸이 움직이는 원리도 알게 됐다. 지식은 세상을 바꾸는 힘이 있다. 그러니 진보와 생태주의를 표방하는 정당이라면 당연히 영양학을 공부해야 한다. 영양학이야말로 우리를 해방해줄 학문이다.

영양학에 별 관심이 없고, 비타민 B_{12}는 아몬드로도 섭취할 수 있으니 됐다고, 식생활에 대해 고민할 겨를이 없다고 생각하는 사람이라면, 당장은 비건이 되지 않는 편이 차라리 낫다. 먼저 동물에 대한 시각을 바로잡아보자. 동물에 관심을 두고 주의 깊게 바라보면서 감정이 있는 고유한 개별 주체로 대하는 것이다. 동물권 옹호 단체에 후원하는 것도 좋다. 그러고 나서 고기를 끊어보고, 비건에게 조언을 구하며 한 걸음씩 나아가면 된다.

오늘 아침에는 서점에 가서 영국 배우가 쓴 책을 샀다. 자신이 어떻게 채식을 실천했으며, 어떤 경로로 비거니즘에 동참했는지 이야기한 책이다. 유명인이 채식주의자임을 선언하면 확실히 동물권 운동의 대중화에 도움이 된다. 언론과 팬들을 움직일 수 있기 때문이다.

그런데 책을 읽을수록 실망이 커졌다. 지은이는 비거니즘에 대한 시각이 왜곡됐을 뿐 아니라, 문제의 소지가 될 수 있는 위험한 정보를 알려줬다. 배우자에게도 임신 기간 중 채소와 과일만 먹으라고 설득했고, 출산한 뒤에는 아기 분유를 채소 퓌레로 대체했다. 앞이 캄캄했다. 우리에겐 아직 비거니즘에 대해 정치적이고 합리적인 설명을 해줄 유명인의 목소리가 부족하다.

고기와 채소를 함께 먹는 건 이 사회의 보편적 기준에 따른 식생활이므로 영양 결핍에 걸릴 일은 없어야 정상이다. 하지만 철과 비타민 D, 오메가 3 같은 영양소가 부족한 사람이 태반이며, 섬유질의 섭취도 충분하지 않다.

고기 없이 채소만 먹는 건 이 사회의 기준에 따른 식생활에서 벗어나는 일이므로 어려운 부분이 많다. 과학적으로 별문제가 없어도 사회적으로는 이단적인 삶이 될 수 있으니 개인의 노력이 필요하다. 그래서 더 많은 자료를 찾아보고 더 많은 이야기를 나눠야 하며, 관련 단체와 모임에도 더 많은 질문을 던져야 한다. 필요하면 다른 나라 보건부 사이트도 뒤져봐야 한다.

이 모든 게 처음에는 어렵게 느껴질 수도 있다. 하지만 비건이 된다는 건 영양학적인 무지에서 벗어나는 걸 의미한다. 개척자로서 길을 가는 건 그만큼 어렵지만 흥미로운 일이기도 하다. 동물권을 지키려면 비건이 필요하고, 비건이 건강해야 동물을 위한 투쟁도 힘을 얻는다.

해열제나 정제 형태로 된 비타민을 먹어도 아무 이상이 없고, 심지어 신경계에 영향을 주는 마약성 약물조차 아무렇지 않게 투여하는 상황에서 비타민 B_{12} 알약 하나를 먹는다고 문제가 될 건 없다. 채식으로 충분히 섭취되지 않는 이 영양소 하나만 알약으로 먹어서 동물을 살리고 지구온난화 방지에도 이바지할 수 있다면, 아울러 건강까지 챙길 수 있다면, 기꺼이 즐거운 마음으로 혀 밑에서 이 약을 녹여 먹어야 하지 않을까? 수십 년 뒤에는 이런 삶의 패턴이 일반화될 수도 있다. 모든 음식에 비타민 B_{12}가 포함되고, 셀레늄이 풍부한 음식도 찾기 쉬워질지 모른다. 식생활에 대한 우리 시각이 완전히 바뀌는 것이다.

저술가 겸 정치 운동가 다비드 루세David Rousset는 "제도권 안의 일반적인 사람들은 불가능이란 없다는 사실을 알지 못한다"[14]고 했다. 이들은 무자비한 폭력 아래서도 불가능은 없다는 사실을 알지 못한다. 아울러 공감하는 마음으로 좀 더 윤리적인 행동을 하고 살면 뭐든 가능하다는 사실 역시 알지 못한다.

---

14 David Rousset, *L'Univers concentrationnaire*, Éditions de Minuit, 1946.

영양학적인 세부 정보

비타민 B_{12}는 주 1회 2500마이크로그램 혹은 2주에 한 번 5000마이크로그램씩 섭취하는 것을 권장한다. 매일 25마이크로그램을 섭취하는 방법도 있다. 액상으로 먹거나 알약을 혀 밑에 녹여 먹는 것이 가장 효과가 뛰어나다. Solgar, Gerda, VEG1 같은 브랜드에서 유전자 변형이 되지 않은 비타민 B_{12} 제품도 내놓고 있다.

나는 주 1회 2500마이크로그램을 섭취하는 형태로 비타민 B_{12}를 보충해왔다. 관련 연구 자료가 많고, 가장 흔한 섭취 형태이기 때문이다. 특히 내가 먹는 시아노코발라민은 값이 싸서 가장 이상적인 비타민 B_{12} 보충제라 할 수 있다. [15]

신장병을 앓는 사람은 메틸코발라민 같은 비타민 B_{12}를 섭취해야 하며, 이때는 복용량도 달라진다. 심각한 만성질환이 있다면 주치의한테 미리 얘기하는 게 가장 좋고, 비건 연합에서 운영하는 페이스북 그룹 'Vive la B12'에 문의하는 것도 괜

---

[15]   http://www.veganhealth.org/b12/nocyano.

찮은 방법이다. 어떤 경우든 조금이라도 의심이 들면 비타민 B_{12} 결핍증에 대해 알아봐야 한다.[16] 비타민 B_{12} 결핍증이 비타민 보강제를 챙겨 먹지 않은 비건에게만 생기는 것은 아닌데, 고기를 먹어도 크론병 환자나 노인처럼 비타민 B_{12} 흡수가 잘되지 않는 사람이라면 결핍증이 올 수 있다.

나는 음식에 해조류를 넣어 요오드 필요량을 섭취하고, 일주일에 여러 번 브라질너트를 먹어 셀레늄 필요량을 충족한다. 가을과 겨울에는 비타민 D도 보충한다.

지금은 VEG1 1정을 먹어 생활이 더 간편해졌다. 비건소사이어티에서 개발한 VEG1에는 요오드와 엽산, 셀레늄, 비타민 B_{12}, 비타민 D 등 필수영양소가 들었다. 이것저것 따로 챙겨 먹을 시간이 없는 비건이라면 나처럼 VEG1을 섭취하거나 Deva 같은 브랜드에서 나온 동급 제품이 훌륭한 대안이 될 수 있다.

나는 오메가 3가 들어간 연질 캡슐 Opti3도 챙겨 먹는데,

16 'Vive la B12' 사이트에서 'B12 결핍증(La carence en B12)'란 조회.

이 제품은 연어의 먹이가 되는 미세 해조류 성분으로 구성된다. 연어에게는 미안한 일이지만, 이 미세 해조류는 연어가 탄소 고리가 긴 오메가 3(EPA, DHA)를 섭취하는 주된 경로다. 미세 해조류에서 유래한 EPA·DHA 성분으로 영양소를 보충해야 한다는 점에는 의견이 분분한데, 일각에선 으깨 먹는 아마 씨와 유채 씨, 치아시드에 함유된 오메가 3로도 얼마든지 같은 기능을 기대할 수 있다고 생각한다.

일부 영양소에 대한 몇 가지 정보

요오드_ 요오드는 심장과 뇌, 근육에 작용하는 갑상샘에 필요한 영양소다. 주로 해조류와 소금에 들었다. 각자 1일 권장량에 따라 보조제 형태로 섭취해도 되고, 식사 중 해조류를 곁들여 먹어서 요오드 필요량을 채울 수도 있다. 다만 해조류 종류에 따라 요오드 함량이 다르다는 점에 주의해야 한다. 예를 들어 갈조류 켈프에는 김보다 30배 많은 요오드가 들었는데, 요오드를 지나치게 섭취하면 부족한 것만큼이나 바람직하지 않다.

칼슘_ 뼈와 이 건강에 필요한 칼슘은 근육의 수축과 신경

전달, 세포 내 기능에도 중요한 역할을 한다. 칼슘은 배추, 쐐기풀, 파슬리 등 녹색 채소에 들었는데, 시금치는 외려 칼슘 흡수를 저해하는 수산염이 많아 주의해야 한다. 씨앗, 마늘, 루콜라, 카카오, 올리브, (인도네시아의 콩 발효 식품인) 템페, 호두, 말린 강낭콩, 치아, 해조류, 두부, 식물성 농축 우유 등에도 칼슘이 들었다.

철분_ 적혈구 생산에 필요한 철분은 참깨에 들었다. 따라서 깨 즙 타히니에도 철분이 있다. 호박씨나 해조류, 헤이즐넛, 아마, 말린 강낭콩, 콩, 말린 과일, 빻은 귀리, 퀴노아, 템페, 말린 살구, 토마토소스 등에 철분이 들었으며, 비타민 C 공급원이 되는 음식과 결합하면 철분 흡수가 빨라진다.

아연_ 면역력과 뼈 건강에 도움이 되는 아연은 인지·생식 기능에도 영향을 미친다. 아연은 호박씨나 참깨, 아마 씨, 치아시드, 카카오, 말린 강낭콩 등에 들었다.

셀레늄_ 산화를 방지하는 무기질 성분인 셀레늄은 특히 갑상샘을 조절하는 기능을 한다. 셀레늄은 브라질너트에 많고, 치아시드나 해바라기 씨, 아마 씨, 참깨에도 들었다.

오메가 3_ 우리 몸에선 탄소 고리가 짧은 오메가 3(AAL)

가 탄소 고리가 긴 오메가 3(DHA, EPA)로 쉽게 전환된다. 뇌와 눈이 제 기능을 하려면 오메가 3가 필요한데, 아마 씨나 호두, 치아시드, 유채 씨 등에 포함된 AAL을 주기적으로 섭취하면 좋다. 캡슐 형태로 판매되는 미세 해조류는 DHA, EPA를 직접 얻을 수 있는 유일한 식물성 원료다.

엽산_ DNA에 필요한 엽산은 임신한 여성에게 필수적인 영양소다. 파슬리나 해바라기 씨, 병아리콩, 상추, 호두, 녹색 채소에 풍부하다.

단백질_ 콩류를 비롯한 모든 식물에는 단백질이 들었다.

비타민 A_ 비타민 A는 시각과 뼈 성장, 면역 체계 조절에 필수적이다. 식물에서 유래한 베타카로틴 성분이 우리 몸에서 비타민 A로 전환되는데, 익혀 먹거나 지방질이 있을 경우 이런 전환 작업이 수월하다. 베타카로틴이 함유된 식품은 당근, 고구마, 호박, 파슬리 등이다.

라이신_ 라이신은 필수아미노산으로 체내에서 합성되지 않는다. 채식주의 식단에서 주식이 되는 콩류에 풍부하며, 호박 씨나 퀴노아 등에도 들었다.

콜린_ 콜린은 간을 보호한다. 두유나 두부, 퀴노아, 브로콜리, 말린 강낭콩 등에 들었다.

임신부가 채식을 할 때는 특히 주의해야 하며, 몸 상태에 맞는 식단 관리가 필요하다. 그래도 영양소 결핍이 걱정된다면 땅콩, 아몬드, 헤이즐넛, 해바라기 씨 등 채유성 곡물 씨앗과 병아리콩, 햄콩, 렌틸콩, 강낭콩, 완두콩, 누에콩 등 콩류, 퀴노아, 메밀, 낟알, 과일, 잎채소, 당근, 호박, 고구마 등을 먹는다.

수프에 렌틸콩을 넣고 끓여 먹어도 좋고, 자기 방식대로 각종 후무스hummus(병아리콩을 으깨서 만든 음식) 요리를 만들어 먹거나, 팔라펠falafel(병아리콩이나 누에콩을 다져서 빚은 반죽을 튀긴 중동 지방 음식)을 먹어도 좋다. 혼합 샐러드나 스튜의 일종인 식물성 라구ragout, 쌀과 팥으로 만든 요리, 갈레트galette, 크레이프crepe, 스프레드, 피자 등을 만들어 먹어도 괜찮다. 식단을 다양하게 구성해보고, 인도나 멕시코, 아프리카, 중동 지방 요리책에서 조리법을 참고하고, 주변의 채식주의자나 비건 단체에 조언을 구할 수도 있다.

콜린과 나는 아침이면 볼에 쌀로 만든 뻥튀기와 메밀 플레이크를 담고 식물성 우유와 말린 과일을 넣어 먹는다. 계절에 따라 키위와 바나나 등을 추가하고, 카카오닙스나 호박씨, 해바라기 씨, 빻은 아마 씨 한 스푼, 밀 등을 섞거나, 계피도 넣어 먹는다. 낮 동안 입이 심심할 때는 견과류를 챙겨 먹고, 점심에는 혼합 샐러드와 함께 (후무스, 식물성 치즈, 말린 토마토 등으로) 타르트를 만들어 먹고, 과일도 곁들인다. 저녁 때는 비교적 풍성하게 챙겨 먹는 편이다.

비건 채식과 관련해 시중에 도는 영양학적 정보는 신중히 받아들일 필요가 있다. 인터넷은 물론 유기농 상점에서 구하기 쉬운 무가지에도 잘못된 정보가 많으니 채식에 정통한 영양학자나 의사, 전문 기관 등을 통해 제대로 된 정보를 얻어야 한다.

시작은 어렵지만
해보면 그리 어렵지 않은 채식

비거니즘이 이상적인 삶의 방식이긴 하나, 불가능에 가까운 목표라고 생각하는 독자도 있을지 모른다. 물론 비거니즘을 실천하기란 쉬운 일이 아니지만, 그 목적을 생각해보면 분명 그만한 가치가 있는 일이다. 페미니즘과 민주주의가 그랬듯이 비거니즘을 실천하기 위한 싸움도 이 사회의 다양한 측면과 얽혀 있어, 결코 쉬울 수는 없다.

그렇다고 어려움을 과장해서 생각하고 싶지는 않다. 우리 가족만 해도 채식 식단으로 바꾸는 게 그리 어렵지 않았고, 이제 비타민 B_{12}도 일상적으로 챙겨 먹는다. 더는 양모나 가죽 제품을 사지 않고, 동물실험을 거친 제품은 피하며, 동물원에 가지 않는다. 이는 어찌 보면 수영하는 법을 배울 때와 비슷하다. 처음엔 못 할 것 같지만, 막상 물에 들어가 조금 바동거리다 보면 어설퍼도 어느새 헤엄치고 있는 자신을 발견한다. 그때부터 수영이 쉬워진다.

비건이 되는 건 정신적으로 혁명을 겪는 일이다. 여태껏 살아온 방식을 뒤엎고 전과 다른 윤리 의식을 갖춰야 하는 까닭에 굉장한 용기와 노력이 필요하다. 그만큼 즐거움도 뒤따른다. 우리가 괜히 고행하는 사람들은 아니다.

채식을 실천하기 힘들 때는 내가 매일 채식을 해서 생명을 구하는 동물의 수를 생각해보면 도움이 된다. 주변에도 이런 얘기를 널리 퍼뜨리면 동물에 대한 연민과 공감대를 넓히고, 동물에게 권리를 부여해야 한다는 의식을 퍼뜨리는 데 이바지할 수 있다. 옳은 일을 위한 싸움은 우리에게 행복을 주는 원천이다.

물론 아무런 대안을 제시하지 않고 이거 해라, 저거 해라, 입바른 소리를 할 순 없다. 비건이 되는 것은 단순히 종전의 뭔가를 포기하는 게 아니라 익숙한 과거의 생활 방식을 새로이 바꾸는 일이므로, 비거니즘으로 대체 가능한 삶을 이야기해야 한다. "동물성 우유를 먹는 것은 부도덕하다"는 말로는 충분하지 않다. 어떻게 하면 이를 대체할 수 있는지 그 방법도 말해야 한다.

우리는 몇 달간 시행착오를 거친 끝에 새로운 습관과 관행을 터득했고, 전과 다른 먹을거리를 찾았다. 우리의 정치적 선택에 따라 살면서 뜻밖의 선물도 받았다. 식물과 우리 몸에 대해 좀 더 많이 알게 된 것이다. 그렇게 우리는 자유를 얻었고, 더 자립적으로 살아가게 됐다.

어린아이의 채식

나는 비건 채식을 적극 권장하지만, 갓난아이나 어린이의 채식을 언급한 적은 한 번도 없다. 캐나다소아과학회와 미국소아과학회, 영양학아카데미, 영양사협회 등은 적절한 주의가 필요할 뿐, 아이들이 비건 채식을 해도 문제없다는 입장이다. 하지만 프랑스 보건 당국은 어린이나 청소년에게 비건 채식을 권하지 않는다. 양쪽 입장이 너무 달라서 어느 장단에 맞춰야 할지 모르겠다.

어쨌든 이 문제에 뭐라 단언하기는 어렵다. 국제 학회나 논문 발표를 통해 연구가 이어지고, 의사와 학자들의 논쟁도 현재진행형이기 때문이다. 영미권 의사들의 주장과 프랑스 보건 당국의 반론을 살펴볼 때도 있는데, 나라별로 학계 의견이 달라지는 부분을 언론이 취재하면 좋겠다.

최근 프랑스에서는 한 의사가 지나친 다이어트 식단을 주장하자, 의사협회 심의회에서 그를 단호히 제명 처분했다. 심의회는 백신에 모호한 주장을 내놓은 의사 역시 제명했는데, 보조제로 영양분을 추가 섭취해야 하는 채식을 아이들에게 권장하는 의사들이 허점을 보이는 순간에 심의회가 다시 한 번 나설 수도 있을 듯하다.

영·유아의 비건 채식은 굉장히 조심스럽게 시작해야 한다. 다행히 오펠리 베롱Ophélie Véron이 쓴 《Bébé veggie아기 채식주의자》[17]를 비롯해 아이들의 채식에 관한 책과 블로그, 여러 가지 정보를 제공하는 웹 사이트가 많다.

내가 아이들의 채식에 소극적인 이유는, 비거니즘에 반대하는 의견이 만만치 않은 상황에서 아이들의 비건 채식에 대한 반발은 더욱 크기 때문이다. 최근에는 비건인 부모의 아이들이 심각한 질병에 걸렸다는 언론 보도까지 있었다. 알고 보면 문제는 채식이 아니라 부모가 아이들의 적절한 영양 균형을 맞춰주지 못한 데 있는데 말이다.

이는 부모가 고기를 먹는 가정이라도 생기는 문제인데, 기

17 Ophélie Véron, *Bébé veggie*, Éditions La Plage, 2016.

자들은 그런 가정의 아이에게서 나타나는 영양 불균형 문제는 다루지 않는다. 그러니 보건 당국은 더더욱 영국의 보건부처럼 채식주의 부모에게 정확한 정보를 알려줘야 한다. 정보와 조언을 제시하고 교육해야지, 괜히 위기의식만 조장하는 것은 옳지 않다.

콜린과 나는 일단 아들을 일반 채식으로 키우기로 했다. 주위의 압박도 압박이거니와, 아이의 비건 채식에 필요한 영양학적 균형을 제대로 맞추기 어려웠기 때문이다(물론 이렇게 해도 주변의 걱정이 해소된 건 아니다). 소아과 주치의에게 이 사실을 알렸고, 의사는 이 정도 채식이라면 별문제가 없다면서 우리에게 몇 가지 조언을 했다. 덕분에 우리의 모자란 지식도 보충됐다. 우리는 영양 전문의를 만나 아이의 채식 식단에 문제가 없는지 확인했다.

우리는 아들에게 채식 식단으로 단백질과 칼슘, 철분을 충분히 공급한다. 입안에 한두 방울씩 떨어뜨리는 비타민 D도 별도로 먹인다. 달걀과 치즈, 당근, 고구마, 콩류로 만든 음식을 주고, 요오드와 비타민 B_{12}를 보강해 전통 공법으로 만든 유기농 분유를 먹인다. 해조류에서 추출해 EPA와 DHA

함량이 높은 오메가 3를 주기적으로 먹이고, 아이의 채식에 관한 책을 보는 것은 물론 인터넷에서 관련 정보도 조사한다. 분유를 뗄 시기가 되면 소아과 주치의와 비타민 B_{12} 보강 문제를 상의할 생각이다.

나중에 아들이 커서 비건이 된다고 하면, 비건 식단에 동참시키고 관련 조언을 해줄 것이다. 채식에 호의적인 의사도 만날 수 있길 바란다. 요즘은 의사들의 정보 검색 능력과 영어 수준이 높은 만큼 펍메드Pubmed 같은 해외 의학 자료도 쉽게 접할 수 있을 것이다.

얼마 전에는 영양학 전문 소아과 의사가 주간지에 쓴 기사를 읽었는데, "철분은 주로 붉은 고기를 통해 공급되므로 동물성 식재료를 먹지 않는 어린아이가 충분한 철분을 섭취하기 위해서는 렌틸콩을 하루 1킬로그램 이상 먹어야" 한단다. 어이가 없었다. 의사라는 사람이 아이들의 채식은 무조건 잘못된 듯한 인상을 주면서 이상한 소리를 지껄이는데, 정부와 의사협회 심의회는 왜 가만있는지 모르겠다.

우리 주위에도 채식으로 아이를 기르는 것에 대해 뒤에서 은근히 나무라는 부모들이 있다. 내가 아이에게 동물을 음식으로 주지 않는 건 아이가 사회적 굴레에서 벗어나 자유를 누리도록 하기 위함이지, 채식만 강제하기 위해서가 아니다. 나를 탓하는 부모들에게 당신들도 자식에게 채소와 고기를 먹이면서 동물의 죽음과 고통을 전제로 한 식습관을 강제하는 거 아니냐고 되물으면 한결같이 "그게 어떻게 같냐"며 화를 낸다. 대화는 대부분 여기서 끊긴다.

최근에는 어린 딸에게 고기를 먹이는 게 마음이 불편하다는 젊은 아빠를 만났다. 그는 채식주의자가 아니지만 딸아이에게 고기를 먹으라고 강요하는 것 같아 마음이 편치 않다고 했다. 세상은 이렇게 조금씩 달라지나 보다.

우리 가족도 그렇지만, 채식을 할 때 반드시 완벽을 기해야 하는 것은 아니다. 때로는 타협해야 하는 순간이 있고, 부득이하게 고기를 먹어야 하는 순간도 있다. 생각보다 막강한 사회의 벽에 부딪히기도 하지만, 그렇다고 채식을 중단해선 안 된다. 중요한 건 우리가 얼마나 채식주의를 잘 지켰느냐가 아니다. 그보다 얼마나 꾸준한 의지가 있느냐, 얼마나 열심히 지키려고 노력하느냐가 중요하다.

비건인 친구 하나는 부모님 댁에 갈 때는 치즈를 먹고, 지인 중에 비건인 여성도 비건 메뉴가 없을 때는 부득이하게 일반 채식 메뉴를 먹는다고 한다. 나 역시 이런 일을 종종 겪으며, 앞으로도 경우에 따라서는 일반 채식 메뉴를 먹어야 할 때가 있을 것이다. 그렇다고 우리가 동물의 권리를 지키기 위한 싸움을 그만둔 것은 아니다. 우리는 결코 완벽하지 않다. 간혹 불평할 수도 있고, 불안해하거나 약해질 수도, 깜빡하거나 삐걱거릴 수도 있다. 그게 인간이다. 우리는 완전무결한 존재가 아니며, 지금보다 나아지기 위해 노력할 뿐이다. 계속 고민하며 행동하는 것이 무엇보다 중요하다.

우리는 부모로서 아이가 동물을 친구로 여기도록 다방면으로 노력한다. 옷은 보통 중고로 사거나 다른 사람에게 얻어 입히고, 가죽이나 양모 제품 불매운동도 한다(다만 누군가 아들에게 양모 스웨터를 물려준다고 하면 이를 거절하지는 않는다). 우리 아들은 아직 사탕을 먹어보지 못했는데, 누가 아들에게 사탕을 사준다고 한다면 돼지 젤라틴을 쓰지 않는 브랜드를 택할 것이다(대다수 사탕 제품은 돼지나 소의 뼈를 원료로 만든다).

동물원에 가지 않는 것은 물론, 동물을 이용한 공연이라면

서커스도 보지 않는다. 해변의 관광지에서 불쌍한 범고래나 돌고래의 쇼를 보는 일은 생각해본 적 없다. 우리가 아이의 교육에서 신경 쓰는 부분은 인간과 마찬가지로 동물이 얼마나 복잡한 존재인지 일깨우는 것이다. 단순히 동물을 존중하는 마음을 길러주려는 게 아니다. 동물에게 필요한 것은 존중하는 마음보다 우리의 관심과 배려.

이브 보나르델Yves Bonnardel이 말했다. "지배자가 느끼는 존중의 마음이 행동으로 나타나는 경우는 거의 없다고 봐도 무방하다. 말은 하지만, 말만 하는 것이 문제다. 이들은 현실에 직접 개입하려 하지 않으며, 구체적 행동에 대한 생각 없이 머릿속으로 현실을 떠올릴 뿐 현실적인 문제는 제기하지 않는다."[18] 존중이라는 말도 지속적인 착취를 은폐하기 위한 오만한 용어일 뿐이다. 동물에게 필요한 건 그런 가식적인 존중이 아니라 우리가 이들을 감정이 있는 고유한 존재로 봐주고, 지금과 같은 착취를 근절하기 위해 싸워주는 일이다. 우리가 아

---

[18] Yves Bonnardel, "Pour un monde sans respect", *Les Cahiers antispécistes,* 10호, 1994년 9월.

들에게 일깨우고 싶은 것도 바로 이런 부분이다.

우리 주위에 일반 채식을 하는 부모들이 더러 있는데, 그 정도 채식이라면 채식 때문에 아이들 대인 관계에 문제가 생기지 않는다. 채식을 하는 아이들이 사회에서 배척되거나 따돌림당하는 일은 없으며, 아이 친구들의 부모 역시 생일 파티 같은 자리에서 채식을 하는 아이가 있으면 그에 맞는 음식을 준비해준다.

우리 아들이 크면 이 모든 상황을 어떻게 받아들이고 행동할지 무척 궁금하다. 인간이 음식으로 먹기 위해 동물을 죽인다는 사실을 알려주면 아이들은 대부분 많이 놀란다. 이때 아이들이 하는 얘기는 귀담아들을 만한 것이 많다. 풍부한 감성을 바탕으로 굉장히 정확한 지적을 하기 때문이다. 유튜브에는 살아 있는 동물이 요리로 나온다는 사실을 알렸을 때 아이들의 반응을 보여주는 동영상이 많다. 대부분 겁먹거나 슬퍼하는 모습이다. 어떤 면에서는 어른이 아이에게 배울 점이 많다.

채식이든 아니든
중요한 건 균형 잡힌 식단

나랑 가까이 지내는 아다 아주머니는 나이가 꽤 많은 편이다. 아주머니는 몇 년 전부터 일반 채식을 했다가, 고기를 먹었다가, 비건 채식을 하면서 왔다 갔다 한다. 그런데 몇 주 전부터 몸이 편치 않아 거의 아무것도 못 드신다고 했다. 요리할 기운이 없는데다 비타민 B_{12} 챙겨 먹는 것도 깜빡한다며, 몸 상태가 좋아질 때까지 잠정적으로 비건 식단을 중단하기로 했단다.

굉장히 잘한 결정이다. 동물 해방운동에서 중요한 건 개개인이 힘들게 고생을 하는 게 아니라, 동물성 제품을 사용하지 않고도 얼마든지 건강하게 살 수 있음을 증명하는 것이다. 비건이 불균형한 식단 때문에, 혹은 영양 보조제를 섭취하지 않아 병이 난다면 이는 적의 손에 무기를 쥐여주는 꼴이다.

아다 아주머니는 비록 잠시 비건 채식을 접었어도 비거니즘 활동은 지속했다. 우리 곁에서 시위를 하고, 동물권 운동 단체 L214를 후원하며, 구조 센터의 한 동물에게 후원자 역할을 해주고 있다. 토론에서도 동물권 운동 진영의 편을 든다. 동물권 운동을 한다고 반드시 완벽해질 필요는 없다. 모 아니면 도라는 생각을 할 필요도, 100퍼센트 완벽한 비건이 될 필요도 없다.

비거니즘을 실천하다 보면 힘들 때도 있고, 난관에 부딪힐 수도 있다. 한 발 한 발 나아가다 잠시 후퇴할 수도, 그러다가 나중에 다시 시작할 수도 있다. 동물권 운동을 지지하고, 동물을 개별 주체로 인정하며, 도축장 폐쇄를 위해 싸우는 일이 중요하다. 프랑스의 비건 인구는 전체의 1퍼센트에 불과하다. 따라서 동물성 식품과 제품을 완전히 포기할 수는 없지만, 종 차별주의에 반대하는 사람과 비거니즘의 논리를 지지하는 사람을 운동의 대오로 끌어들여 힘을 보태야 한다.

요즘 아다 아주머니는 한결 좋아진 모습이다. 아주머니는 일반 채식을 하는데, 콜린과 나는 기발한 채식주의 요리사 멜 피귀Melle Pigut가 오후에 진행하는 비건 요리 수업을 끊어드렸다. 아주머니가 비건 요리의 기본을 배울 수 있도록 하기 위해서다. 아주머니는 다시 비건 채식을 시작했으며, 자기 속도에 맞게 채식을 실천한다.

　며칠 전에는 스피룰리나가 있으면 영양 보조제를 먹지 않아도 된다고 생각한 나머지 심각한 병에 걸린 젊은 여성의 이야기를 읽었다. 어느 사기꾼이 올린 허황된 인터넷 정보를 믿은 것이다. 충분히 피할 수 있는 상황인 만큼 굉장히 안타까운 소식이다. 비건은 대개 정보력이 좋은 편이지만, 인터넷에는 잘못된 정보도 많다.

　채식주의자든 아니든 무분별한 식사는 심각한 건강 문제를 야기할 수 있다. 정작 영양 상태가 좋지 않은 쪽은 채식을 하는 사람보다 고기를 먹는 사람이다. 고기와 지방질을 너무 많이 섭취해 죽어가는 사람이 해마다 수백만 명에 이르고, 고기 때문에 아이들 건강 문제가 생기는 경우도 많다. 고기를 먹는 사람들의 불균형한 식단은 공중 보건 분야의 주된 관심사다.

　비건도 같은 실수를 반복해선 안 된다. 우리는 비건으로서 제대로 된 정보를 충분히 얻고 사람들과 공유하며, 식단을 엄격히 관리해야 한다.

어느 비건의 일상

💬 블라냑에 있는 한국 음식점 '진지Jinji'에서 친구와 점심 식사 중.

"내 생각에 비건은 좀 공격적인 것 같아."

"고기 먹는 사람 중엔 공격적인 사람이 하나도 없고?"

그러자 같이 식사하던 친구가 한숨을 쉬었다. 아마도 내가 딴지 걸고 입씨름하기 좋아하는 사람이라는 사실을 잠시 잊은 모양이다.

비거니즘을 반대하는 사람들은 으레 비건이 공격적일 것이라고 생각하는 경향이 있다. 말이 안 통하고 성미도 고약한 사람이라고 단정하는 것이다. 착각이야 자유지만, 동물에 대한 인간의 공격성은 제도화돼서 눈에 잘 띄지도 않는다. 학대받으며 자라고 잔인하게 도축된 동물의 살덩어리를 스테이크라며 접시에 올려놓고 먹는 사람들이 비건의 공격성을 논한다는 건 말이 안 된다. 하지만 상황이 이런 만큼 비건은 더더욱 공격적이어서도, 상대에게 죄책감을 줘서도 안 된다.

다만 고기를 먹는 사람들 혼자서 괜한 죄책감에 시달리는 경우가 많은데, 우리가 채식주의자인 것을 안 순간, 자신들이 지금껏 해온 행동에 문제가 있다는 사실을 깨닫고 심기가 불편해진 것이다. 언젠가 콜린이 한 말처럼 죄의식이 꼭 나쁘지는 않다. 이는 상대의 마음이 움직였으며 이 문제를 민감하게 받아들인다는 증거로, 동물 문제에 과민해진 상태라는 뜻이기 때문이다. 이것만으로 한 발 내디딘 셈이다.

내가 보기에는 비건보다 비거니즘에 반대하는 사람들이 공격적인 것 같다. 어쨌든 거부감이 드는 비건을 만났다면 다른 비건을 더 많이 만나보라고 조언하고 싶다. 사실 동물권 운동가라고 모두 제대로 된 사람들은 아니다. 동물을 사랑하는 마음이 있다고 해서 그 사람의 모든 문제가 사라지는 것은 아니지 않는가. 페미니스트나 인종차별 반대주의자, 민주주의자 중에도 공격적이고 어리석은 사람은 얼마든지 찾아볼 수 있다. 그렇다고 우리가 페미니즘이나 인종차별 반대주의, 민주주의를 나쁘게 생각하지 않는다. 비거니즘은 생명이 고통받는 것을 피하려는 윤리 사상일 뿐, 비건이 아니라고 해서 이들을 비난할 이유는 없다.

● 문학 관련 행사에서 강연을 마친 뒤, 한 소설가와 함께 마르세
  유-파리 노선 기차로 이동하던 중.

비거니즘 이야기가 나오자 그가 말했다.

"우리가 동물을 죽이지 않았으면 한다고 생각하시는데, 식
물이 받는 고통은 별로 거슬리지 않나 봐요?"

이는 비건을 공격하는 대표적인 질문이다. 대표적이라기보
다 클리셰에 가깝다. 이런 질문을 하는 사람 중에 식물과 관
련 있는 사람은 거의 없다. 이들은 비건의 모순을 지적하며 계
속 맘 편히 고기를 먹으려는 것뿐이다. 당근 줄기를 잘라내는
것과 양의 목을 따는 게 같지 않다는 사실은 이들도 잘 안다.
그 사실을 잠시 잊었을 뿐이다. 이런 사람에게는 동물도 감정
이 있다는 사실을 굳이 말해주거나, 동물과 식물이 어떻게 다
른지 알려줄 필요가 없다. 그래서 이렇게 대답하고 마는 경우
가 대부분이다.

"가축은 어마어마하게 많은 풀을 뜯습니다. 따라서 고기를
먹는 사람은 채식을 하는 사람보다 풀을 많이 파괴하는 셈이
죠. 채식을 하는 사람은 고기를 먹는 사람보다 식물에 미치는
영향이 적습니다. 그러니 식물의 운명이 걱정된다면 비건이 되

십시오. "

　나는 채식을 할 때, 채소와 과일을 쓸데없이 낭비하지 않으려고 노력한다. 식물에 불필요한 피해를 주지 않기 위해서다. 나는 고통을 느끼지 못하는 자연도 사랑한다.

　비건은 이와 같이 괜히 시비하는 사람을 자주 만난다. 이들은 대개 비건의 흠결을 찾으려고 하므로, 이런 사람과 입씨름하는 것은 시간 낭비이자 에너지 낭비다. 이들과는 대화가 되지 않기 때문이다. 이들은 동물권에 관심이 있다기보다 그저 빈정댈 구실을 찾는다는 걸 알기에, 나는 이런 상황을 가볍게 받아치고 다른 문제로 넘어간다.

　해봐야 소용없는 논쟁에 낄 필요는 없다. 어느 한쪽을 선택해야 하는 경우라면 그 논쟁은 피하는 게 낫다. 나는 여성이 남성보다 열등하다고 생각하는 사람, 지적 장애인을 전부 없애버리려는 사람, 사형 제도에 찬성하는 사람과는 논쟁을 피한다. 모든 주제가 토론거리가 되는 것은 아니니까.

　동물권 옹호주의는 기본적으로 동물에 대한 공감 능력 부재를 문제 삼기 때문에 그와는 상황이 조금 다르다. 동물권을 지켜내기 위해서는 아직 갈 길이 멀다. 누군가 나와 호의적인 태도로 대화하길 원한다면 얼마든지 이야기할 수 있지만, 내가 비건인 이유에 대해 그저 비웃으려는 의도로 말을 건다면 같이 이야기할 생각이 없다.

🔴 **스트라스부르. 친구의 작품이 전시된 신규 미술관 VIP 초대전.**

어떤 화가가 다가와 말을 걸었다. 음식이 나오기 무섭게 사람들이 달려드는 오븐 구이 코너로 가지 않는 내가 의아했나 보다. 내가 동물은 먹지 않는다고 얘기하자, 그가 웃으며 말했다.

"나도 6년 정도 채식을 했지요. 하지만 동물을 인도적으로 죽이는 일도 가능하더군요."

"인도적인 죽음이 가능하다고요?"

순간 정적이 흘렀다. 화가는 심기가 불편한 듯 인상을 찌푸렸다. 간혹 상대의 말을 내가 되묻는 것으로도 문제의 본질을 인지시킬 수 있다. 로랑 플륌Lauren Plume의 시구가 떠올랐다. "나는 인도적으로 너를 죽이리라 / 지극히 아름다운 내 인간다움으로 네 목숨을 거두노니 / 그 화사한 빛이 내 눈을 가릴 때 / 네 두 눈 또한 뒤집히리라."

🌱 **알자스 지방 콜린 친정에 일주일간 다녀온 어느 겨울날 저녁.**

콜린과 나는 집 근처 마트에 갔다. 아들이 저녁 먹을 시간이 지나 유모차 안에서 떼를 썼다. 우리는 급하게 필요한 몇 가지를 샀다. 평소에는 동물실험을 하지 않은 제품만 판매하는 상점에서 치약을 사는데, 그날은 매장이 공사 중이라 치약을 사지 못했다.

원래는 늘 다니는 곳에서 동물 복지 인증 라벨이 붙은 제품을 구입한다. 급하게 장을 볼 때는 상품의 라벨을 하나하나 읽어가며 동물에게 잔혹 행위를 했는지 안 했는지 확인할 겨를이 없다. 그날 저녁엔 동물 복지 인증 라벨이 붙은 제품은 전혀 찾을 수 없는데다, 여행 뒤끝이라 지치기도 해서 동물실험을 제일 덜했을 것 같은 치약을 사는 데 그쳤다. 비건으로 살다 보면 이렇듯 부득이하게 타협을 해야 하는 상황에 종종 맞닥뜨린다.

🌱 **영화관에서 대량 어획에 반대하는 공익광고를 보다가.**

옆에 있는 친구가 몹시 화를 내며 말했다.

"저인망어선으로 물고기를 떼로 긁어 가는 꼴은 정말 못

봐주겠어."

　친구는 영화관에 오기 전에 소고기 패티가 들어간 햄버거를 먹었고, 어제 나와 점심을 먹을 때는 오믈렛을 주문했다.

　미국인 치과 의사가 짐바브웨 국민 사자 세실을 죽였을 때도, 어느 포악한 인간이 작은 고양이를 죽였을 때도 굉장히 많은 사람들이 분개했다. 하지만 동물의 무고한 죽음에 분노를 표출하는 사람도 대부분 고기를 먹는다. 사냥이야 나도 반대하는 입장이지만, 고기 먹는 사람들이 자기 때문에 죽어가는 닭이나 생선, 양, 소 같은 동물의 문제는 별로 생각하지 않으면서 유독 사냥이라는 취미에 분개하는 모습을 보면 좀 어이가 없다.

　동물 해방을 위해 싸우다 보면 쓸데없이 바른말을 늘어놓는다고 욕먹을 때가 많다. 하지만 내가 보기에는 고기를 먹는 사람들끼리 자기 기준에서 부도덕하다고 생각하는 상대에게 입바른 소리를 하며 훈계하는 경우가 더 많은 것 같다. 자신과 다르다고 잔소리하기 전에 일관성 있는 모습부터 보여주면 어떨까.

🌿 콜린과 함께 낭트에서 앙제로 이사하기 위해 집을 찾으러 다니던 중.

앙제 시내에서 부동산 중개업자를 만났다. 길을 가며 이야기를 나누다가 '트레조뒤리방Trésors du Liban(레바논의 보물)'이란 레바논 음식점 이야기가 나왔다. 비건 메뉴를 먹을 수 있는 음식점이라 우리에게 더없이 좋은 곳이었다. 그런데 부동산 중개업자가 찬물을 끼얹었었다.

"채식도 결국 돈 있는 사람이나 하는 사치예요."

꽤 자주 나오는 지적이다. 하지만 킬로그램당 음식 값을 생각해보면 채식 위주 식단이 확실히 저렴하다. 고기는 1킬로그램에 가장 품질이 낮은 고기 기준으로 5~30유로로, 채소는 품질을 낮추지 않더라도 1킬로그램에 1.8~4유로다. 퀴노아가 비싼데 그래 봤자 1킬로그램에 8유로고, 유산균을 이용한 발효 두부와 템페가 조금 더 비싼 정도다. 식물성 단백질은 늘 동물성 단백질보다 저렴하다.

채식 요리에서 값이 많이 나가는 식재료는 아몬드 퓌레 같은 일부 유지류 퓌레와 캐슈너트처럼 껍데기가 단단한 견과류로, 그마저 드물게 사용하는 편이다. 일부 공산품도 값이 다

소 높은데, 예를 들어 동물 복지 라벨이 붙은 화장품은 마트
의 저가형 화장품보다 비싸다(그래도 명품 브랜드보다 저렴
하다). 동물실험을 거치지 않은 가정용 세제도 비싸지만, 사
서 쓰는 대신 직접 만들어 쓰는 것도 나쁘지 않다. 식초와 베
이킹 소다, 물, 에센셜 오일을 섞어 만든 용액으로 바닥 청소
를 하면 싸고 친환경적일뿐더러 우리 몸에도 안전하다.

콜린과 내가 고기를 먹던 시절에는 장을 보면 보통 고기와
치즈 값이 가장 많은 비중을 차지했는데, 비건이 되고 나니 생
활비가 줄었다. 비건 가운데는 실업자나 소득이 적은 사람도
많다. 이들에게 채식 식단은 가정경제에 도움이 되면서 정치적
신념을 실천하는 방법이다.

그렇긴 해도 경제적으로 어려운 사람은 대부분 저렴하고
질 나쁜 고기를 먹는 게 쉽고 편할 것이다. 업계에서는 영양
관련 정보를 왜곡하거나 싼값을 내세운 광고를 동원해 돈 없
는 사람이 질 낮은 음식을 먹을 수밖에 없도록 만들기 때문이
다. 요즘에는 확실히 돈이 있어야 다양한 채식 식단을 즐기기
쉽다. 따라서 돈이 없고 먹을 것도 별로 없는 불모지에 사는
사람이라면, 정보를 구하거나 조리법을 찾아볼 여유가 없는

사람이라면, 고기와 유제품을 비롯한 동물성 제품을 식물성으로 대체하기까지 남보다 굳은 결심과 의지가 필요하다.

안타깝게도 채식이건, 육식이건, 질 좋고 다양한 식사는 아직 특권층의 사치인 게 오늘날 현실이다. 가진 것 없는 사람이 가장 질 낮은 식사를 하는 셈이다. 음식 민주주의 실현 또한 우리가 해결해야 할 과제다.

● 문학 행사가 열린 라 볼 지역의 호텔 조식 자리.

"두유는 없을까요?"

"두유는 없지만 유기농 우유는 있습니다."

● 파리 18구 시마르 가의 어느 카페.

저녁때 파리에 머물며 그간 오래 못 본 친구들을 만났다. 모두 집이 작아서 우리는 그냥 카페에서 보기로 했다. 그때 한 친구와 함께 온 친구가 내 옆자리에 앉았는데, 비거니즘에 관심이 있는 모양이었다.

"아들 예방접종은 했어?"

"그야 물론이지."

"그럼 비건이 아니지. 백신도 동물실험을 거치니까."

"비건은 동물의 권리를 지키기 위해 자신이 할 수 있는 만큼 실천하는 거지, 애들 목숨까지 위태롭게 만들지는 않아."

내 아들이 이에 옮았다면, 주위에서 추천 받은 약품으로 아들 몸에 붙은 이를 모두 없애줄 것이다. 내 아들이 고통 받는 모습을 두고 볼 생각은 없으니까. 우리 집 나무 기둥에 흰개미가 생긴다면, 당연히 모두 제거할 것이다. 산책 중에 포악한 육식동물을 만났을 때도 가만히 당하고 있지 않을 것이다. 이는 지극히 상식적인 행동이다. 위험에 처했다면 거기서 벗어나기 위한 행동을 해야 한다.

백신이나 일부 의약품처럼 동물의 희생이 필요하지만 쓸 수밖에 없는 물건이나 기술은 많다. 나는 이를 이용하는 한편, 동물실험의 대안을 찾기 위한 사회단체에서도 활동한다. 내가 할 수 있는 범위에서 행동하는 것이다.

이 친구도 내 말의 요지를 이해했다. 게다가 이미 생선과 소고기, 돼지고기를 먹지 않는 친구였다. 다만 닭고기는 결국 끊지 못했고, 치즈를 끊기는 더 어려워 보였다. 좀 더 이야기를 나눠보니 아버지가 예전에 가축을 키웠다고 한다. 기르는

동물을 많이 아끼는 성품이 선한 분이라고 말하는 대목에서
조금 움찔하는 것을 보니, 자기 나름대로 아버지를 옹호하려
는 모양이었다. 그 외에 다른 정치적 의도는 없어 보였다. 이
런 때는 나도 뭐라 하지 않는다.

더욱이 이 친구는 동물 보호소에서 개 한 마리를 입양했는
데, 녀석을 고른 이유가 한쪽 다리를 못 쓰기 때문이라고 했
다. 친구가 그 개를 입양하지 않았다면 녀석은 안락사 당했
을 것이다. 보호소에 있는 장애 동물의 상황은 나조차 미처
생각하지 못한 부분이었다.

이 세상은 모든 게 딱딱 둘로 나뉘지 않는다. 완벽한 동물
권 옹호주의자와 매정한 육식주의자만 있는 건 아니라는 뜻
이다. 고기를 먹는 사람이라도 우리가 동물에 대해 모르던 사
실을 알려줄 수 있으며, 앞뒤가 맞는 사람이라면 이미 고기를
중단하는 방향으로 나가고 있을 테니 서로 이야기를 나누고
정보를 공유하는 것으로 충분하다. 우리는 결코 자기 확신에
안주해선 안 되며, 동물의 불필요한 죽음과 고통을 줄일 수
있는 삶의 방식을 계속 추구해야 한다.

● 노르망디의 커다란 시골집.

자기 아버지 댁에서 주말을 보내자고 친구한테 초대를 받은 우리 가족은 다 같이 노르망디로 향했다. 친구 아버지의 친구분들도 함께하는 자리였다. 모두 이제 막 도착해서 각자 방에 짐을 푼 뒤, 벽난로 앞에 옹기종기 앉았다. 한 아저씨가 커피를 나눠주고, 한 아주머니가 불을 피웠다. 그날 저녁 각종 고기가 숯불 위에서 바비큐가 될 신세였다. 자연히 비거니즘이 화두에 올랐고, 안토니아라는 젊은 여자가 내게 물었다.

"건강이 매우 좋지 않은 친구가 있는데, 비건이 되면 상태가 좀 나아질까요? 어떤 기사 보니까 비거니즘으로 병을 치료한 사람도 있더라고요."

"비거니즘은 채식만 말하는 게 아닙니다. 기적의 식단은 더욱 아니고요."

"그래도 조금이나마 도움이 될 수 있지 않나요?"

"채식을 하면 동물에게는 도움이 됩니다."

나는 병을 치료하기 위해서 어떻게 해야 하는지 일러주고 싶었다. 환자를 치료하기 위해서는 정부가 그에 상응하는 공적 연구에 아낌없이 투자해야 하고, 의료 시설이 미비한 곳에

병원과 보건소를 세워야 하며, 적절한 인건비로 직원을 고용해야 한다.

병을 예방하려면 균형 잡힌 식단과 규칙적인 운동이 필수적이고, 나아가 사회적 불평등이 해소돼야 하며, 공공 정책도 필요하다. 어릴 때부터 영양 관련 정보를 접할 수 있도록 올바른 정보가 확산돼야 하고, 기업의 로비가 없어져야 한다. 하지만 이런 말은 한 마디도 하지 않았다. 그러자 실망하는 기색이 역력해, 나도 아쉬운 마음에 덧붙였다.

"채식을 제대로 한다면 건강에 이로울 수 있습니다."

'제대로 한다면'이라는 말을 하기도 늘 망설여진다. 지극히 당연한 사실인데, 사람들은 균형 잡히고 제대로 된 식사를 하지 않는다. 채식을 하건 육식을 하건 상황은 같다. 대부분 아무렇게나 대충 챙겨 먹는다.

"친구에게 비건이 되라고 말해줘야겠네요."

"채식의 이점을 자세히 알아보고 싶다면 학계에서 여러 사람을 대상으로 연구한 관련 자료를 읽어보라고 하세요. 예를 들어 마이클 그레거Michael Greger 박사 같은 사람은 채식이 건강에 미치는 영향을 연구한 전문가죠. 무와 배추 같은 채소류를 자주 먹는 것이 견과류를 먹는 것과 마찬가지로 몸에 이롭다는 사실은 익히 알려져 있습니다. 채식은 2형 당뇨병과 콜레스테롤에도 긍정적인 영향을 미치죠. 섬유질과 항산화 물질이 풍부한 음식이 중요하다는 것은 잘 알고 있을 테고요. 하지만 비건이 초능력자는 아닙니다. 비건도 얼마든지 병에 걸릴 수 있어요. 독감이나 세균성 염증은 물론, 중병에 걸릴 수도 있지요. 비건이 아프지 않을 거라는 생각도 문제지만, 비건이 병에 걸렸다고 비웃거나 멸시해선 안 됩니다."

사람들은 좋든 나쁘든 비거니즘에 잘못된 환상이 있는 경우가 많다. 누군가 건강 문제 때문에 비거니즘에 관심을 두는 걸 보면 마음이 썩 좋지는 않다. 비거니즘은 사회정의를 실현하기 위한 운동이지, 단순히 채식주의를 일컫는 말이 아니다. 지구온난화를 없애줄 수단으로 국한되지도 않는다. 비거니즘이 환경과 건강에 영향을 주는 것은 사실이지만, 비거니즘이 무엇보다 동물을 위한 정치 행동이라는 사실을 망각하는 것은 문제가 있다. 우리는 자기한테 유리하다고 뭔가를 위해 싸우는 게 아니라, 그게 옳은 일이기 때문에 싸울 뿐이다.

하지만 건강을 염려하는 차원에서 채식을 시작했다가 동물을 착취하는 현실을 깨닫고, 동물의 불필요한 죽음에 대한 문제를 발견하는 경우도 종종 있다. 대개 마음이 여린 사람들이 동물 문제에 공감하기 쉬운데, 특히 아이를 낳은 뒤 마음이 약해져서 동물을 딱하게 여기고 친근함과 애정을 갖는 경우가 많다. 결국 어떤 경로로 동물권 운동의 길에 동참했느냐보다 각자 나름의 방식으로 동참하는 것이 중요하다.

🌑 친구 아비가일의 생일 파티 가족 모임.

비건이 된 지 몇 달 안 된 친구 아비가일은 얼마 전 자신의 생일 파티에서 겪은 일을 내게 전화로 하소연했다. 가족이 자신에게는 찐 감자를 내주고, 자기들은 푸아그라와 토종닭으로 포식을 했다는 것이다.

가족이 다 같이 아비가일을 비웃은 셈이다. 그날 아비가일은 비거니즘에 대한 불쾌한 농담을 들었다. 어쨌든 죽이지 않으면 우리를 덮칠 동물과 고통 받는 식물에 관한 조롱 섞인 농담도 감내해야 했다. 고기를 먹는 가족은 웃고 떠들며 육식의 법칙에서 벗어난 아비가일에게 정상으로 복귀할 것을 촉구했다.

이런 농담은 종전 질서에서 벗어나 자유를 누리며 변화를 추구하려는 아비가일의 의지와 노력을 짓밟아버릴 수도 있다. 농담과 풍자를 종전 질서의 권위를 내세우는 도구로 이용하는 자들이 있다. 우리를 다수의 조롱거리로 만들어 육식의 대열에 다시 집어넣으려는 것이다. 그들은 비건과 페미니스트에게 "당신들은 유머 감각이 전혀 없잖아"라며 핀잔을 주기 일쑤다.

    아비가일을 비롯한 몇몇 친구는 자신이 채식주의자나 비건이라고 말했을 때 겪은 폭력적인 상황을 털어놓았다. 대개는 나무라거나 비웃으면서 자신들의 노력을 조롱거리로 만들어버린다는 것이다. 비록 소수지만 공격적인 성향이 있는 비채식주의자들은 종전 질서에 순응하지 않는 채식주의자를 호되게 처단한다. 성품이 온화하거나 자기 확신이 부족한 채식주의자에게는 더욱 공격적인 성향을 보인다.

히틀러가
채식주의자였다?

　프랑스에서 동물권 운동을 하는 일은 생각만큼 쉽지 않다. 육식 위주 식생활 문화와 남성 우월주의 때문이다. 심지어 좌파도 대부분 마초 성향이어서, 동물에 공감하고 연민을 느낀다고 말하면 감상적인 사람으로 비치기 일쑤다. 육가공 업체의 막강한 로비와 사냥 문화 때문에 사회적 상황도 동물에게 그리 호의적이지 않고, 동물권을 보호해야 한다고 하면 으레 인간 혐오 사상을 가진 사람으로 치부된다. 봉건주의 역사가 길고, 남이 하면 나도 해야 하는 성향 때문에 규범에서 벗어나기가 쉽지 않다. 상류층에서 선례를 보인 것은 좋게 생각하고, 서민층에서 시작한 것은 그리 좋게 인식하지 않는 사회적 분위기도 강하다.

　동물 해방운동에 반대하는 사람들은 특히 비거니즘을 극단적인 정치운동에 비교하며 깎아내리려 든다. 그러면 논란의 여지조차 막히니 참 편리한 방법이다. '히틀러가 채식주의자였다'는 설이 대표적인 예다. 이는 히틀러를 금욕주의자로 포장하려는 나치의 공작에 불과하다는 걸 조금만 자료를 찾아봐도 알 수 있는데 말이다. 나치의 공작이 지금까지 유효하다는 것은 굉장히 서글픈 아이러니지만, 히틀러가 채식주의자였건 아니건 별로 중요하지 않다. 그보다 히틀러가 채식주의자였다는 사실이 대체 왜 채식주의를 반대하는 논거가 되느냐가 문제다. 마오쩌둥과 스탈린, 스탈린을 능가하는 학살자 폴포트는 모두 고기를 먹는 사람이었다.

비거니즘을 반대하는 쪽에서는 동물보다 인간을 걱정하고, 인간에 초점을 맞춰 힘을 쏟아야 한다고 생각한다. 내 주위에도 자칭 인도주의자들이 꽤 있는데, 이들은 내 아버지나 친한 친구가 아팠을 때 모두 등을 돌렸다. 그러니 비거니즘에 반대하는 사람들이 동물권 운동가보다 훨씬 인도적이라고 볼 수도 없다. 공감이라는 게 어느 한쪽에 마음을 쓴다고 해서 다른 쪽에는 마음을 덜 쓰는 정서가 아니다. 외려 동물이든 사람이든 억압 받는 자에게 많은 관심을 기울일수록 억압의 문제에 민감해지게 마련이다.

동물권 운동을 하는 유명인 중에 비건은커녕 생선도 먹고 가죽 신발도 신는 사람을 어렵지 않게 찾아볼 수 있다. 하지만 제대로 된 비거니즘을 실천하는 유명인도 적지 않다. 세계적으로 유명한 운동선수 칼 루이스Carl Lewis, 비너스 윌리엄스Venus Williams와 세레나 윌리엄스Serena Williams 자매, 스콧 주렉Scott Jurek, 켄드릭 패리스Kendrick Farris도 비건이고, 유명 배우 우디 해럴슨Woody Harrelson이나 새뮤얼 잭슨Samuel L. Jackson, 자레드 레토Jared Leto, 피터 딘클리지Peter Dinklage, 엘렌 페이지Ellen Page도 비건이다. 뮤지션 스티비 원더Stevie Wonder, 모비Moby, 비욘세Beyonce, 닐리 하디다Nili Hadida, 바네사 바그너Vanessa Wagner, 영화감독 제임스 캐머런James Cameron, 롭 좀비Rob Zombie, 정치인 빌 클린턴Bill Clinton, 앨 고어Al Gore, 야네즈 드르노브셰크Janez Drnovšek, 사회운동가 앤절라 데이비스Angela Davis, 코레타 스콧 킹Coretta Scott King 도 비건이다. 학자 브라이언 그린Brian Greene이나 오렐리앵 바로Aurélien Barrau도 비건이고, 에드워드 위튼Edward Witten, 토머스 에디슨Thomas Edison, 스리니바사 라마누잔Srinivasa Ramanujan, 알베르트 아인슈타인Albert Einstein, 니콜라 테슬라Nikola Tesla도 베지테리언이다. 의사 마이클 그레거, 제롬 베르나르-펠레Jérôme Bernard-Pellet도 비건이다.

날이 갈수록 비거니즘에 동참하는 유명인이 늘어나는 추세다. 비거니즘에서 유명인의 활약은 긍정적 효과가 적지 않다. 비건니즘 진영의 정치적 입장을 더 많은 사람에게 더 큰 목소리로 설명할 수 있기 때문이다.

　비거니즘에 반대하는 사람이 비건을 무슨 히피나 힙스터 같은 존재로 희화화하며 비웃을 때도 있는데, 노동자나 의사, 실업가, 운동선수, 남녀 정치인, 예술가가 비건인 건 괜찮고 히피나 힙스터가 비건이면 안 될까? 친구 달리보르의 말처럼 누구든 베지테리언이나 비건이 될 수 있다. 비거니즘은 돈 없는 사람과 알코올의존자, 약물중독자, 사제, 인본주의자, 허무주의자, 대식가, 소식가, 펑크족, 클래식 바이올리니스트 할 것 없이 모두에게 열려 있다.

동물을 사랑한 작가들

오비디우스Publius Naso Ovidius는 《변신 이야기Metamorphoses》에 다음과 같이 썼다. "다른 배에서 나온 창자로 우리 배를 채우고, 이로써 우리의 탐욕스러운 몸을 비대하게 살찌우며, 살아 있는 다른 존재의 죽음으로 삶을 영위하는 것은 얼마나 중대한 범죄인가! (…) 턱없이 모자란 태초의 인간이 종류 불문하고 고기를 탐할 때, 사자들이나 잡아먹는 동물의 육신을 그 굶주린 뱃속에 우겨넣을 때, 인간은 범죄의 포문을 열었다."[19]

동물권을 보호하는 문제는 오래전부터 작가들의 관심사였다. 다른 어떤 직업군도 동물에게 이처럼 많은 관심을 보이지 않았다. 캐럴 애덤스가 썼듯이 "채식주의는 책의 영향을 받고, 책에 의해 발전되는 경우가 많다".[20]

---

19   Ovide, *Les Métamorphoses*, Éditions de l'Ogre, 2018.

20   Carol J. Adams, *Defiant Daughters: 21 Women on Art, Activism, Animals, and the Sexual Politics of Meat*, Lantern Books, 2013, p. 12.

에밀 졸라Émile Zola는 "고통을 없애기 위한 전쟁을 선포해야
하며, 우리가 동물을 위한 정의와 이들에 대한 연민을 호소할
때는 모두 같은 언어로 이야기한다"고 말했다. 쥘 미슐레Jules
Michelet도 "자기보다 못한 형제를 이해하지 못하고 고문하며
유린하는 인간의 극악무도함에 모든 자연이 항거한다"고 이
야기했다. 프란츠 카프카Franz Kafka는 "나는 이제 마음 편히 너
희를 바라볼 수 있다. 내가 더는 너희를 먹지 않기 때문이다"
라고 했으며, 조르주 상드George Sand는 "우리가 과일을 먹고 지
상에서 육식이 사라지면 인류 역사는 굉장한 진보를 한 것"이
라고 말했다. "육식과 전쟁을 중단하는 순간부터 이 땅에서
모든 게 가능해질 것"이기 때문이다.

헨리 데이비드 소로Henry David Thoreau는 "인간이 조금씩 완벽해
지고 있으므로 언젠가 육식을 중단하는 것이 인간의 예정된
운명이라는 사실에는 의심할 여지가 없다"고 했다. 밀란 쿤데
라Milan Kundera는 "누군가의 인간성을 제대로 알아보려면 그 사
람이 자기 마음대로 처분할 수 있는 대상, 즉 동물을 어떻게
대하는지 보면 된다. 이는 깊이 내재돼 우리 눈에 띄지 않는
인간성을 떠보는 가장 근본적인 방식이다. 사람이 동물을 대

하는 태도는 가장 근본적인 결함이 생성되는 지점으로, 이 사람의 다른 모든 결함도 여기서 비롯된다"고 했다.

조지 버나드 쇼George Bernard Shaw는 "무고하게 처형된 동물의 살아 있는 무덤으로 살아가는 한, 어찌 우리가 이 땅에서 이상적인 삶의 여건을 바랄 수 있겠는가?"라고 했다. 자크 데리다는 "인간이 모든 능력을 동원해 이 같은 잔인성을 은폐하고 부인하면서 최악의 집단 학살이나 다름없는 폭력성을 전 세계적 차원에서 외면하거나 망각해왔다는 사실을 진심으로 완강히 부인할 수 있는 사람은 이제 아무도 없을 것"이라고 말했다.

아이작 싱어Isaac B. Singer에 따르면 "무고한 피조물을 죽이고 개를 이용해 탈진시킨 여우를 뒤쫓으며 투우와 도축장의 지속을 부추기는 자의 입에서 나온 말이라면, 그 어떤 존엄성과 연민을 앞세우고 문화와 도덕을 논한다 해도 우습게 들릴 뿐"이다. 그는 "살면서 내가 가장 잘한 일은 채식주의자가 된 것"이라고 했다. 싱어는 "도축장의 수많은 동물을 구하자고 주장하지는 않지만, 육식을 거부하는 것이 곧 잔인함에 항거하는 수단"이라고 생각했다. "동물이 오늘날과 같은 방식으로 학대 받는 한, 이 세상에 평화란 존재할 수 없다"는 것이다.

레오나르도 다빈치Leonard da Vinci는 "어릴 때부터 고기를 먹지
않았다"면서 "언젠가 동물을 죽이는 모습을 곧 자기 주변 사
람들이 죽어가는 모습 바라보듯 할 날이 올 것"이라고 했다.
테오도르 아도르노Theodor W. Adorno는 "유대인을 박해할지 여부
는 인간의 시선이 극심한 상처를 당한 동물과 마주쳤을 때 결
정된다. '동물일 뿐'이라며 악착같이 시선을 외면하는 태도는
인간에게 잔인한 행위가 벌어질 때 다시 등장할 수밖에 없다.
잔혹한 행동을 한 장본인은 상대가 '동물일 뿐'이라고 계속해
서 자기 확신을 해야 하는데, 인간은 심지어 동물 앞에서도
이를 완벽하게 확신할 수 없기 때문"이라고 했다.

　볼테르Voltaire는 "도축장과 주방에서 계속 유혈이 낭자한데
도 우리는 이를 범죄로 인식하지 않는다. 외려 이런 참극이 주
님의 은총이라 생각하며, 주님께 우리가 죽인 피조물을 내려
주신 데 감사한다"고 적었다. 마르그리트 유르스나르Marguerite
Yourcenar는 "세상을 바꿔야 한다. 우리는 동물뿐 아니라 인간에
게도 너무나 무관심하고 무지하며, 시도 때도 없이 잔인한 행
각을 벌인다. 이런 작태에 분개해야 한다. 모든 게 우리가 하
기 나름이라면 고통 받는 동물이 줄어들고 일부 독재 정권의

피해자를 죽음으로 몰고 가는 폐쇄된 열차가 줄어들 때, 물도 먹이도 없이 죽을 때만 기다려야 하는 도축장으로 동물을 실어 나르는 관행이 사라질 때, 비로소 고통 받는 아이들이 적어지리라는 점을 유념하라"고 충고했다.

톨스토이Lev Nikolaevich Tolstoy 역시 "동물을 괴롭히는 것과 사람을 괴롭히는 것에 큰 차이가 없듯, 동물을 죽이는 것과 사람을 죽이는 것도 한 끗 차이다. 도축장이 남아 있는 한 전쟁터도 사라지지 않을 것"이라고 했다. 로맹 가리Romain Gary는 "동물을 사랑하는 것은 꽤나 지독한 일이다. 개한테서 사람을 본다면 사람한테서도 개를 볼 것이고, 결국 사람을 좋아할 수밖에 없다. 그리 되면 결코 사람을 미워할 수도, 사람에게 실망할 수도 없다. 마음이 영 불편할 것이기 때문"이라고 했다.

프란츠 카프카는 모든 작품에 동물이 등장하는 채식주의 작가다. 프랑스 소설가 콜레트Sidonie-Gabrielle Colette의 《La Paix chez les bêtes동물들의 평온》, 아풀레이우스Lucius Apuleius의 《황금 당나귀Metamorphoses》, 대니얼 키스Daniel Keyes의 《앨저넌에게 꽃을Flowers for Algernon》, 셀마 라겔뢰프Selma Lagerlöf의 《닐스의 신기한 여행Nils Holgerssons underbara resa genom Sverige》, 클리퍼드 시맥Clifford D. Simak의 《도시City》, 버지니아 울프Virginia Woolf의 《플러쉬 : 어느 저명한 개의 전기Flush: a Biography》, 로맹 가리의 《흰 개Chien blanc》, 로베르 머를Robert Merle의 《인간의 속성Le Propre de l'homme》 같은 작품에서도 동물이 감성적이고 복합적인 존재로 나타난다.

이밖에 시라노 드 베르주라크Cyrano de Bergerac, 보쉬에Bossuet, 메리 셸리Mary Shelley와 퍼시 셸리Percy Shelley 부부, 빅토르 위고Victor Hugo, 마크 트웨인Mark Twain, 조르주 쿠르틀린Georges Courteline, 루이스 캐럴Lewis Caroll, 장-마르크 레제Jean-Marc Reiser, 장 카뷔Jean Cabut, 유발 하라리Yuval Noah Harari 같은 작가들이 동물권 보호에 호의적인 목소리를 내왔다.

철학자 중에도 채식주의자로 살거나 동물권 보호에 앞장선 이들이 있다. 피타고라스, 엠페도클레스, 테오프라스토스, 플루타르코스, 포르피리오스, 토머스 모어Thomas More, 몽테뉴Michel Eyquem de Montaigne, 피에르 샤롱Pierre Charron, 라메트리Julien Offroyde La Mettrie, 모페르튀이Pierre Louis Moreau de Maupertuis, 볼테르, 루소Jean Jacques Rousseau, 엘베시우스Claude Adrien Helvétius, 벤담Jeremy Bentham, 메리 울스턴크래프트Mary Wollstonecraft, 존 스튜어트 밀John

Stuart Mill, 쇼펜하우어Arthur Schopenhauer, 다윈Charles Darwin, 폴 자네 Paul Janet, 루이즈 미셸Louise Michel, 헨리 솔트Henry Salt, 엘리제 르클 뤼Élisée Reclus, 알베르트 슈바이처Albert Schweitzer, 간디Gandhi, 버트런 드 러셀Bertrand Russell, 테오도르 모노드Théodore Monod 등이 대표적 이다.

비건으로 살다 보니 나도 글 쓰는 방식이 달라졌다. 작품 에 동물이 등장하기 시작했고, 동물이 가급적 종속적인 위치 에 놓이지 않도록 애쓴다. 다른 등장인물도 고기나 치즈를 먹 지 않는 설정으로 나온다. 내 작품을 비거니즘 선전물로 만들 려고 그러는 건 아니다. 그저 동물을 접시에 놓인 고깃덩어리 가 아니라, 고통과 즐거움을 느낄 수 있는 고유한 존재로 그 려보려는 것이다.

소포클레스 이후 예술은 곧 정치였다. 예술 작품이 특정 정 당이나 정치인을 위해 싸워야 한다는 뜻은 아니다. 다만 예술 작품에서는 우리가 살아가는 세상과 그 안의 사람, 동물을 표현하는 양상이 드러나고, 이런 표현 방식에서 정치색을 띤 다. 아니 에르노Annie Ernaux가 썼듯이 "문학은 정치적이다. (…)

문학은 뭔가 추구하던 끝에 결국 해방의 주체가 된다"[21]고 볼
수 있다. 심미적인 문제도 결국 정치와 무관하지 않다.

동물이 문학작품에 많이 나오는 건 어찌 보면 당연한 일이
다. 요즘 들어 다행스럽게도 소설과 에세이 등 동물과 우리의
관계를 다룬 책이 부쩍 늘었다. 앞으로도 이런 책이 많이 나
오면 좋겠다. 어린이 책이나 만화도 많이 나오길 바란다.

사람들이 동물을 학대하는 이유는 사회적 시각이나 언론,
예술 작품에서 동물이 한낱 고깃덩어리나 열등한 존재로 표
현되기 때문이다. 장애인이나 빈곤층 등 주류가 인정하지 않
고 폄하하는 부분에 대한 고정관념을 바꿔야 하듯, 동물에 대
한 고정관념을 바꾸는 것도 예술가의 몫이다.

21　Annie Ernaux, *L'Écriture comme un couteau*, Gallimard, 2011.

바보는 지능이 아니라
상상력이 부족하다

많은 작가들이 동물의 권리를 주장하는 이유는 작가가 기질이나 직업상 다른 이들의 처지에서 생각하고 공감하는 능력이 뛰어나기 때문이다. 작가라는 직업이 쉽게 대우받지 못하니만큼 동물의 처지를 이해하기 더 쉬운 것 같기도 하다.

비건이라면 보호소 케이지에 갇힌 개의 기분이 어떨지, 어미에게 떨어져 울고불고하는 새끼 양의 고통이 어느 정도일지, 도축장에서 총과 톱이 다가올 때 동물이 사로잡힌 공포감이 무엇일지 상상할 수 있을 것이다. 따라서 비건이 되려면 상상력은 필수다.

카를 크라우스Karl Kraus가 한 말을 조금 바꿔보면 바보는 지능이 아니라 상상력이 부족한 것이다. 상상력에는 정치적인 힘이 있기 때문에 제도권에서는 중학생 때부터 아이들이 공부하는 동안 상상력에 족쇄를 채우고, 일할 때도 상상력에 제동을 건다. 상상력이 있으면 진중하게 일하거나 공부하기 힘들고, 상상력은 근심과 걱정의 씨앗이 되기도 한다. 제도적인 틀을 부정하기 쉬워서다. 그래서 상상의 나래를 펴는 사람들에게 얼른 제자리로 돌아오라고 재촉한다. 하지만 상상력은 다른 사람의 처지를 이해하고 고정관념을 물리치는 힘이 된다.

비건으로 살다 보면 주위에서 "대안이 없다"는 말을 많이 듣는다. 대처Margaret Thatcher 수상의 칼 같은 슬로건이자 인종주의자 가수 모리세이Steven Patrick Morrissey가 좋아한 이 말은 세상이 언제나 변함없이 확고부동한 줄 아는 바보들이나 내뱉는 말이다. 나는 그보다 "채식주의는 상상력과 밀접한 관계가 있다"고 한 캐럴 애덤스[22]와 "정신적 재산 가운데 최고의 도구는 상상력"[23]이라고 한 퍼시 셸리의 말이 좋다.

상상력이 공격과 질타의 대상이 된다면, 이는 상상력이 사람과 세상을 바꾸는 수단이기 때문이다. 상상력은 사고방식을 바꾸고, 지금까지 존재하지 않던 것을 보게 만드는 힘이 있다. 상상력이 있으면 공감 능력도 높아진다.

---

22   Carol J. Adams, *The Sexual Politics of Meat,* Bloomsbury, 1990, p. 169.

23   Percy B. Shelley, *A Defence of Poetry,* Edward Moxon, 1840.

비건 철학자 마르탱 지베르Martin Gibert도 "상상력은 우리를 정신적으로 더 나은 상태로 만드는 데 직접적인 역할은 못 하지만, 정신적 인지 과정을 복잡하게 함으로써 수전 손택Susan Sontag이 표현한 대로 우리의 세상을 더 넓혀준다"고 했다. "문학을 비롯한 허구적인 작품은 우리 인식 체계를 움직여 사고의 지평을 넓히고, 새로운 틀을 제공하며, 가상의 비교 범위를 확대"해주기 때문이다.[24] 조르주 디디-위베르망Georges Didi-Huberman에게도 "상상력이란 우리의 관점을 끊임없이 움직이고 재구성하는 원동력이다".[25]

비거니즘은 우리의 상상력으로 새로운 식습관과 의복 양식을 만들 수 있다는 사실을 보여주는 방증이며, 우리가 동물을 대하는 태도를 바꾸고 새로운 문명을 만들 수 있다는 걸 보여주는 대표적인 사례다. 정체된 관행에서 벗어난 비거니즘은 전통과 인습을 공격하는 정치철학이다. 오랜 세월 이어온 역사에 도발적이고 적극적으로 문제를 제기하는 만큼, 종전의

---

24 Martin Gibert, *L'Imagination en morale,* Editions Hermann, 2014, pp. 256~257.

25 Georges Didi-Huberman, *Essayer voir,* Éditions de Minuit, 2014, p. 27.

틀에서 벗어나 근본적인 변화를 추구하는 유쾌한 운동이기도
하다.

　작가의 시각에서 비거니즘은 진리와 다름없다. 풍요로운
결과를 만드는 행복한 구속이기 때문이다. 작가는 직업상 자
유로운 존재인 동시에, 시간과 형태의 절대적 요구에 따라야
하는 사람이다. 언론 매체에 실을 기사를 쓰고, 예술가를 위
한 글을 쓰는가 하면, 라디오 대본이나 희곡도 집필한다. 그
과정에서 화도 냈다가, 문도 두드렸다가, 문전 박대를 당하
기도 한다. 경험상 이런 제약은 창의력에 제동을 거는 게 아니
라 오히려 언제나 창의력을 더욱 풍성하게 만들어준다. 비거
니즘도 마찬가지다. 언뜻 보면 일상생활에서 제약이 많은 듯
하지만, 얼마 안 가 새로운 자유를 깨닫고 지금껏 본 적 없는
풍요롭고 흥미로운 세상을 만나기 때문이다.

여성과 비거니즘

　책이나 동영상을 보고, 인터넷 커뮤니티나 페이스북 그룹에서 활동하다 보면 비건 여성 회원들이 꽤 많이 눈에 띈다. 좀 더 자세히 알아보니, 전체 비건 인구의 80퍼센트(일반 채식주의자는 60퍼센트)가 여성이다.

　초기에 조직적으로 채식주의 운동을 주도한 건 대개 페미니즘에 참여한 여성이다. 데카르트René Descartes의 동물 기계론에 제일 먼저 반발하고, 동물권 운동과 여성 인권 운동을 연계시킨 선구자가 17세기 페미니스트 작가 마거릿 카벤디시Margaret Cavendish고, 프랜시스 파워 코브Frances Power Cobbe를 비롯한 수많은 여성 참정권 운동가들은 물론 루이즈 미셸, 로자 룩셈부르크Rosa Luxemburg, 소피 자이코프스카Sophie Zaïkowska, 앤절라 데이비스 등도 초창기 동물권 운동을 주도한 페미니스트다.

　다른 운동과 마찬가지로 수적인 면에서 참여율은 여성이

높지만, 정치적 입지는 남성이 더 탄탄하다. 그러면서 여성의 공로가 과소평가됐다. 피터 싱어Peter Singer 전에 《The Rights of Animals동물의 권리》를 쓴 브리지드 브로피Brigid Brophy, 《Animal Machines동물 기계론》을 집필한 루스 해리슨Ruth Harrison 등이 있었다는 사실을 아는 사람은 별로 없다.

다른 곳도 그렇지만 비거니즘 진영 내부에서도 (남자들이 순순히 권력을 내놓을 리 없지만) 여성이 권력을 잡아야 한다던 프랑수아즈 도본Françoise d'Eaubonne의 말이 맞는 것 같다. 종전의 틀에서 벗어나지 못하면 세상을 바꾸기 쉽지 않다.

이 문제와 관련해서는 동물 해방운동 쪽에서도 관심을 가질 필요가 있다. 나를 포함한 대다수 남자들은 쓸데없이 자리만 차지하고 앉아 목소리를 높이기 십상이다. 남자들은 전면에 나서도록 부추기고, 여자들은 조신하게 지내라는 잘못된 교육을 받았기 때문이다. 이제 남자든 여자든 우리 모두가 지금까지 살아온 방식에 개인적으로든 집단적으로든 문제를 제기해야 한다.

비건이 되려면 남성 중심 질서에서 벗어나야 한다. 이는 폭력이나 다름없기 때문이다. 에디스 워드Edith Ward가 "동물권 운동은 곧 여성 인권 운동"라고 적었듯이[26] 남성 중심 질서는 알게 모르게 동물에 대한 남성의 패권과 이어진다. 철학자 겸 생태 여성운동가인 캐럴 애덤스가 여성에 대한 억압과 동물에 대한 억압의 구조적 관계를 파헤쳤듯이, 대다수 비건이 여성인 것도 우연은 아니다. 동물 해방을 위한 운동은 가부장제와 남성 중심 사회에 맞서는 싸움이기 때문이다(여성은 공감 능력을 발전시키도록 교육받아 온 반면, 남성은 무디고 둔하게 살아야 한다는 생각이 이어져 내려온다).

동물권 운동 진영에서도 성차별적인 입장이 나타날 때가 있다. 우리는 운동 과정에서 인종과 사회, 성별 고정관념이 나타나지 않는지 고민해볼 필요가 있다. 동물권 운동마저 건장한 서양 백인 특권층 남성을 전면에 내세우는 기타 사회운동과 별 차이가 없다면 게임은 끝난 것이나 다름없다. 성차별주의와 사회계층주의, 이슬람 혐오주의, 성 소수자 혐오주의 피해자의 아픔에 무딘 사람이라면 그가 아무리 동물권 운동

---

26 Edith Ward, *Shafts,* 1892. *Carol J. Adams and Lori Gruen, Ecofeminism, feminist intersections with other animals and the earth,* Bloomsbury, 2014, p. 7에서 인용.

을 한들 지지 받지 못할 것이다. 비건 사회과학자 브리즈 하퍼의 말처럼 "자기분석과 비판적인 자기반성이 쉬운 일은 아니지만, 우리가 종 차별주의자에게 요구하는 자기분석과 자기반성에서 어찌 자유로울 수 있겠는가?"[27]

여성의 운동이자 여성해방운동인 비거니즘은 동물을 위한 싸움이자 사회에서 소외되고 학대 받는 모든 여성과 약자를 위한 투쟁이다. 따라서 남성이 너무 많은 비중을 차지하면 (성희롱해도 처벌 받지 않고 편협한 보수주의가 성행하는 국회처럼) 곧 남성 우월주의와 오만함이 판을 치고 문제의식이 흐려질 것이다. 동물권 옹호 단체라도 상황은 마찬가지다.

나는 동물권 운동을 하는 사람으로서 여성운동가와 여성작가, 여성 사상가의 활약상을 부각하려고 노력한다. 이들의 선구자적 역할을 인정하고, 이들의 말과 글, 사상을 지지하며 널리 알린다. 아울러 (캐럴 애덤스같이) 프랑스에서 아직 알려지지 않은 상태 여성운동가들의 주장에 대해 이야기한다.

---

27 A. Breeze Harper, "Connections", *Sister Species, Women, Animals and Social Justice,* University of Illinois Press, 2011, p. 77.

나 역시 혼자 힘으로 비건이 되지는 않았다. 아내 콜린이 곁에서 도와주고 지지해준 덕에 나는 비건이 됐고, 그러면서 콜린도 비건이 됐다. 적극적이고 상상력이 풍부한 콜린은 내 토론 상대가 되고, 새롭게 살아가는 이 길에서 여러 가지 생각할 거리와 든든한 힘을 실어주는 조력자 역할도 했다.

　여성은 예술과 사상의 역사에서 지배적인 역할을 해왔지만, 그 어디에도 이름이 적히지 않았다. 우리가 이들의 비중을 지워버렸기 때문이다. 타이핑하거나 글을 수정하고 고쳐 쓰는 일도, 집안의 대소사를 관장하며 아이를 돌보는 일도 여성의 몫이었다. 소설가나 철학자와 논쟁하면서 이들의 사유 세계를 더욱 풍요롭게 만들어준 것도 여성이다.

　여성이 철학자나 학자로 활동한 경우가 있지만, 남성은 이런 여성의 역할을 축소하기에 급급했다. 이와 관련해 가장 안타깝고 대표적인 사례는 로절린드 프랭클린Rosalind Franklin이다. 로절린드 프랭클린은 DNA의 발견에서 중요한 역할을 했는데도 그 공이 묻히고 말았다. 수많은 책과 철학 사상, 과학적 발견과 기술에는 여성의 이름이 표지에 실리거나 이들에게 헌정하는 감사의 말이 들어갔어야 마땅하다.

내가 비거니즘에 이끌린 배경에는 외할머니와 어머니 영향도 있다. 외할머니는 채소 가꾸기를 좋아했고, 재래시장에서 바구니에 담긴 채소를 구입하던 어머니는 요리에 관심이 많았기 때문이다. 남은 재료로 기발한 요리법을 개발하던 아버지 모습에서도 적잖이 영향을 받았다.

　여성 철학자 크리스티안 베일리Christiane Bailey에 따르면 "비건 페미니스트가 되는 건 힘 있는 자의 지배를 당연시하던 생각에서 벗어나 종교와 법, 전통을 앞세워 폭력과 위협을 가하며 부당하게 권리를 누리던 집단의 특권을 무너뜨리는 일"[28]이다.

　육식을 지키기 위해 가장 열성적으로 싸우는 쪽은 남자들이다. 남자들과 이야기하다 보면 비거니즘에 대한 말이 나오는 순간, 굉장히 공격적인 모습으로 돌변할 때가 많다. 이들은 고기를 먹어야 그 같잖은 정력에 도움이 된다고 생각한다.

　여성해방운동가 메리 셸리는 문학사에서 가장 인간적이고 감성적인 인물, 프랑켄슈타인을 창조했다. 괴물이라고 잘못

28　Christiane Bailey, "Sexisme, racisme et spécisme, intersection des oppressions", 2014년 12월 1일, 몬트리올 강연.

지칭된 이 선량한 프랑켄슈타인은 작품 말미에서 인간의 냉혹한 면과 폭력에 거리를 두며 "내가 먹는 음식은 사람과 다르다. 나는 식욕을 채우기 위해 양을 죽이지 않고, 새끼 염소의 목숨을 빼앗지도 않는다"[29]고 이야기한다.

어떻게 보면 동물을 죽이지도, 먹지도 않는 것은 그동안 우리가 인간적인 삶이라고 잘못 생각해온 삶의 형태를 포기하고 새로운 인류로 거듭나는 것을 의미한다. 이것만으로도 괜찮은 생각 아닌가?

그레이스 페일리Grace Paley는 이런 시를 남겼다. "남자 시인이라면 응당 여성의 입장이 되어봐야 한다. / 여자 시인이라도 응당 여성의 입장이 되어봐야 한다. / 시인이라면 정의 없이는 자유도 없다고, 경제적 정의와 사랑의 정의 없이는 자유가 존재하지 않는다고 거듭 말해야 한다."[30]

29 Mary Shelley, *Frankenstein,* Lackington, Hughes, Harding, Mavor & Jones, 1818.
30 Grace Paley, *Long Walks and Intimate Talks,* The Feminist Press at CUNY, 1991.

어떻게 입고
무엇을 버릴까

낭트의 아담하고 어수선한 우리 집. 캐나다 가수 오 파옹ô
Paon의 노래가 흐르는 환하고 따스한 어느 날 저녁, 아들은 퀴
노아와 파, 당근을 갈아 만든 퓌레를 한껏 배불리 먹은 뒤 잠
이 들었고, 콜린과 나는 거실 소파에서 책을 읽었다. 15분쯤
전부터 하리라harira(북아프리카 지역에서 만들어 먹는 수프)가
완성돼 생강과 계피, 양파, 파프리카, (밤과 맛이 비슷한) 병
아리콩 냄새가 퍼졌다.

세금 신고 마감이 사흘밖에 남지 않아 인세 자료와 영수증
등 관련 서류를 모아 신고해야 할 상황이었지만, 늘 그렇듯이
우리는 어려운 숙제를 미뤄놓고 곧 있을 청소년 도서전에서
진행할 강독회를 준비하는 더 재미난 일을 찾았다. 우쿨렐레
나 칼림바 연주를 배경으로 우리가 책을 읽어주는 강독회다.
이 작업을 하다가 잠깐 쉴 짬이 생겼을 때, 콜린이 물었다.

"그런데 가죽과 모직 옷은 어떡할까?"

딱히 해결하지 못하고 계속 미뤄둔 문제다.

"글쎄, 어떻게 하면 좋을지 모르겠네."

이 옷들을 버리는 게 우리가 추구하는 윤리에 맞는 행동일까? 우리는 식사하면서 이 문제를 이야기했다. 디저트는 퐁당 쇼콜라와 수제 지안두자 초콜릿을 먹었다.

결국 우리는 일부 옷을 그냥 두기로 했다. 아이가 아직 어려서 아이에게 들어가는 비용도 만만찮고, 공정한 노동 조건에서 만든 비건용 양말과 삼이나 재활용 소재로 만든 스웨터를 사기에 우리 형편이 그리 넉넉지 않았다. 게다가 새 옷을 만드는 데는 물과 전기를 써야 하고 이산화탄소를 배출하니, 그만큼 환경오염에 일조하는 셈이다. 이는 사람과 동물에게 모두 해가 되는 일이다.

나는 비건이 되고 나서 가죽 재킷을 입지 않는다. 그걸 입는 내가 용납되지 않아서 입던 옷도 다 버렸다. 가죽 지갑과 벨트는 기부한 뒤 면으로 된 제품을 구입했다. 오랫동안 사용하던 지갑을 떠나보내자니, 이 지갑을 사면서 무척 행복해한 기억이 났다. 번듯한 지갑을 장만하고 꽤 뿌듯했는데, 그때는 지갑의 재료가 되기 위해 도축장에서 죽어간 어린 소를 생각지 못했다. 인간의 심미적 쾌락을 충족하기 위해 가죽을 잃어야 했던 소까지 생각이 미치지 못한 것이다. 나 자신이 부끄럽고, 그런 현실이 서글펐다.

다만 지금 있는 스웨터와 양말은 다 떨어질 때까지 입고 신을 생각이다. 나중에 스웨터와 양말을 사야 할 상황이 되면, 식물성 재료나 재활용된 합성섬유 제품을 살 생각이다. 나와 달리 가죽과 양모로 된 옷을 전부 버리는 사람들도 있다. 그 마음 십분 이해한다. 동물권 운동가들도 저마다 자기 방식으로 운동을 하는 법이다.

비건 인구가 늘어남에 따라 최근에는 비건 의류가 출시된다. 중요한 건 동물과 인간의 고통이나 죽음 없이도 얼마든지 쉽게 옷을 입을 수 있다는 사실이다. 우리는 대형 의류 브랜드가 노동자의 공정한 처우를 보장하도록 요구하는 한편, 비건용 대안 의류도 출시하도록 목소리를 높여야 한다.

(비건용이든 아니든) 동물 복지에 부합하는 의류와 양말은 지나치게 비싼 값이 문제다. 이제는 세상이 달라져야 한다. 상류층만 윤리적 소비에 합당한 제품을 사용할 수 있는 사회가 돼선 안 된다.

유기농 목축 여부와 관계없이 축산업과 연계된 의류 산업은 비건용 옷이든 아니든 환경오염의 주범이다. 환경을 엄청나게 파괴하는 자본주의를 유지하는 데 일조하지 않을 거라면 굳이 유행 타고 허접한 제품을 살 이유가 없다. 비건 브랜드에서도 이 점을 고려해 튼튼하고 견고한 옷을 만들어주면 좋겠다. 소비자는 리폼이나 수선으로 해진 옷을 고쳐 입고, 헌 옷을 사 입으면 어떨까? 전자 제품 분야에서 일정 기간이 지나면 고장 나도록 설계하는 계획적 진부화 얘기가 많이 나오는데, 옷이나 장신구까지 이 개념을 적용해선 안 된다. 그러니 계획적 진부화가 다른 분야에 확산되지 않도록 열심히 싸워야 한다.

　나는 브라질의 천재 아티스트 팀 마이아Tim Maia의 앨범을 틀었다.

내 영혼의 음식,
어머니의 라자냐

"그러니까 너는 앞으로 내가 만든 라자냐도 먹지 않겠다는 말이냐?"

파리 20구, 감베타광장과 포르트 드 바뇰레 사이에 위치한 어머니 댁에서 벌어진 일이다. 우리 가족은 파리로 며칠간 여행을 온 참인데, 그날은 어머니 댁에서 자기로 했다. 어머니는 희곡을 가르치는 교수이자 심리 분석가이며, 럭비 팀에도 소속돼 활동하신다. 어머니 생일을 맞아 콜린과 나는 인조가죽으로 만든 가방을 선물했고, 어머니는 무척 흡족해하셨다.

어릴 적부터 어머니는 동생과 내 생일에 라자냐를 만들어 주셨다. 이는 우리 집안 전통으로, 라자냐는 우리 가족의 정서가 배어 있는 음식이다. 우리 형제는 어머니가 만든 라자냐를 굉장히 좋아해서, 차갑게 식은 라자냐마저 다음 날 아침으로 남김없이 먹었다. 뭔가 특별한 재료를 넣은 건 아니다. 파스타 면과 마늘, 양파, 토마토에 간 소고기를 듬뿍 넣고 치즈와 베샤멜소스를 곁들인, 지극히 기본적인 라자냐다.

나는 어머니께 "모든 요리는 채식으로 변형해서 만들 수 있어요"라고 했다. 어머니를 설득하는 건 어렵지 않았다. 우리가 채식 라자냐를 처음 만들었을 때, 채식용 재료만 썼다는 걸 알아차린 사람은 아무도 없었다. 우리는 고기 대신 비건 햄 밀고기를 갈아 넣었는데, 결과물은 대성공이었다(밀고기는 재료비가 싸고 만들기 쉬운데다, 시판용보다 질도 훨씬 좋아서 나는 밀고기를 직접 만들어 쓰고 있다). 몇 주 전에는 비건용 라자냐를 시도했는데, 만들기 쉽고 맛도 좋았다. 식물성 베샤멜소스와 파르메산 치즈는 맛이 훌륭하고, 만드는 시간도 길지 않았다.

음식에는 단순한 열량과 영양소 이상이 담겨 있다. 요리에는 한 집안의 역사가 담기기도 한다. 비건이 됐다고 음식을 통해 내려오는 우리 집안의 유산을 포기할 순 없는 일이다. 나는 장차 내 아이들에게도 어머니의 라자냐와 할머니의 흑밀 갈레트, 또 다른 할머니가 만들어준 우유수프를 맛보게 해줄 생각이다. 물론 모두 비건 조리법으로 요리할 것이다. 동물의 희생 없이 만든 만큼 더 맛있지 않을까?

비건이 되려면 참신하고 기발한 발상이 필요하다. 비건이 된다고 해서 그동안 먹던 유서 깊은 음식을 다 버릴 필요는 없다. 이를 비건용 조리법에 맞게 변형하면 된다(우리는 집에서 알자스 전통 타르트인 플람퀴슈flammekueche 같은 요리도 만들어 먹는다).

채식 요리는 이제 막 걸음마를 뗀 상태다. 새로운 재료와 조리법이 계속 나오는 중이다. 채식 요리 확산에 결정적인 사건은 조엘 뢰셀Joël Roessel이 물에 불린 병아리콩을 갈아 아쿠아파바aquafaba를 만든 일이다. 아쿠아파바는 거품기로 치대면 달걀흰자같이 변해서, 쉽고 저렴하게 채식용 머랭과 초콜릿 무스를 만들 수 있다.

우리는 창의적인 삶의 방식에 대해 생각해볼 필요가 있다. 우리에게 재주와 역량이 생각보다 많으며, 불가능이란 없다. 비건 요리도 그동안 고기를 먹어온 문명과 다른, 독자적인 전통을 나름대로 만들어가고 있다. 비거니즘의 역사가 수십 년 밖에 되지 않은 점을 감안하면, 앞으로 굉장히 맛있는 먹을거리가 등장할 가능성이 높다. 새로운 채소와 과일이 나타날 테고, 새로운 허브가 등장할 것이다. 그동안 잊힌 채소의 재

발견은 물론, 지금껏 생각지도 못한 조리법이 탄생할 수도 있다. 생각만 해도 흥분되는 미래의 모습이지만, 비건 요리의 세계는 지금도 충분히 흥미롭다.

아울러 세계 각국에 굉장히 다양하고 맛있는 채식 요리가 존재한다는 사실을 유념해야 한다. 비건에게 늘 훌륭한 안식처 같은 레바논 음식점을 비롯해 중동 지방이나 인도, 아프리카, 라틴아메리카 음식 등 우리가 활용해볼 놀라운 조리법이 수천 가지에 이른다. 전 세계 음식과 요리는 대부분 이미 채식이 중심이다. 레바논 출신 친구 나즈와Najwa는 우리에게 석류당밀을 넣은 케이크 조리법을 알려줬다.

우리는 세계 여러 나라에서 다양한 채소와 콩류, 과일을 사용해 만드는 요리의 전통을 보고 배워야 한다. 다른 나라에서 만든, 앞으로 만들어질 모든 요리에 겸손하고 개방적인 자세로, 호기심을 갖고 이를 존중해야 한다.

즐거운
요리 마법사

그날은 내 생일이었다. 콜린이 테이블에 작은 상자 하나를 놓았는데, 열어보니 치즈가 들어 있었다. 겉껍질이 그럴싸한 카망베르였다. 내가 의아하다는 반응을 보이자, 콜린이 웃으며 식물성 치즈라고 했다.

식물성 치즈라면 나도 알고 있다. 직접 만들기도 하고, 사 먹기도 하니까. 식물성 치즈는 보통 캐슈너트나 유산균 발효 콩, 소금에 절인 루핀 씨앗으로 만든다. 그런데 콜린이 선물한 치즈는 비건이 되기 전에 먹던 카망베르와 모양이 영락없이 똑같고, 맛은 더 기가 막혔다. 덕분에 잃어버린 카망베르 맛을 되찾았다. 내게 더없이 좋은 선물이었다.

프랑스인의 식단에서 치즈(와 퐁당 오 쇼콜라)는 무척 중요하다. 맛 좋고 다양한 채식용 치즈가 나온다면, 게다가 발효까지 되고 구하기 쉬운데다 값이 적당한 채식용 치즈가 나온다면, 비거니즘의 규모도 그만큼 커질 것이다.

한 친구는 왜 그렇게 열심히 식물성 치즈와 대체육을 만들 거나 사려고 애쓰느냐고 물었다. 비건으로 살다 보면 자기 삶에 변명 아닌 변명을 늘어놔야 할 때가 많다. 고기는 왜 먹지 않는지, 달걀과 유제품은 왜 먹지 않는지, 가죽 제품은 왜 쓰지 않으며, 육류나 유제품의 대체품은 어떻게 구해서 먹는지 하나하나 설명해줘야 한다. 이 친구도 그중 하나인데, 콜린이 다음과 같이 설명했다.

"도덕적으로 올바르게 사는 일은 힘들고 괴로운 줄 모두가 알지. 윤리적으로 살면서도 고생하지 않으면, 고생은커녕 재미있게 살면 제대로 된 윤리적 삶이 아니라고 생각해. 마치 창작의 고통이 없는 예술 작품은 진짜 예술이 아니라고 생각하는 것처럼 말이야.

비건식 요리라고 딱히 힘든 건 없어. 맛있는 음식을 얼마든지 즐겁게 만들어 먹을 수 있고. 동물을 죽여야 음식을 만들수 있는 육식 조리법과는 다르지. 고기를 먹는 사람들은 왜 우리 비건에게 고통 받는 예술가의 이미지를 갖다 붙이는지 몰라. 음식의 맛도, 예술가의 작품성도 반드시 고통이 따라야하는 줄 아는 모양이야.

우리가 왜 식물성 치즈와 대체육을 먹을까? 우선 비건이 됐다고 해서 어느 날 갑자기 치즈나 고기가 먹기 싫어지는 건 아니기 때문이야. 우리도 비건으로 살기 전에 치즈나 고기, 생선, 버터, 소시지를 무척 좋아했거든. 윤리적이고 정치적인 이유에서 이 음식을 먹지 않기로 했을 뿐, 입맛까지 잃어버린 건 아니니까.

우리 식문화는 고기를 위주로 하는데, 식물성 치즈와 대체육을 이용하면 그동안 우리가 즐겨 먹던 슈크루트choucroute*나 키슈quiche,** 버거를 비건이 돼서도 먹을 수 있어. 개인적으로 좋아하거나 다 같이 즐겨 먹던 음식을 예전의 맛과 식감 그대로 먹을 수 있는 거야. 어쩌면 비건으로 살면서 가장 어려운 부분은 바로 이런 게 아닐까? 전부터 좋아하던 음식이나 맛과 식감이 독특한 추억의 음식을 먹지 못할 테니까. 오래된 식습관을 버리는 게 어렵지 않은 사람도 있겠지만, 과거의 입맛을 되찾고 싶은 사람도 있거든.

★ 소금에 절여 발효한 양배추에 삶은 감자와 고기, 햄, 소시지 등을 곁들인 음식.
★★ 일종의 에그타르트.

치즈와 고기의 대체품을 찾다 보면 뜻밖에 맛있는 음식을 만날 때도 있어. 채식을 하다 보니 남부 지방의 파니스panisse[*]나 유산균 발효 두부, 템페, 맥아 효모 등 예전에 맛보지 못한 수많은 음식을 알게 되더라고. 병아리콩이나 캐슈너트 같은 재료로 이것저것 만들어보기도 하고, 맛 좋은 유기농 수제 소시지나 초리소chorizo,[**] 카망베르, 블루치즈 만드는 법도 알아냈지. 100퍼센트 식물성 재료로 말이야. 이런 음식이 동물성 식재료와 비슷하다는 이유로 굳이 먹지 말아야 할 이유가 있을까?

치즈나 소시지는 고기 먹는 사람들만 좋아하는 것도 아니고, 그 사람들만 먹을 수 있는 음식도 아니야. 뭐든 반드시 그래야 한다는 법은 없고, 우리도 얼마든지 이런 음식을 먹을 수 있어.

우리는 채소가 좋아서 비건이 된 게 아니야. 비건이기 때문에 채소에 관심이 많아진 거지. 그러니 식물성 재료로 얼마든

[*] 병아리콩을 재료로 얇게 구워낸 파이.
[**] 돼지고기와 비계, 마늘, 빨간 파프리카 가루를 사용해서 만든 스페인 소시지.

지 진짜 치즈나 소시지와 비슷한 맛과 식감을 만들어낼 수 있다면, 이보다 좋은 게 어디 있겠어?

치즈 공방에서 만든 비건용 치즈가 맛있고 싸다면 먹지 않을 이유가 없지. 치즈를 채식 쪽으로 끌어들인 건 상징적인 차원의 성과야. 이제 동물에게 고통을 주며 치즈를 만들지 않아도 되고, 맛도 좋으니까."

우리가 즐겨 먹는 치즈는 빅해피니스Big Happiness 제품인 해피화이트Happy White와 넛크라프터크리머리Nutcrafter Creamery 제품인 리벨리어스The Rebellious다. 값이 꽤 비싸서 어쩌다 한 번 사다 먹는다. 보통은 조리 과정이 간편하고 맛도 괜찮은 치즈 위주로 만들어 먹는다.

콜린은 어제 요구르트 제조기에 락토바실러스 아시도필루스, 락토바실러스 람노서스, 락토바실러스 파라카제이, 비피도박테리움 락티스, 스트렙토코쿠스 테르모필루스 등 (식물성) 유익균을 넣어 아몬드 유산균 요구르트를 만들었다. 복잡한 발효의 세계에 대해 아는 건 즐거운 일이다. 정말이지 요리는 신기한 연금술 같다.

비건이 되면 우리에게도 마법을 부릴 힘이 있음을 깨닫는
다. 인간은 이 세상을 긍정적으로 바꿀 힘이 있으며, 이 세상
의 질서와 규범, 그 안에서 자신의 역할도 얼마든지 바꿀 수
있다.

왜 고기를
안 먹기로 한 거야?

"왜 고기를 안 먹기로 한 거야?"

이 질문에 적당한 답은 뭘까? 비건이 되고 나서 초기에 이런 질문을 받았을 때는 나도 모르게 위축됐고, 비건이라는 걸 밝히기가 부끄러웠다. 그래서 자세한 답은 피하고 화제를 바꾸거나, 알레르기가 있다고 둘러대기도 했다. 내가 비건이라고 말하면 상대방의 반응이 어떨까 두렵고, 행여 비웃음을 사지 않을까 걱정됐기 때문이다.

그러다 문득 나 자신이 바보 같다는 생각이 들었다. 내가 비건이라는 게 부끄러운 일이 아니고, 동물을 위해 싸우는 게 미안하거나 대단한 일도 아님을 깨달았기 때문이다. 내 삶에 확신이 생긴 뒤에 그 질문을 받았을 때는 괜히 발끈해서, "내 잘못으로 동물이 죽기를 바라진 않으니까요"라고 답했다.

그런데 이렇게 말하면 내 앞에 있는 사람은 동물을 죽이는 가해자 입장이 된다. 악의적인 의도가 없었다 해도 이는 동물

194

권 운동을 하는 데 그리 효과적인 방법이 아니다. 그렇게 말하면 사람들은 내게 등을 돌렸고, 나 역시 더 완강히 그들에게 등을 돌리고 말았으니 말이다.

지금은 그런 질문을 받아도 위축되거나 공격적으로 대응하지 않는다(물론 늘 그런 건 아니다. 나 역시 그때그때 상황에 따라 기분이 달라지니까). 이제는 그냥 "나는 동물을 먹지 않는 거야"라고 답한다.

이때 고기 대신 동물이라는 표현을 쓴다. 그리고 내 정치적인 견해를 밝히며 "고기가 금지됐으면 좋겠다"고 덧붙인다. 비거니즘은 사회정의 문제이며, 우리가 왜 종 차별주의에 반대해야 하는지도 설명해준다. 그러면 사람들은 대부분 내게 질문을 하고, 이후 음식의 문제와 동물성 제품 없이 살 수 있는 대안에 대해 함께 이야기한다. 이어 우리는 지구상에서 우리와 똑같이 고유한 개별적 존재로 살아가는 동물 이야기를 나눈다.

하지만 늘 이렇듯 완벽하게 대처하지는 못한다. 사람들 입에 들어가는 고기가 동물로 느껴지거나 양이나 거위가 보일 때면 나도 모르게 반응이 격해진다. 사람들 입으로 들어간 그

동물도 고유한 성격이 있고, 살고 싶었으며, 고통의 순간에
두려웠으리라는 것을 알기 때문이다. 때에 따라 감정에 북받
치기도 하고, 일부 몰지각한 이들이 빈정거리는 말투에 평정
심을 잃기도 한다.

어쩔 수 없었다고 해도 내 감정을 드러내는 게 상대의 공감
을 사는 데 별 도움이 되진 않는 것 같다. 그런 내 모습에 등
을 돌린 사람도 분명 있을 테니까. 어떤 게 제일 좋은 대처인
지 나도 잘 모르겠다. 동물을 위해 싸우다 보면 불편한 순간
과 불확실한 의심을 견디며 상황에 대처해야 할 때가 있다.
그만큼 이 일은 자신의 생각을 바로잡고, 미숙함을 인정하며,
망설이고 주저하던 자신을 부끄러워하지 않는 법을 익히게 해
준다. 망설이고 실수하는 일도 너무나 많다.

그래도 과격하게 대응하지 않으려고 꽤 노력하는 편이다.
부당함에 맞서 싸우다 보면 상처 받을 때가 많다(하지만 동
물이 받는 상처에 비하면 우리가 받는 상처는 아무것도 아님
을 잊어서는 안 된다). 어디 그뿐인가? 화가 나거나, 좌절하
거나, 타인의 무심함이 걱정스러운 때도 많다. 기독교 문화의
특성상 고기 먹는 사람을 자극해서 죄의식을 불러일으킬 수도

있다. 그래야 나를 높이고 상대를 낮출 수 있기 때문이다. 이 모든 게 비건으로서 피해야 할 함정이다.

형제자매나 친구 등 주위의 비채식주의자와 이야기할 때도 호의를 가지고 배려하는 마음으로 대해야 하며, 이들에게 제대로 된 정보를 알려주면서 운동에 동참시켜야 한다. 아울러 비거니즘을 실천하다 보면 어느 정도 제약이 따르지만, 분명 즐겁고 흥미로운 정치적 행동임을 보여줘야 한다. 동물은 우리가 마땅히 존중해야 할 대상이며, 그들의 권리를 위해 우리가 싸울 만한 가치 있는 존재임을 일깨워야 한다.

여성 작가 로랑 플륌도 비슷하게 생각했다. "비거니즘을 알리려는 목적은 비거니즘을 전도하려는 것도, 비건이 옳다는 걸 보여주려는 것도 아니다. 비거니즘이 모든 문제를 해결해줄 만병통치약이라는 걸 보여주기 위함은 더더욱 아니다. 우리가 비거니즘을 알리려는 목적은 스테이크 먹는 사람과 샐러드 먹는 사람을 대립시켜 싸우게 만들려는 게 아니라, 비건도 지극히 정상적이고 평범한 사람임을 보여주려는 데 있다. 희생되고 착취 당하는 동물의 해방만 목표로 하는 게 아니라, 이 사회의 잘못된 패러다임에 갇힌 사람들을 해방하는 데 목적이 있다. 모두가 동물 착취를 당연시해도 그런 광경이 무대 뒤로 감춰지지 않고 눈앞에 드러나는 순간, 이 힘없는 존재에게 가해지는 가혹 행위가 옳지 못하다고 생각할 것이기 때문이다."[31]

31   Lauren Plume, "Pour en finir avec le mythe de la pureté", www.lesquestionscomposent.com, 2012년 1월 3일.

은밀하게 소비되는 물질,
동물

나는 파리에 잠시 들른 틈을 타 레퓌블리크광장의 뉘 드부 Nuit Debout★ 현장에서 동생과 친구들을 만났다. 이곳도 전과는 분위기가 좀 달라졌다. 비건 메뉴와 종 차별주의 반대 구역이 마련됐기 때문이다. 다행히 인간과 동물이 억압 받는 이 구조를 이해하는 사람들이 점점 늘고 있다. 힘 있는 자들의 패권에서 사람들을 해방하고 싶다면 동물 착취부터 근절해야 하고, 동물을 해방하고 싶다면 인간이 인간을 착취하는 일부터 근절해야 한다.

우리 주위에는 사회운동가들이 수천 명이나 있었다. 의지는 확고하게, 운동은 재미나게 해 나가는 이들은 부당함에 반

★ 2016년 3월 31일에 시작된 밤샘 시위로, 시위를 주도하는 지도자나 대변인 없이 진행되는 것이 특징이다. 처음에는 노동법 개정 반대 운동으로 출발했지만, 지금은 파리 시내에 있는 여러 광장을 중심으로 각종 사회문제를 성토하는 복합적인 사회운동의 장이 됐다.

기를 들고 일어나 또 다른 세상을 꿈꾸는 사람들이다. 여럿이 모여 집회를 하는 건 좋은 일이다. 개중에는 나와 같은 세대 사람도 있고, 위 세대나 아래 세대 사람도 있으니까.

당연한 말이지만, 요즘 콜린과 나는 가계에 신경을 많이 쓴다. 우리 둘 다 (예술계 비정규직 지위도 누리지 못하는) 예술가인지라 소득이 넉넉지 않다. 그래서 최근에는 채식에 관심 있지만 돈도, 시간도 부족한 사람을 위한 비건 요리책을 쓰고 있다. 가제는 《바쁜 현대인과 빈털터리를 위한 비건 요리법》으로 정했다. 비거니즘은 부유한 특권층을 위한 소비 방식이 아니며, 가난한 사람을 포함해 누구나 참여할 수 있는 만인의 정치 행동이다.

가뜩이나 돈도 없는 내가 왜 비건의 길을 가는지 잊지 않기 위해 인간이 동물을 이용하는 각종 양상을 떠올린다. 고기와 우유, 달걀, 가죽, 양모 등은 동물이 비교적 눈에 띄게 착취되는 경우지만, 그보다 은밀한 양상을 보일 때도 있다. 석유나 용액 같은 화학물질 형태로 이용되는 경우다. 이는 동물의 신체 부속물을 함유한 제품 목록만 봐도 쉽게 알 수 있다.

타이어에는 동물에게서 추출한 스테아르산을 이용하고, 비

닐봉지를 만드는 데도 동물성 원료의 첨가제를 사용한다. 접
착제 재료는 생선을 원료로 하고, 폭죽 재료는 스테아르산
을, 유기농 휘발유는 도축장의 폐기물을 원료로 사용한다.
타투 잉크에는 동물 뼈가 사용되고, 포도주는 젤라틴과 카세
인, 달걀흰자, 부레풀을 사용한다. 감기약 '오실로코시넘'에
는 오리의 간과 심장이, 사탕에는 동물 뼈가 들어간다. 운동
복 상의에 가죽 장식이 더해지고, 아이들 곰 인형을 만들 때는
양모가 사용된다. 채소 병조림에 향을 가미하거나 식용 첨가
제를 만들 때도 동물성 원료가 들어간다. 특히 E120이란 원
료는 연지벌레를 뜻한다.

내가 쓰는 기타의 현침도 뼈로 만들었는데, 좋은 대체재가
많은 지금까지 동물 뼈로 현침을 만드는 게 이해가 되지 않는
다. 이제는 동물성 아교를 사용할 필요도 없는 세상이다. 현
악기 제조상이나 대형 제조업자도 이 문제를 고민하면 좋겠
다. 일부 비건 뮤지션은 별다른 대안이 없어 갖고 있던 악기
를 그냥 사용하는데, 손에 익은 악기를 버릴 수도 없지 않은
가? 그래도 앞으로 조금씩 변해갈 것이다. 요즘은 현악기 제
조업자도 고품질 탄소섬유로 된 악기를 개발하고 있으니, 차

즘 희망이 보인다.

우리가 무심코 쓰는 물건이나 일견 동물과 무관해 보이는 식재료에도 동물성 원료가 들어간 경우가 많다. 하지만 사탕이나 타투 잉크처럼 대안이 있는 경우가 더러 있고, 천연 포도주는 동물성 재료를 전혀 사용하지 않는다. 사람들이 즐겨 찾는 포도주가 이런 형태라서 얼마나 다행인지 모른다.

평소 내가 먹는 것 외에 소비 제품까지 동물성 원료를 모두 배제하진 않는다. 가공식품을 별로 사지 않기도 하지만, 이와 관련된 정보가 적기 때문이다.

동물이 소리 소문 없이 죽어가는 것은 분명하다. 동물은 보이지 않는 곳에서 알게 모르게 목숨을 잃고, 사체가 곳곳으로 분산된다.

비건이 토끼는
아니다

　나는 식사에 초대 받으면 으레 비건임을 밝힌다. 그때 반응은 가지각색이다. 한번은 강연을 하러 어느 고등학교에 갔다. 내가 쓴 《글쓰기와 생존 매뉴얼Manuel d'écriture et de survie》이 어떤 문학상을 받았는데, 그 책 이야기를 하러 간 자리였다. 내가 비건이라는 사실을 미리 전달 받은 구내식당 조리장은 달랑 채소 한 접시를 내왔다. 내가 먹을 수 있는 건 오이와 가늘게 썬 당근, 얇게 썰어 가지런히 담은 토마토가 전부였다. 나는 조리장에게 파스타는 없느냐고 물었다. 그러자 조리장은 "비건도 파스타를 먹나요?"라고 되물었다.

　채식을 한다고 해서 비건이 토끼는 아니다. 익히지 않은 당근은 우리의 주식이 될 수 없다. 파스타 원료가 밀인데, 밀이 동물성 재료는 아니지 않은가? 전문 요리사조차 영양학적 지식이 이 정도라는 걸 비건이 되고 나서 알았다. 다른 문학 행사나 세미나에서도 내게 생채소나 찐 채소만 준 경우가 한두

번이 아니다. 얼마 전에는 내가 먹는 음식에 올리브유도 넣느
냐는 질문을 받았다. 참으로 어처구니없는 현실이다.

언젠가 남서부 지방 카오르Cahors에 초대 받아서 갔는데, 예
약된 시내의 근사한 레스토랑 메뉴판에는 채식 요리가 하나
도 없었다. 지역 특산품인 오리와 푸아그라 전문 식당이니 외
려 채식과 거리가 멀었다. 하지만 요리사는 내가 비건이라고
하니까 기꺼이 도전 정신을 발휘해서 굉장히 맛있는 저녁 식
사를 만들어줬다.

내가 비건임을 밝혔을 때 반응은 호의적인 편이다. 당황하
는 요리사도 있지만, 대개는 메뉴에 없는 채식 요리를 만들어
준다(사실 크게 고민할 것 없이 감자튀김이나 밥, 곁들여 먹
을 몇 가지 채소만 줘도 충분하다). 비건 음식점이 아니라도
채식하는 고객을 위해 일회성으로 채식 요리를 만들어주는 게
아니라 아예 채식 메뉴를 추가하도록 유도하는 것 역시 우리
가 해야 할 일이 아닐까 싶다.

다행히 최근에는 메뉴에 비건이나 일반 채식주의자를 위한
채식 요리가 추가되는 음식점이 늘고 있어, 고기를 먹는 친구
들과 음식점에 갔을 때 내 비건 식성이 문제가 된 적은 한 번

도 없었다. 내가 동물을 음식으로 보지 않는 동물 해방운동
을 하는 사람이라고 이야기하면, 사람들은 보통 이것저것 묻
거나 자기도 식습관을 바꾸는 게 좋겠다고 한다.

간혹 나를 식사 자리에 초대해놓고 (내가 비건이라는 사실
을 깜빡해서) 달걀이 들어간 케이크나 생선 요리를 내올 때가
있다. 이런 경우 좀 복잡한 상황에 빠지지만, 정성껏 만들어
준 그 요리나 케이크를 내가 왜 안 먹는지 정중히 설명한다.
그러면 상황을 이해하고, 언짢아하지 않는다. 저들에겐 당연
한 게 왜 우리에겐 그렇지 않은지 제대로 설명해주면 전혀 문
제 될 게 없다. 설령 준비된 고기 요리 외에 먹을 게 없더라도
별로 중요하지 않다. 한 끼 거른다고 큰일 나는 것도 아니고,
과일이나 빵 한 쪽만 있어도 충분하니까.

게다가 나는 흑밀갈레트를 구울 때 버터를 썼는지, 안 썼
는지 하나하나 따지는 사람이 아니다. 일반 채식을 하는 아
들이 자기 접시에 있는 달걀이나 치즈 한 조각을 내 그릇이나
입술에 묻혀도 굳이 닦아내진 않을 것이다. 최근에 콜린 할머
니께서 버터가 들어간 반죽으로 만든 자두타르트를 먹었고,
어쩔 수 없는 상황에는 치즈가 들어간 요리를 먹기도 한다.

내가 이야기해본 사람들은 대체로 동물 해방운동이 제기하는 문제에 개방적이고 수용적이었다. 나를 무례하게 대하는 사람은 없었고, 나름대로 애쓰며 노력하는 모습을 보였다. 이들은 고기를 먹고 가죽 제품을 쓰는 게 당연한 듯 교육받았을 뿐이다.

　내 경우에는 작가라는 직업이 상황을 해결하는 만능 키 역할을 한다. 사람들은 일반적인 관행이나 루트에서 벗어난 내 행동을 너그럽게 이해하고 받아들이며, 좋게 봐주는 경향이 있다. 모든 문제에서 항상 그런 것은 아니지만, 작가라는 직업 덕분에 논란이 끝나지 않은 여러 가지 문제에 대해 비교적 쉽게 이야기를 꺼낼 수 있는 것은 사실이다.

　반면 일반 회사원이나 상인, 회사의 간부나 사장, 정치인, 혹은 한낱 식도락가 이미지에 심취한 사람이라면 채식 문제를 거론하기가 좀 더 힘들 수 있다. 소심하거나 자신감이 없는 사람도 자신을 비건이라고 밝히기 쉽지 않을 테고, 가족의 식사를 책임지는 여성이라면 상황이 더욱 어려울 수 있다. 음식에서 고기를 뺀다고 하면 가족의 반발이 심할 뿐 아니라, 요리하면서도 부담이 적지 않을 테니까.

분위기가 깨져야
제대로 된 이야기가 시작된다

　브뤼셀에서 문학 세미나가 열렸을 때다. 인도 식당 '뭄바이 드림Mumbai Dream'에 저녁 식사가 준비돼 있었다. 주방장은 내게 코코넛밀크가 들어간 알루 마타르aloo matar*를 만들어줬다. 일반 채식을 하는 여성 작가가 주문한 크림이 들어간 음식을 제외하고 모두 고기였다. 테이블에 앉은 사람은 여섯인데, 내가 주문한 음식이 화제에 올랐다. 나는 비건이라는 사실을 이제 막 밝힌 참이었고, 인성 좋은 행사 주최자는 "각자 원하는 대로 행동하고 생각하는 것"이라고 말했다.

　나는 잠시 생각을 정리한 뒤, "저는 그 말씀에 동의하지 않습니다"라고 했다. 이 말로 화기애애한 분위기가 깨지리라는 사실을 모르지 않았다. 주최자가 의아하다는 듯 물었다.

★　감자와 완두콩을 넣은 채식 커리.

"그럼 선생님은 제가 고기를 먹지 않도록 강요할 생각입니까?"

"당장 이 자리에서 그럴 수야 없지요. 설득하고 싶을 뿐, 강요할 생각은 없습니다. 다만 저는 (모직이든 가죽이든 치즈든) 우리가 동물을 고기나 물건으로 사용하는 관행을 멈췄으면 좋겠고, 동물을 죽여 그 사체를 먹는 행위도 정부가 법으로 금지했으면 합니다. 조금 전 주최자 선생님이 말씀하신 것처럼 각자 원하는 대로 행동하고 생각하는 것이라는 논리에는 동의하지 않습니다. 우리가 사회에서 원하는 대로 하며 살진 않죠. 원하는 대로 하고 사는 건 지배자의 자유입니다."

주최자는 당황했다.

"사람들이 고기와 치즈를 먹지 못하게 해야 한다는 말씀인가요?!"

"좀 더 정확히는 동물의 죽음을 전제로 한 잘못된 관행을 이 사회가 폐지할 수 있도록 노력해야 한다는 말입니다."

"관행을 폐지한다고요?! 선생님은 동물이 노예라고 생각합니까?"

"제가 폐지라는 단어를 쓴 것은 대혁명 당시(1789년 8월

4일 밤) 기득권 세력의 특권 폐지를 참조해서 한 말입니다. 저는 한 종이 다른 종보다 우위에서 누리는 특권이 폐지되면 좋겠습니다. 동물을 살리고 죽이는 인간의 권리를 폐지하자는 거죠."

"저는 제가 원하는 대로 행동할 뿐입니다만."

"동물성 제품을 소비하고 좋아하는 것은 자신의 선택에 따른 행동이 아닙니다. 우리는 그렇게 교육받았을 뿐입니다. 우리는 교육받은 대로 행동하고, 사회 법규가 허용한 것을 하고 살면서 구속받고 있습니다."

"비건이 되면 자유가 제한되지 않습니까?"

"동물을 죽이고 그 고기를 먹는 건 자유가 아닙니다. 우리가 가진 힘을 마음대로 쓰고 있을 뿐이죠. 선생님께서 누린다는 그 자유는 한 생명의 죽음과 고통을 전제로 합니다. 저는 우리가 여러 가지 문제에서 각자 원하는 대로 해선 안 된다고 생각합니다. 아동 체벌 문제도, 사형 제도나 고문 문제도 각자 원하는 대로 해선 안 됩니다. 우리가 함께 살아가기 위해 각자 하고 싶은 대로 하는 것으로는 부족합니다. 법률과 규칙이 있어야죠. 법률과 규칙을 바꾸고 더 나은 방향으로 변화시키고자 할 순 있겠습니다만, 이런 법적 틀은 우리 사회에서 가장 힘없는 약자를 보호해줄 수 있어야 한다고 생각합니다."

"하지만 아시다시피 미국에서 술을 금지한 뒤 마피아의 힘이 더 커졌을 뿐, 아무것도 변하지 않았습니다."

"그 문제와는 상황이 다릅니다. 단언컨대 비건이 세상을 뒤엎지 않을 테니 안심하셔도 됩니다. 우리는 계속 싸우고 시위하고 정보를 배포하고 의식의 전환을 유도하겠지만, 육식이 금지되는 때는 아마도 이 사회 대다수 구성원이 동물을 죽이지 말아야 할 필요성의 윤리적·정치적 근거를 이해하고 받아들인 다음이겠죠. 소수의 사고방식을 다수에게 강요할 순 없습니다. 장기 밀매처럼 밀수 문제도 있겠습니다만, 그렇다고 장기 밀매 금지를 풀어줄 순 없지 않습니까?"

주최자가 내 말에 설득된 것 같진 않았다. 우리는 식사를 이어가며 대화 주제를 바꿨다. 내가 거만하고 불쾌한 사람이라고 생각한 이들도 있을 것이다. 하지만 나는 세대에서 세대로 이어지며 당연시되던 것을 의아하게 생각하며 잠시 소란을 일으킨 것뿐이다. 이는 국면을 전환하는 한 단계로, 인류학자

에릭 쇼비에Éric Chauvier가 말했듯이 "분위기가 한 번 깨져야 제대로 된 이야기가 시작되는 법"[32]이다.

　나는 늘 한 발 늦는 편이다. 토론 주제에 대한 생각도 한 발 늦게 떠오른다. 어느 때는 내가 바보 같은 말을 했다는 사실을 몇 시간 뒤에 깨닫고 생각을 바로잡는다. 행사 주최자와 언쟁할 때 말한 변화의 시기도 '변화는 비건과 종 차별 반대주의자들이 다수가 되기 전에 찾아올 것'이라고 정정하기로 했다.

　프랑스의 사형 제도 폐지처럼 다수가 반대해도 한 사회가 어떤 사상이나 생각을 받아들여야 하는 경우도 있다. 고기를 먹는 사람, 육식 요리를 즐기는 사람이라고 동물 학살에 찬성하진 않으리라 생각한다. 이들이 아직 등심의 유혹을 거부하지 못하지만, 이 사회가 자기 접시에 죽은 동물의 살덩어리를 올리지 못하도록 한다면 거기에 무척 만족할 수도 있다. 그러니 고기를 좋아하는 사람 중에도 분명 우리 편은 있을 것이다.

32　Éric Chauvier, *Les Mots sans les choses*, Allia, 2014, p. 18.

풍성한
비건의 식탁

　수요일은 우리 가족이 장을 보러 가는 날이다. 탈랑삭시장은 낭트에 있는 상설 재래시장인데, 채소와 생선, 반찬, 질 좋은 치즈와 농산품을 파는 상인이 많다. 비건이 된 후 아내와 나도 시장에서 물건을 보는 눈이 달라졌다. 비거니즘 덕분에 다른 시각이 하나 더 생긴 것이다.

　매대를 살피다 보면 고기를 써는 정육점이 눈에 들어온다. 사람들은 즐겁고 행복해 보이며, 소상공인과 지역 내 유기농 축산업자, 영농업자들이 눈에 띈다. 동시에 한 생명의 사체가 보인다. 녀석도 분명 살아 숨 쉬며 뛰놀고 즐기다가 짧은 생을 마쳤을 것이다.

　맑은 공기를 머금은 따사로운 봄기운은 기적 같은 순간을 만들어낸다. 사람들은 가족 단위로 나와서 치즈도 사고 양고기도 산다. 하지만 내 눈엔 곳곳에서 고통과 죽음이 느껴질 뿐이다. 사람들이 행복한 걸 봐야 나도 행복한데, 시장에 다녀온 나는 슬프다.

　시장에서 돌아와 어떤 요리를 할지 생각하며 장바구니에 있는 채소와 과일을 꺼낸다. 무 다발을 풀어 줄기를 다듬고, 햇양파도 썬다. 전부 다듬고 보니 양이 어마어마하다. 자색, 붉은색, 흰색 등 형형색색 무와 대파를 속이 깊은 냄비에 담은 뒤, 물을 붓고 아가타agata 종 감자 네 알과 배춧잎 여섯 장, 녹색 렌틸콩을 넣고 끓이면 수프가 완성된다.

　이렇게 뚝딱 채식으로 한 끼를 해결하면 돈도 아끼고 환경보호에 이바지할 수 있다. 채소 줄기며 이파리, 뭐 하나 버리는 게 없기 때문이다. 무 이파리에도 무 못지않은 영양가가 있고, 무 줄기에는 엽산과 철분, 비타민 A·C가 들었다. 햇양파 줄기도 영양소가 풍부한데, 양념을 조금 넣으면 아주 맛있는 음식이 된다. 이렇듯 비건이 되면 별다른 노력을 하지 않아도 생태적이고 경제적인 삶이 가능하다.

　냉장고와 냉동고, 찬장은 내게 무척 중요한 곳이다. 여기에 음식이 가득하면 늘 안심이 된다. 이는 어린 시절의 기억 때문이기도 하다. 어머니가 다시 공부를 시작하고 오랫동안 파트타임 교사로 근무한데다, 아버지는 거의 평생 가난했기 때문에 우리 집은 돈 걱정이 끊이지 않았다. 나도 먹을 게 부족할까 봐 항상 걱정이었다.

지금 우리 집 냉장고에는 거의 항상 샐러드와 된장, 배추, 아마 가루, 발효 두부와 타마리간장, 이탈리아 로소 두부, 파니스, 버섯, 잼, 템페, 유자 씨유, 말린 토마토, 식물성 크림, 올리브, 코르니숑, 후무스, 맥아 효모, 식물성 우유, 맥아, VEG1, 오메가 3 캡슐, 케첩, 토마토 원액 등이 있다.

찬장에는 밀가루와 병아리콩 가루, 메밀가루, 파스타, 렌틸콩, 콩고기, 올리브유, 올레산 해바라기 씨유, 사과식초, 녹말, 옥수수 가루, 병아리콩, 팥, 으깬 완두콩, 메밀, 쌀, 퀴노아, 글루텐 가루, 설탕, 땅콩버터, 참깨 스프레드, (젤라틴 대신 플랑을 만들어줄) 한천 가루, 각종 병조림과 통조림, 수많은 향신료가 있다. 귀리 가루와 팥가루, 카카오 가루, 호박씨, 해바라기 씨, 치아시드, 참깨, 헤이즐넛, 캐슈너트 등도 병에 보관한다. 콜린과 나는 요리에 관심이 많아, 적은 재료로도 수지 타산을 잘 맞추는 편이다.

안타깝게도 모든 식재료가 유기농은 아니다. 유기농 제품은 비싸고, 우리 예산에는 한계가 있기 때문이다. 그래서 가급적 현지에서 생산된 농산물을 구입하되, 병조림이나 통조림, 냉동식품도 구입한다. 시간이 없고 늦게 들어왔거나 피곤할 때, 말린 병아리콩 불리는 걸 깜빡했을 때, 렌틸콩 익히기가 귀찮을 때 이런 제품을 사용한다. 병아리콩 통조림에 마늘과 참깨 스프레드, 레몬즙, 소금, 후춧가루를 섞어 5분 만에 후무스를 만들기도 한다. 조리되어 나온 팔라펠도 간편하고 맛있다.

비건이 되면 종종 뭘 먹고 사느냐는 질문을 받는다. '당근이랑 녹색 채소나 씻어 먹겠지'라는 편견이 깔린 질문이다. 최근에는 우리가 유전자 변형 콩과 팜유, 육류 모조 식품으로 만든 싸구려 음식을 먹고 산다는 식으로 말하는 어이없는 소리도 들었다.

다행히 우리는 굶어 죽거나 살이 빠지지 않았다. 비건이 된다고 살이 빠지는 건 아니다. 갑상샘에 문제가 있거나 병적인 허기증 때문에 체중이 증가하는 비건도 있고, 식탐이 많은 비건도 있으니, 채식을 하면 무조건 살이 빠진다고 할 순 없다. 비건은 모두 몸이 날씬하고 탄탄할 거라는 편견, (어처구니없게도) 마르고 빈혈이 있을 거라는 편견은 이제 사라졌으면 좋겠다.

비건이 되기 전에는 우리 식탁이 이렇게 풍성해질 줄 미처 몰랐다. 우리는 지금껏 존재조차 모르던 재료로 음식을 해 먹고, 콜라비같이 맛있는 채소도 새로 발견했다. 종전 식단에서 보기 어려운 후무스, 말린 토마토 절임, 마늘, 버섯 등 우리 식탁은 전반적으로 더 풍성하고 다양해졌다.

우리는 밀고기를 직접 만들어 먹기도 한다. 6세기 중국에서 발명된 밀고기는 글루텐 가루와 양념으로 만든 식물성 대체육이다. 얇게 썰어 사용하거나, 식물성 초리소를 만드는 베이스로 쓸 수 있다.

찬장에 있는 음식을 보면 그 사람이 어떤 사회적 환경에서 사는지 드러난다. 우리 집 찬장이 이토록 풍요로운 것은 우리가 채소 가게나 질 좋은 식료품 가게가 많은 환경에서 살기 때문이다. 하지만 좋은 먹을거리를 구하기 쉽지 않은 곳에 사는 사람도 많다. 그런 경우라면 다양한 식단을 갖춰 먹기가 어려울 수 있다.

아내와 나는 최근 우리의 식생활과 요리법에 대해 이것저것 생각하고 시도해보는데, 누구나 우리처럼 할 수 있는 건 아니

다. 시간적 여유가 별로 없는 회사원이나 바쁜 부모라면 우
리처럼 음식과 요리 문제를 고민하기 힘들 수도 있다. 지금은
먹을거리에 시간을 투자하기가 녹록지 않은 세상이니까. 그
래서 우리는 새로 발견한 조리법이나 음식 관련 정보를 사람
들과 공유하려고 노력한다. 많은 사람이 질 좋고 다양한 채
식 메뉴를 접할 수 있도록 정치적인 행동도 한다.

물론 우리의 취지는 농부들 좋은 일만 하자는 데 있는 것
도, 농식품 가공업체나 유기농 회사의 배를 불려주자는 데 있
는 것도 아니다. 비건은 공정하게 생산된 식재료를 선별해서
먹고, 저임금에 불공정한 대우를 받으며 착취 당한 사람들이
만든 음식은 보통 먹지 않는다. 희귀 채소와 과일, 콩류의 종
자 보전에도 힘쓰고, 품종의 획일화를 막기 위해 노력한다.
지금은 렌틸콩 두 종류와 상추 네 종류, 감자 다섯 종류밖에
남지 않은 상황이다. 그러나 알고 보면 이 세상엔 식물 품종
이 무궁무진하다. 채소와 과일, 곡물, 콩류의 세계는 아직 탐
사할 부분이 많은 신대륙 같다.

내 입맛도 꽤 달라진 것 같다. 전에는 관심조차 없던 것을
정말 맛있게 먹고, 미각도 많이 달라졌다. 담배를 끊은 사람

들이 미각과 후각을 되찾은 것과 조금 비슷하다.

얼마 전에는 인터넷 동영상을 하나 봤다. 유명한 영양학 전공의가 비건 채식의 단점을 늘어놓다가, "어쨌든 채소는 좋지 않다"는 결론을 내렸다. 참으로 한심했다. 의사라는 작자가 이런 말을 하다니 기가 막혔다. 하지만 사람들이 일반적으로 하는 생각도 크게 다르지 않을 듯싶다.

안타깝게도 채소는 우리 사회에서 제대로 된 음식 대우를 받지 못한다. 학교 급식에서 덜 익히거나 잘못 조리한 시금치와 배추, 선모 뿌리를 먹은 뒤 채소 트라우마가 생긴 초등학생이 많다. 그러다 보니 채소는 기껏해야 고기 먹을 때 곁들이는 음식 정도로 치부됐는데, 우리가 나서서 채소의 위상을 바로잡고 외면 당해온 채소를 지켜줘야 한다.

다행히 채소를 좋아하는 사람들이 점점 늘고 있으며, 알랭 파사르도 채소를 고급 요리로 만들고 싶다고 말했다.[*] 그동안 비난과 조롱, 멸시를 감내해온 채소를 지켜주려고 노력하

---

[*] 크리스토프 블랭 지음, 차유진 옮김, 《알랭 파사르의 주방En cuisine avec Alain Passard》, 푸른지식, 2015.

고, 배추나 상추 같은 채소에도 다양한 품종이 있다는 사실을 알려야 한다. 농업이 획일화됨에 따라 자취를 감춘 채소도 찾아내야 한다. 오늘날 두루미냉이, 미나리, 블랙커민시드, 튜베로즈 파슬리를 아는 사람이 몇 명이나 될까?

콜린과 나는 채식 요리 블로그 '몽스트로베간Monstrovéganes'[33]을 개설했다. 우리가 가볍게 해본 음식으로 채식 요리도 맛있다는 사실을 보여주고, 누구나 이런 요리를 할 수 있음을 알려주기 위해서다. 비거니즘은 얼마든지 대중적인 운동이 될 수 있다. 이를 더 많은 사람에게 알리고 대중화하는 일이 비건의 몫이다.

18세기에 요리사 빈센초 코라도Vincenzo Corrado가 쓴 《Del cibo pitagorico피타고라스의 음식》 이후 채식 요리책이 꽤 많이 출간됐으며, 요즘은 채식 요리 블로그도 많다. 검색창에 우리가 좋아하는 요리 이름을 넣고 비건이란 단어를 덧붙이면 원하는 조리법을 순식간에 찾아볼 수 있다. 그만큼 채식 요리 블로그가 많고, 동물 해방운동에서도 이런 블로그의 역할이 꽤

---

33 http://monstroveganes.monstrograph.com.

장히 중요하다(하지만 엘리트주의와 성차별주의로 물든 운동
권에는 이렇게 웹상에서 활동하는 블로거를 무시하는 지식인
이 많다). 단순히 채식 조리법을 알려주는 데 그치지 않고 동
물 해방운동과 관련한 내용을 함께 게재하는 블로거도 있다.

채식 요리 블로그나 관련 책은 확실히 동물권 운동을 부각
하는 가시적 효과가 있다. 블로거나 저자는 저마다 해당 매
체를 통해 관련 정보를 제공하면서 사람들의 경각심을 일깨
우기 위해 노력한다. 육식 문화에 길든 우리의 반사적인 행동
습관을 완화하는 한편, 새로운 요리 방식을 알려주기도 한
다. 이들은 이론가나 사상가, 학자 못지않게 정치적 비중과
효용성 면에서 중요하다.

동물을 위한 투쟁은 다방면에서 다양한 방식으로 벌일 수
있다. 간혹 서로 다른 방식이 대비되며 가벼워 보일 수도 있지
만, 나는 그래서 더 좋다고 생각한다. 그만큼 운동 방식이 다
양하고 풍성해지니까.

비거니즘에서 먹는 문제에 관련한 부분은 반발이 더 심한
편이다. 언젠가 로마에서 콜린과 함께 음악이 있는 만남 행사

에 참여한 뒤 점심 식사를 할 때였다. 어느 은퇴한 편집자가 와서 말했다. "나는 비건은 못 될 거요. 콩이 건강에 그렇게 안 좋다고 하더군요." 그는 과자를 주섬주섬 집어 먹으면서 위스키까지 여러 잔 연달아 들이켤 정도로 건강에 걱정이 많은(?) 위인이다.

"비건이 꼭 콩을 먹는 건 아닙니다만, 어떤 면에서 콩이 안 좋다고 생각하시는지요?"

"사람들이 그렇게 말하더라고요."

"학계에서 콩의 위험성을 밝혀낸 연구 결과라도 있다는 말씀인가요?"

"그야 나도 모르겠소만 아니 땐 굴뚝에 연기 나겠소?"

"아니 땐 굴뚝에 연기라고요?"

그날의 콩 사건은 소위 교양 있다는 사람들에게 얼마나 말도 안 되는 생각이 뿌리박혔는지 여실히 보여준다. 외려 학계 연구에서는 콩의 효능이 입증되고 있다. 콩에는 여성호르몬 유사 물질인 피토에스트로겐(이소플라본)이 들었기 때문이다. 일각에선 이것까지 물고 늘어지며 콩이 남자를 여자로 둔갑시킨다는 말을 한다. 굳이 수컷 고기를 찾아 먹는 사람이라면 상당한 걱정거리가 될지 모르지만, 이 물질은 콩 이외 다른 채소에도 들었다.

이와 비슷한 상황이 하나 더 있다. "당신들이 먹는 퀴노아나 콩이 죄다 외국에서 들여온 것이잖소. 로컬 푸드가 아니므로 나는 비건이 못 되겠소." 내게 이런 말을 한 사람은 커피 애호가다.

내가 먹는 콩과 퀴노아는 모두 프랑스산이다(퀴노아는 프랑스의 로컬 푸드로, 앙주 지역에서 재배된다). 키위나 병아리콩과 마찬가지로 콩이나 퀴노아도 프랑스에서 재배되는 현지 생산품이다. 알고 보면 프랑스에서는 굉장히 다양한 과일과 채소, 콩류가 재배된다. 이렇게 풍부한 자원을 활용할 수 있으니 축복이 아닐까?

물론 내가 먹는 음식 중에는 커피나 차, 카카오, 바나나 등 다른 대륙에서 수입한 것도 있다. 비건으로 살다 보니 내 탄소 발자국이 그리 큰 편은 아니므로, 이런 수입품을 끊을 생각은 아직 없다. 문제는 카카오의 수입 여부보다 이 카카오가 얼마나 올바른 방식으로 재배되고, 공정하게 무역했느냐가 아닐까.

동물성 식품을 대체하는 방법을 몇 가지 소개한다.

• 케이크를 만들 때 달걀은 녹말, 사과 콩포트compote,* 으깬 바나나, 아마 씨를 빻아 물에 적신 것 등으로 대체할 수 있다. 물에 적신 치아시드도 같은 역할을 한다.

• 식물성 베샤멜소스를 만들 때는 우유를 식물성 우유로, 버터를 오이로 대체한다.

• 식물성 크레이프를 만들 때는 우유를 식물성 우유로, 달걀을 감자녹말이나 애로루트 녹말로 대체한다. 브르타뉴 갈레트를 만들 때는 메밀가루와 소금, 물만 있으면 된다.

• 과자를 만들 때는 우유를 식물성 우유로, 달걀을 녹말과 콩으로 만든 두부로 대체한다.

우리는 이곳에서 마지막으로 장을 봤고, 다음 주에는 낭트를 떠나 앙제 근처로 이사한다. 그 집에는 정원이 있으니 채

★ 과일을 설탕에 조린 디저트로, 잼과 비슷하다.

소를 가꿔볼 생각이다. 우리 집은 수입이 일정치 않은 편이라, 자급자족 생활을 할 수 있다고 생각하니 마음이 놓인다.

　그날 저녁 우리는 밀고기 소시지에 허브와 배추, 감자, 당근, 구운 콩 베이컨을 곁들여 스튜의 일종인 포테를 만들어 먹었다. 우리가 즐겨 먹는 음식 중 하나다.

바보들이 비웃는 데는
다른 신념이 있어서가 아니다

"채식주의자들이 우리 숨통을 조이고 있다!"

얼마 전 나는 페이스북에 어업의 폐해를 다룬 기사 하나를 링크했다. 이후 수많은 반발과 문제 제기, 논쟁이 있었다. 사람들은 취미로 하는 낚시의 무고함에 대해 열변을 토했고, 이는 기업식 대규모 조업과 하등 관계가 없다는 코멘트를 달았다. 나도 이 의견에 부분적으로 동의한다. 하지만 취미로 한두 마리 낚아 올려도 물고기가 목숨을 잃는다는 사실은 변함이 없다. 이 점을 지적하자, 나와 반대 입장인 사람들은 크게 분노하며 비건이 모두의 숨통을 조일 것이라고 했다. 얼마 전에는 어떤 사람이 내 페이스북에 히틀러가 채식주의자였다면서 비건의 뇌를 모두 뜯어고쳐야 한다는 댓글까지 남겼다.

SNS에서는 논쟁이 극단으로 치달을 때가 많다는 걸 감안하더라도 이런 표현을 보면 비건이 얼마나 많은 언어폭력에 시달리는지 알 수 있다. 이런 언어폭력의 영향이 없지 않다는 점이 문제다. 주위의 지나친 압박으로 비거니즘을 포기하는 사람도 있다. 사람들의 비웃음이 지겹고, 도를 넘어선 진담 같은 농담을 너무 많이 들을뿐더러, 가족과 친구의 언짢은 반응이나 지적을 참고 견디기가 힘들기 때문이다.

이런 사회적 압박은 비채식주의자가 종전의 삶을 유지하는 좋은 방편이 된다. 비건을 조롱하는 이면에는 비건에게 자기들이랑 똑같이 살라는 강요가 은연중에 깔려 있다. 채식을 시작한 지 1년 안에 포기하는 채식주의자가 많은 이유가 여기 있다(따라서 채식주의자끼리 도우며 격려할 필요가 있다. 방식이 다르거나 불완전한 모습이 보여도 가치판단은 삼간다).

그래서인지 동물권 운동가들 사이에서는 채식이나 비건 혐오에 대한 이야기가 심심치 않게 흘러나온다. 채식 혐오주의나 비건 혐오주의 같은 표현을 어떻게 받아들여야 할지 모르겠지만, 특정 공격에 말로 규정하고 관련된 개념을 만들며 이를 지속하는 일은 중요하다고 본다. 채식 혐오라는 단어가 있으면 그만큼 반격할 단초가 되며, 채식을 반대하고 탄압하는 사람도 채식 혐오자라 지칭할 수 있다. 채식 혐오라는 단어는 동성애 혐오나 외국인 혐오를 연상시킨다.

비건이 대량 학살을 겪은 건 아니지만 미국과 영국에서는
동물권 운동을 하다가 감옥에 갇힌 사람이 수십 명이다. 농
식품 가공업체가 로비해서 주물러놓은 법의 공격과 경찰의 감
시를 받는 사람도 점점 늘어간다. 얼마 전에는 트빌리시Tbilissi
에 있는 비건 음식점이 신나치주의자들에게 습격을 받았다.

  사실 비건이 받는 탄압은 동물에 비하면 탄압 축에도 못
낀다. 동물 혐오는 채식 혐오보다 심각하다. 그렇다고 우리
가 채식주의자에게 쏟아지는 언어폭력을 감내할 이유는 없
다. 우리가 동물처럼 구조적인 폭력의 피해자도 아니고, 인종
차별 피해자나 가난한 사람, 동성애자, 여성 등 대표적인 사
회적 약자보다 폭력에 덜 노출됐다고 하나, 상대를 비웃고
조롱하는 것은 어떤 상황에서든 정상이라 볼 수 없다. 그러니
이런 행태를 참아줄 이유도 없다.

  채식 혐오는 흥미로운 표현인데, 개인적으로 잘 쓰지 않는
다. 오해의 소지가 있고, 단어의 구성에 문제가 많기 때문이
다. 토론 자리에서 가끔 쓰는 정도지만, 이 단어가 채식주의
자들이 처한 현실을 조금이나마 대변한다는 생각은 든다.

  더 큰 문제는 채식 혐오라는 말까지 나오는 상황에서 보건

당국이 채식에 대한 제대로 된 정보조차 알려주지 않는 점이다. 이는 채식주의자들이 일상적으로 당하는 인신공격 이상으로 심각한 문제다. 왜곡된 정보로 인해 채식을 하는 사람들이 위험에 처할 수 있기 때문이다.

채식 혐오가 폭력의 형태로 나타나기도 한다. 채식을 인정하지 않는 가정이나 학교 급식에서 채식하는 아이들에게 억지로 고기를 먹이는 경우다. 교도소 수감자와 입원한 환자의 식단에서 고기를 빼기도 쉽지 않은 일이고, 이와 같은 환경에서 동물성 제품을 차단하기는 더더욱 어렵다. 이는 보통 일이 아니다. 동물의 사체를 먹지 않기로 한 사람에게 억지로 먹이면 정신적 외상까지 올 수 있기 때문이다. 강아지를 몹시 아끼는 사람한테 개고기를 먹이는 꼴이다.

한 친구 말에 따르면, 학교에서 아이 급식을 채식으로 하려면 윤리적인 이유보다 종교적인 이유를 대는 게 낫다고 한다. 윤리적인 목적에서 채식을 한다고 하면 잘 받아들여지지 않지만, 불교나 힌두교 등 종교적인 이유로 고기를 먹지 않는다고 하면 쉽게 받아들여진다는 것이다.

다른 채식주의자 친구는 딸에게 채식을 먹일 거면 복지후생

과에 미리 고지하라고 교장이 협박조로 말해서 학교 촉탁의를 만날 수밖에 없었는데, 채식에 그리 호의적이지 않은 촉탁의는 친구에게 마치 자녀를 학대하는 부모라도 되는 양 밑도 끝도 없는 질문을 무례하게 퍼부었다고 한다. 결국 친구 딸은 채식용 급식을 따로 받을 수 없어서, 채소나 곡물로 된 요리가 남았을 때 먹었다고 한다. 학교에서 미리 식단을 알려주는 경우도 전혀 없었고, 음식에 고기와 곡물, 채소가 섞여 있는 날이면 딸을 집으로 데려와서 먹여야 했다. 집에서 만든 음식을 학교에 가져가서 먹기는 규정상 불가능했기 때문이다. 점심시간 직전에 메뉴가 바뀌어 아이 앞에 고기가 들어간 라비올리 접시가 놓인 날이 있는데, 아이가 음식에 손을 대지 않자 교직원과 교장이 아이를 구내식당에 가두고 강제로 먹였다. 아이는 울면서 이 음식을 먹을 수밖에 없었다.

이런 어이없고 황당한 일이 2016년 파리에서 벌어졌다. 이렇게 채식하는 부모를 위협하고 아이가 윤리적 선택을 못 하도록 방해하고 강요하는 것은 채식주의자에 대한 정치적 테러라고 생각한다. 다행히 우리가 이사하는 작은 마을 트렐라제 Trélazé에는 학교 식당에 채식 메뉴가 있다.

일각에서 비거니즘을 못마땅하게 받아들이는 이유 중 하나
는 동물에 대한 비건의 시각이 인간의 자존심에 또 한 번 흠집
을 내기 때문이다. 일찍이 코페르니쿠스Nicolaus Copernicus와 다윈,
프로이트Sigmund Freud가 오만한 인간을 묵사발로 만들었는데,
비건은 상처 받은 인간에게 동물이 열등한 존재가 아니라고,
우리의 식욕을 위해 동물을 죽이는 건 부도덕한 일이라고 말
한다. 인간이 오늘날과 같은 권리를 누리고 사는 건 다른 종
보다 우월한 지위에 있었기 때문이다. 비건 주장대로 동물권
을 인정하면, 인간은 그 지위를 누리지 못한다. 그러니 인간
과 동물의 동등한 관계가 영 못마땅한 것이다.

　아직 다윈조차 인정하지 않는 사람들이 있다. 하지만 우리
도 엄연히 동물이며, 이 사실을 인정한다고 우리의 격이 떨어
지지는 것은 아니다.

　가장 문제가 많은 건 일부 좌파 진영 인사의 반응이다. 이
들은 인종주의와 자본주의, 동성애 혐오에 반대하며 여성해방
운동을 지지하지만, 신기하게도 동물권에는 반대쪽에 선다.
동물권을 지지하고 나서면 소시지와 스테이크를 먹을 수 없
기 때문이다. 이들은 그런 자신의 행동을 범죄로 만들지 않으

려고 우파 노선에 서고, 동물권 문제를 해결하기 위해 싸우기보다 비거니즘을 깎아내린다. 자신의 행동을 바꾸기보다 고기 먹는 쪽을 선택한 이들은 비건이 폭력적이고 공격적이라고, 비건이 유전자 변형 콩을 지지하는 농식품 가공업체 편에 섰다고 떠들어댄다.

비건이 되려면 너무 많은 노력이 필요하다며 비거니즘을 좋지 않게 보는 사람도 있다. 동물 윤리 문제 때문이 아니라 비건으로 사는 게 힘들어서, 나아가 한 번 시도했는데 본인이 실패했다는 이유로 (자존심에 상처를 낸) 비거니즘을 안 좋게 보는 것이다.

이처럼 비거니즘이 격한 반응을 불러오는 것은 어찌 보면 당연한 일이다. 비거니즘은 그동안 이들이 당연시한 무의식적인 관행을 버리라고 하는 정치 운동이기 때문이다. 특히 비거니즘에서는 이런 관습에 육식주의라는 이름까지 붙였다. 규범은 생각과 상관없이 자기도 모르게 무심코 따르는 행동이다. 그런데 어느 날 갑자기 한 집단이 나와서 당신들의 그 규범에는 이름이 있다고, 우리는 그걸 육식주의라 부른다고 이야기한다. 그동안 규범을 따르던 다수는 자신들이 그렇게 규정되는 게 못마땅하다. 하루아침에 동물을 억압하는 가해자가 됐기 때문이다.

규범에 이름을 붙이는 것은 '당신에게는 선택권이 없다' '당신은 이 사회와 그 안의 교육에 따라 만들어진 존재다'라는 사실을 확인시키는 일이다. 자유의지에 흠집을 냈으니 확실히 가혹한 처사다. 우리가 고기 먹는 사람을 육식주의자로 일컫는 것을 저들이 불편하게 생각하는 이유도 바로 여기 있다. 이 단어 하나가 당연하고 아무 문제없어 보이던 이데올로기의 이면을 까발리면서 지금까지 무심코 해온 행동의 밑바탕에 깔린 정치적 뿌리를 드러낸 것이다.

사람들은 대개 동물 착취 문제를 안타깝게 생각하지만, 비건을 비웃는 바보도 많다. 이와 관련해서는 들뢰즈Gilles Deleuze가 한 말로 정리하고자 한다. "우리에겐 윤리나 신념이 필요한데 바보들은 이를 비웃는다. 다른 신념이 있어서가 아니라 자신들이 속한 그 세계를 믿고 살아야 하기 때문이다."[34]

---

34 질 들뢰즈 지음, 이정하 옮김, 《시네마 Ⅱ (시간-이미지)Cinéma 2: L'Image-temps》, 시각과언어, 2005.

우리는 교양이 부족하거나 교육을 못 받아서 바보가 되는 게 아니다. 바보는 권력자 위치에서 강제권을 행사하는 사람이다. 번지르르한 말과 조롱, 빈정거림으로 인간의 알량한 특권과 안위를 수호하면서 동물 착취와 살해를 정당화하는 지식인이야말로 바보다. 얼마 전 TV 방송에서 존경받는 고생물학자 파스칼 피크Pascal Picq가 나왔다. 그는 자신이 채소를 구워 먹는다고 하면 자기 시골집에 놀러 올 친구가 아무도 없을 거라고 핏대를 세우며 육식을 정당화했다. [35]

　동물의 죽음을 정당화할 때는 이렇듯 똑똑한 지성인조차 이성을 잃고 만다. 수많은 압제에 분개하던 사람들이 도대체 왜 동물의 억압은 말하지 않을까? 오늘날 부당한 현실에서 고통 받는 동물의 문제는 왜 인지하지 못할까? 가장 큰 이유는 우리가 동물의 문제를 사생활의 영역으로 치부하기 때문일 것이다. 사람도 알코올의존증 문제나 성차별주의, 자동차 운전 등 사회적인 문제를 개인의 문제로 치부하는 경우가 적

35　France 2 채널 프로그램 〈스 스와 우 자메Ce soir ou jamais〉, 2016년 4월 1일.

지 않다. 안타깝게도 프랑스에는 육식이나 투우를 정당화하
며 인간을 위한 동물의 죽음을 당연시하는 종 차별주의 철학
자나 지식인이 많다. 이런 지식인 사이에서 변화의 조짐이 나
타나는 것이 그나마 다행이다. 악착같이 고기를 먹던 육식주
의자조차 오늘날의 상황에 회의를 느꼈기 때문이리라.

비건 철학자 르낭 라뤼Renan Larue가 이야기했듯이[36] 채식주
의는 고대 그리스부터 제도권의 구속을 받았다. 기독교가 자
리 잡은 뒤에도 윤리적인 이유로 고기를 먹지 않는 사람은 뭔
가 의심을 샀다. 채식주의자가 되는 건 수백 년 전에도 규범
과 정통 교리에 반하는 일로 취급받은 셈이다. 요즘은 상황이
좀 달라지고 있는데, 고기를 먹지 않는다고 사회적으로 낙인
찍히는 일은 없기 때문이다. 대신 동물에 관심이 많은 사람이
자, 공감 능력의 범위가 넓은 사람으로 인식된다.

채식 혐오는 동물 해방운동 진영 내부에서 나타나기도 한
다. 일부 비건이 다른 비건의 부족함을 지적하거나, 몇몇 동

---

36   Renan Larue, *Le Végétarisme et ses ennemis,* Presses universitaires de France,
      2015.

물권 운동가들이 비건의 운동 방식을 나무라는 것이다. 심지어 일반 채식을 하는 베지테리언이 (비채식주의자에게 비판과 조롱을 받다가) 비건을 공격하고, 비건도 베지테리언을 공격한다는 얘기까지 들었다. 하지만 일반 채식을 하는 베지테리언은 비건의 동지라고 생각한다. 이들이 한 발 더 나아갔으면 하는 아쉬움이 있지만, 어쨌든 이들은 우리와 한배를 탄 사람들이다. 우리끼리 싸우면 괜히 서로 기운만 빼고, 동물 해방 운동은 결코 앞으로 나아갈 수 없다.

　우리는 채식 혐오 같은 공격 앞에서도 채식주의자로서 자부심을 잃지 말아야 한다. 채식을 하는 건 미안할 일도, 변명을 달고 다닐 일도 아니다. 동물권 운동가라면 투쟁에 확고한 소신을 지켜야 자기 논리도 지키고, 감정적으로 다치지 않을 수 있다. 좌절에 빠져도, 거짓말을 해도, 조롱을 들어도, 낙심해도 안 된다. 이 운동에 자신감을 갖고 투쟁해야 한다. 자기가 하는 일에 자부심을 갖는 것과 자만심에 빠지는 것은 다르다. 비건이 되는 건 상식적으로 살겠다는 의지의 표현이니, 자만심은 경계하되 자부심은 가져도 된다. 우리는 상식이 지켜지는 사회를 꿈꿀 뿐이니까.

최근 한 친구는 비건이 되는 게 최신 트렌드에 따르는, 멋있는 일이라고 했다. 이 말을 다 믿진 않는다. 나는 이런 말이 비거니즘의 본질을 흐린다고 생각한다. 멋있다고 좇는 것도 바보 같은 짓이다. 다만 이런 인식이 사실이라면 분명 긍정적인 신호다. 채식주의자라는 주홍 글씨가 사라지고 있다는 뜻이니까. 세계에서 가장 영향력 있는 산업의 해체를 주장하는 정치적 행동과 한 문명의 변화가 '멋있는' 일일 수만은 없다. 이는 비거니즘이 잘못 이해되는 것이지만, 이와 같은 오해가 긍정적으로 작용하리라는 기대는 할 수 있다. 이게 비거니즘과 종 차별 반대주의의 확산을 의미하고, 이런 사상이 포괄적으로 받아들여지는 것을 의미한다면 좋은 일이 아닐까?

　그렇다 해도 아직 갈 길은 멀다. 얼마 전에는 채식주의자가 된 청소년 이야기를 다뤘다는 이유로 내가 쓴 작품의 출간을 거부 당하기도 했다. 출판사의 결정이 못마땅한 여성 편집자가 데스크에서 이런 주제를 다룬 소설 출간을 반대했다는 말을 전해줘서 알게 된 사실이다. 이 나라에서 표현과 예술의 자유를 위한 투쟁은 현재진행형인 모양이다.

세상을 바꾸자!
단호하게, 긍정적으로 그리고 너그럽게

  새로 펴낼 어린이 책을 함께 준비하는 친한 동료 상드린 보니니Sandrine Bonini와 앙제의 한 비건 레스토랑에서 작업을 했다. 아이가 유치원에 가지 않는 날이라 콜린이 집에서 아이를 돌보기로 했다. 우리 부부는 이렇게 교대로 작업 시간을 마련한다. 우리 가족이 새로 이사한 집은 짐을 다 풀지 못하고 책 정리가 덜 돼 도떼기시장 같지만, 정원에 총각무와 무, 상추, 배추 씨를 뿌리고, 로마네스코나 브로콜리 같은 채소 모종도 심었다. 여름 끝물이었다.

  오후에는 저녁거리를 사러 마트에 갔다. 스프링롤과 김마키를 만들기로 해서 아보카도, 쌀 등 몇 가지 재료가 필요했다. 마트 여기저기 둘러보다가 정육 코너 앞을 지날 때, 너무나 끔찍하고 어이없는 광경을 목격했다. 선혈이 가득한 붉은 살덩어리가 잘리고 다져져, 새끼 양은 지고다뇨(새끼 양 넓적다리 고기), 젖소는 로스트비프, 돼지는 삼겹살, 암탉은 닭

모래주머니 조림, 대게는 초밥 재료로 팩에 담겨 있었다.

진열장 위에는 들판에 풀어놓은 동물의 사진이 있었다. 돼지와 닭이 환하게 웃는 모습이 새겨진 팩에 붙은 라벨은 그보다 끔찍했다. 마치 자신을 맛있게 먹어줘서 고마워하는 모습이었다. 문득 "이 세상은 한 떨기 꽃인 당신을 결코 살려두지 않는다"[37]는 앙토냉 아르토Antonin Artaud의 말이 떠올랐다. 음식이 되기 위해 목숨을 잃은 동물과 어미 곁에서 강제로 떨어진 송아지, 눈꺼풀을 꿰매놓은 새끼 고양이처럼 실험실에 갇힌 동물의 모습도 떠올랐다.

나는 동물을 좋아해서, 오로지 동물 때문에 비건이 된 게 아니다. 나는 인간을 위해 비건이 된 것이기도 하다. 우리가 잔인한 종족이 되지 않았으면 하는 마음 때문이다.

슬픔에 빠져 넋 놓고 있기보다 효율적인 운동 방식을 고민해보는 것이 낫다. 하지만 잔인한 관행에 둔감해지지 않고 공감 능력을 지키기 위해서는 슬픔이란 감정도 필요하다. 살코

---

37   Antonin Artaud, *Suppôts et Supplications*, Gallimard, 1978.

기로 토막 난 동물을 볼 때는 길가의 노숙자나 잔인하고 폭력적인 장면을 목격한 때처럼 슬퍼할 줄 알아야 한다. 이 비참한 광경을 보고 생기는 안타깝고 분한 마음을 원동력으로 이 세상을 바꿔 나가야 한다. 단호하게, 긍정적으로 그리고 너그럽게.

사자도 먹는데,
나는 왜 동물을 먹으면 안 되죠?

"이 세상에는 굶어 죽는 아이도 많습니다. 그러니 안된 말이지만 동물을 위한 투쟁이 먼저일 순 없어요."

"동물을 위해 투쟁하면 인권을 외면할 거라고 생각한 이유가 뭐죠?"

나는 동물이 한낱 음식이나 숄더백으로 생을 마감하지 않도록 동물의 권리를 보호하기 위해 싸울 뿐인데, 이 일을 하다 보면 내가 인도적인 활동을 얼마나 열심히 해왔는지 증명해야 할 때가 많다. 그래서 《La Charité des pauvres à l'égard des riches부자에게 베푸는 빈자의 자선》처럼 정치 성향이 직접적으로 드러난 책을 쓰기도 했고, 어느 슈퍼 헤로인의 삶을 다룬 소설 《Je suis un dragon나는 용이로소이다》처럼 좀 더 은근하게 정치성을 담아낸 작품도 출간했다. 동물권 옹호 단체와 인권 단체에 후원금도 내고 있다. 내 위치에서 할 수 있는 일은 최대한 실천하려고 노력하는 것이다.

가능한 한 모든 운동에 참여하면 제일 좋겠지만, 동물권 문제나 불법체류자 문제, 장애인 인권 문제를 위한 운동 가운데 어느 한쪽에 힘을 싣고 싶은 사람도 있을 수 있다. 한 가지 대의를 위해 싸운다고 해서 다른 쪽에 무관심하다는 뜻은 아니다. 외려 어떤 억압에 맞서 싸우는 사람은 다른 억압에도 민감하다. 설령 그렇지 않다 해도 그게 문제일 순 없다.

"버터 향이 가득한 크루아상을 보면 저는 도무지 참을 수 없습니다만, 이런 경우 선생은 어떻게 하시는지요?"

"솔직히 그런 상황은 저도 참기 힘듭니다. 맛있는 크루아상을 먹는 즐거움보다 동물의 고통과 죽음에 일조하지 않는 즐거움을 누리고 싶을 뿐이죠. 그게 더 큰 기쁨이니까요. 크루아상 하나를 만드는 데 들어간 실질적인 비용, 즉 동물이 치러야 하는 그 모든 비용을 생각하면서 맛있는 크루아상을 먹고자 하는 욕구를 이겨내는 겁니다."

다행히 비거니즘에 관심 있는 일부 빵집에서 비건용 크루아상을 만들기 시작했다.

"그럼 치즈도 먹으면 안 되나요?"

"이건 먹어도 되고 안 되고 하는 문제가 아닙니다. 비거니즘이 종교는 아니니까요. 어떤 음식을 못 먹는 게 아니라 안 먹겠다는 정치적 선택일 뿐입니다."

"사자도 영양을 먹는데, 나는 왜 동물을 먹으면 안 되죠? 이는 먹이사슬의 당연한 이치 아닌가요?"

"사자는 먹을 것을 스스로 선택하지 못하지만, 우리는 상황이 다릅니다. 사자는 자기 새끼를 잡아먹기도 하는데, 우리가 이런 모습을 따라 하지는 않아요. 사자는 다른 동물을 잡아먹어야 살 수 있지만, 우리는 동물을 먹지 않아도 살 수 있어요. 인간은 영양을 잡아먹으려는 욕구를 참을 수 있고, 그렇다고 해서 굶어 죽지도 않습니다. 사자에게는 이런 자유가 없어요."

사자 같은 상위 포식자 이야기는 비건이 자주 받는 지적이다. 하지만 내가 이렇게 설명해도 상대는 만족하지 못한다. "자연법칙을 따를 뿐"이라며 짜증 난 말투로 반박하기 때문이다.

문제는 이 사람이 평소 자연법칙을 따르는 건 아니라는 데 있다. 자세히 보면 이 사람은 자연법칙에 거스르는 행동만 하고 다닌다. 자신은 물론 아이들까지 백신을 맞히고, 병원에 다니며, 맹장 수술도 받았다. 배우자는 피임약을 사용한다. 그는 이렇듯 수없이 자연법칙을 거스르면서도 건강을 지키고, 자신이 원하는 대로 살고 싶을 때만 자연법칙을 따른다. 물론 그가 틀린 것은 아니다. 인간은 끊임없이 진화하는 문화적 동물로, 환경을 고도로 활용하며 자기 정체성을 구축해왔다. 바로 그런 능력 덕분에 우리는 고기를 안 먹고도 살 수 있으며, 동물을 억압하지 않고 공존하는 새로운 방식을 모색할 수 있다.

　사람들은 자신에게 필요할 때, 즉 접시에 고기를 올려야 하는 상황이 될 때 자연법칙을 들먹인다. 그래야 동물을 철창에 가두고 키우며 도축장에서 죽이는 것이 자연법칙에 부합하는 행동이 되기 때문이다. 사회정의를 위해 싸우는 지각 있고 양심 있는 사람이 유독 동물권 문제에는 비합리적인 사람이 되고 마는 현실이 안타깝다.

"아드님이 자기는 죽어도 고기를 먹겠다고 결심하면 어떡하실 건가요?"

우리는 육식주의자에게 자녀가 개고기를 먹거나 식인종이 될까 봐 걱정되지 않느냐는 식으로 절대 질문하지 않는다. 부모에게서 물려받은 윤리관과 가치관에 따라 당연히 개고기나 인육은 먹지 않을 것이기 때문이다. 그런데 왜 우리 아들은 우리 부부의 가르침과 다른 길을 갈 것이라 생각하나? 내게 이런 질문을 하는 사람들이 도대체 무슨 답을 기대하는지 모르겠다. 나는 이런 질문에 답을 회피하거나, 모든 부모들이 그렇듯 우리도 아이가 자기 의지대로 자유롭게 살도록 키우고 있다는 정도만 이야기한다.

주변 사람들에게 들어보면 채식을 하는 부모 아래서 자란 아이는 커서도 고기를 먹지 않는다고 한다. 채식하지 않는 친구를 따라 호기심에 고기를 먹어볼 때도 있는데, 이는 사회적 관행에서 벗어나 있다는 부담과 규범의 지속적인 압박 때문이다. 하지만 이런 일탈(?)이 오래가지는 않는다고 한다.

"우리가 고기를 먹지 않으면 시골 농장에서도 가축이 사라질 겁니다."

　동물을 먹는 게 동물을 살리는 길이라는 지극히 교활하고 황당무계한 주장이다. 간혹 종 다양성 보존에 관한 비약적인 논리도 추가된다. 엄밀히 말하면 종 다양성을 파괴하는 장본인은 오늘날의 축산업이다. 공장식 축산업은 이윤을 추구하기 위해 사람들의 입맛에 맞춰 동물 종을 획일화하기 때문이다. 동물을 죽여야 동물을 살릴 수 있다고 주장하는 사람들에게는 앞으로도 스테이크를 먹기 위한 핑계가 필요할 뿐이다. 이들은 고기를 먹고 싶은 자기 욕망을 충족하면서 동물을 위하는 척 유세를 떤다. 흔한 위선적 행태다.

　사실관계를 따져보자. 종 차별주의와 육식주의를 내세우는 사람들은 종의 수를 줄였고, 수없이 많은 동물을 죽이고 있다. 반면 동물권 운동가들은 우리가 예전처럼 동물과 살아가길 바란다. 동물에게 살 자리를 주면서 키우던 시절처럼 반려 관계로 지내고 싶은 것이다. 채식이 일반화되면 동물 수는 상당히 줄겠지만, 이 모든 동물을 완전히 사라지게 할 필요는 없다. 동물이 마음껏 살아가도록 내버려두면서 종 보존을 위해 지속적인 삶을 보장해줄 수도 있다. 국립공원이나 보호 구역

에서 지내게 할 수도, 들판에 풀어놓거나 사람들 곁에서 지내
도록 할 수도 있으니 방법은 많다. 이 세상이 하루아침에 채식
주의로 변하는 것도 아니고, 사육하는 가축 수는 서서히 줄어
들 것이다. 필요하면 언제든 특정 종의 멸종을 막기 위한 보호
조치를 취할 수 있고, 해당 종이 지나치게 늘어나지 않는다면
계속 우리와 더불어 살아가도록 할 수도 있다.

"우리가 고기를 먹지 않으면 동물이 세상을 장악할지도 모
릅니다."

쓸데없는 걱정이다. 당연히 그럴 일은 없으니 두려워할 필
요 없다. 인간은 위협에서 자신을 지키는 능력이 뛰어나다. 울
타리를 치는 방법도 있고, (모든 동물권 운동가들이 동의하진
않겠지만) 상위 포식자를 늘려 개체 수를 조절할 수도 있으
며, 출산 제한 정책도 생각해볼 수 있다. 방법은 얼마든지 있
으니 문제에 대해 고민하고 전문가의 조언을 구하면 된다.

젖소가 인류를 위협하고 세상을 장악할 일이야 없겠지만,
위험 요인이 될 수는 있을 것이다. 하지만 우리가 동물을 착
취하는 데 머리를 쓴 만큼 야생동물이나 가축과 더불어 평화

롭게 살아가는 새로운 방식을 구상하는 데 신경 쓰면 문제는
아주 빠르게 해결될 것이다.

　"비거니즘은 유토피아적 발상입니다. 사람들은 결코 육식
을 중단하지 않고, 계속해서 동물을 죽일 겁니다."
　우리가 어떤 이념을 위해 싸우는 건 그 생각이 옳다고 여기
기 때문이지, 쉽게 실현할 수 있기 때문이 아니다. 역사로 미
뤄 보건대 수많은 정치 운동은 소수의 힘겨운 싸움이었고, 그
것이 당연한 상식으로 자리 잡기 전에는 세간의 비웃음을 사
며 폄훼됐다. 하지만 세상은 달라지게 마련이다. 채식주의자
가 점점 늘고, 고기를 먹는 이들 가운데도 점차 문제의식을
느끼며 세상을 보는 관점과 행동에 변화를 주려는 사람이 많
아지고 있다.

　"동물 해방을 위해 싸우는 당신들은 인간이 다른 동물과
똑같다고 생각합니까?"
　동물권 운동가들은 저마다 생각이 다를 것이다. 예를 들
어 종교인이든, 비종교인이든, 인간이 동물보다 우월하다고

생각하면서도 동물의 착취와 도살은 반대할 수 있다. 동물을 연민하고 동물에 공감하는 마음 때문에, 혹은 사회정의를 실현하기 위해, 아니면 억압 받는 존재를 지켜야 할 필요성을 느끼기 때문이다. 동물 해방운동 진영에서도 생각이 다양하게 갈리며, 내부적으로 심도 있고 진지한 논의가 진행되는 상황이다.

물론 인간이 동물과 비슷한 존재라고 생각하는 사람도 있다. 다윈이 진화론을 발표한 뒤, 우리는 인간도 동물에 속한다는 사실을 알았다. 다만 모든 동물이 똑같지는 않다. 인간에게는 분명 고유한 특성이 있고, 그 덕에 인간은 행동의 진화와 더불어 사고 영역을 넓혀왔다. 따라서 비건이 되는 건 인간의 고유한 특성을 십분 발휘하는 일이다.

"에스키모는 어떡하나요? 고기가 주식인 이 사람들까지 비건이 되라고 강요할 생각입니까?"

음식 문제에 선택권이 없는 민족도 있다. 우리가 논하는 대상은 그 선택권이 있는 사람들이다. 그러니 다른 사회가 아니라 우리 사회에서 일어나는 문제를 이야기하면 좋겠다.

"채식은 건강에 안 좋다는 과학 기사를 봤습니다."

자주 제기되는 주장이지만, 그 사실을 입증할 과학 연구를 하나라도 들이밀 사람은 아무도 없다. 이는 《스테이크 아쉐 매거진Steak haché magazine》 같은 육식 전문 잡지에 나온 토막 기사일 뿐이다.

"어쨌든 당신들 주장은 극단적입니다."

동물 복지를 주장하면서 고기를 먹고 가죽 제품을 사용하는 사람들이 간혹 이런 지적을 한다. 자기들의 주장에 논리적으로 모순이 있다는 사실을 이들도 모르지 않는다. 동물권을 지지하는 사람들 중에 종 차별주의자도 있는데, 그들이 비건과 종 차별 반대주의자를 이런 식으로 공격한다.

언젠가 유명한 동물권 운동가 몇몇이 쓴 글을 읽었다. 파리에 살고 돈도 좀 있는 이들은 정상적인 사회생활을 하고 싶다면 비건이 되는 건 생각하지 말아야 한다고, 가죽이 들어가지 않은 벨트나 구두는 찾아볼 수 없으며 고기나 우유, 달걀이 들어가지 않은 음식은 식당에서 주문조차 할 수 없다고, 그러니 비건은 극단적인 사람이라고 했다. 이 글은 동물성 식

품과 제품에 대한 애착을 정당화하기 위한 핑계일 뿐, 모두
사실과 다르다.

"〈스타 트랙Star Trek〉의 스팍도 비건 아닌가요?"
"네, 맞습니다. 불칸도 모두 비건이죠."
불칸은 평화롭고 인자한 민족이다. 지구인 가운데 비건은
점점 수가 늘고 있는 불칸인 셈이다. 출처는 없지만 요다 역
시 비건일 가능성이 높다.

"고기를 많이 먹진 않지만, 간혹 고기를 먹어야 한다고 느
낄 때가 있어요."
"우리 몸이 욕구를 드러내는 겁니다. 아마 철분이 필요한 것
일 텐데, 머릿속에서 이런 욕구가 고기와 함께 연상되죠. 식물
성 식품에서 철분을 적잖이 얻을 수 있으니 안심해도 됩니다."

"비건은 고기 먹는 사람을 감옥에 보내고 싶은 겁니까?"
고기를 먹는 건 아무런 문제가 없는데, 문제를 삼는 비건이
문제라는 논리다. 비건을 도덕적으로 비난하고 혐의를 뒤집어

씌워 전세를 역전하고자 하는 꼼수에 불과하다.

언젠가 고기를 먹는 게 금지된다면 사회도, 사람들의 생각도 달라질 것이다. 동물을 죽여 그 고기를 먹는 관습도 차츰 사라질 것이다. 이게 우리가 싸우는 이유다. 사람들을 설득하고, 그 일이 불가능하다면 조금씩 문제의 심각성을 깨닫게 하는 것이 비건으로서 우리가 할 일이다. 동물이 우리 친구이자 동반자로 인식되는 세상에서는 동물을 먹는 상상조차 할 수 없을 것이다. 그럼에도 감정과 인격이 있는 동물을 죽여 그 고기를 먹는 사람들을 어떻게 처리할까 하는 문제는 그때가서 그 사회가 결정할 일이다.

"선사시대 사람들도 고기를 먹었는데, 우리가 왜 고기를 포기해야 합니까?"

"우리가 선사시대 사람이 아니기 때문이겠죠? 지금 이 사회는 선사시대와 다르다는 점을 인식해야 합니다. 인간은 진화해왔습니다. 과거 사람들은 자연에서 구한 짐승의 썩은 사체와 과일, 벌레, 뿌리 등을 먹었지만, 우리 식생활은 끊임없이 변해왔습니다."

선사시대 사람들이 뭘 먹고 뭘 안 먹었는지는 별로 중요하지 않다. 이런 대화는 중요한 본질적 사실과 거리가 멀다. 오늘날 우리는 동물을 죽이지 않아도 먹을 게 많은데, 굳이 선사시대 식습관을 따라야 할까?

"투우 경기에 나서는 소는 스테이크용 소고기보다 신세가 낫지 않나요? 살 만큼 살고, 명예롭게 사니까요. 경기 중 목숨을 잃긴 합니다만, 도축장에서 죽는 것보다 낫지 않습니까?"

"나는 덜 잔인하게 죽이는 문제를 논하는 게 아닙니다. 내 말은 동물을 죽이지 말자는 것입니다. 어차피 죽여야 하는 것이라면 제 입장에선 더 할 말이 없습니다."

양자택일해야 하는 상황이라면 간혹 논의를 중단하는 게 편리할 때가 있다. 제시된 대안 가운데 어느 한쪽을 택하면 동물의 죽음을 합리화하려는 사고방식의 틀에 갇히고 말기 때문이다. 따라서 "그 질문에 답은 사양한다"는 식으로 답하는 법도 익혀야 한다. 정해진 방향으로 답을 유도하려는 질문이라면 피하는 게 상책이다. 게다가 이런 경우, 내가 맞서 싸워야 할 진영에 속하는 답을 줄 수밖에 없다.

"고기를 먹는다는 것은 우리가 동물과 하나 되는 방식이기도 합니다."

　이 의견에는 과연 뭐라고 이야기하면 좋을까? 이 사람이 자기 눈앞에서 죽어가는 동물을 보고도 같은 말을 할 수 있을까? 이 사람은 나한테 이런저런 이야기를 했는데, 자기가 에스키모의 후손인 것 같다는 말도 했다(참고로 그는 몽마르트르에 산다). 이 말은 자신이 에스키모와 가깝기 때문에, 이들이 사는 방식을 따라 하며 고기를 먹을 수 있다는 뜻이다.

　철학자 마르탱 지베르는 데이비드 흄David Hume, 타마르 젠들러Tamar Gendler에 이어 상상적 저항résistance imaginative이라는 개념을 논했다. 사람들은 상상하기를 원치 않을 수 있고, 자기 현실과 다른 현실도 상상하지 못한다. 예를 들어 자신이 한 번도 본 적 없는 무엇은 상상하지 못한다는 것이다. 따라서 우리가 착취하거나 죽이지 말아야 할, 감정이 있는 동물의 세계가 어떤 것인지도 떠올리지 못한다.[38]

38　Martin Gibert, *L'Imagination en morale*, Éditions Hermann, 2014, p. 147.

생각이 바뀌는 데는 시간이 걸린다. 70년 전만 해도 대다수 프랑스인은 여성에게 투표권이 없는 게 당연한 일이라고 여겼다. 50년 전에는 프랑스 여성이 남편 없이 은행 계좌를 만들지 못하는 게 상식으로 통했다. 40년 전 프랑스인은 강간을 경범죄 정도로 생각했다.

사회운동과 정치 운동은 사람들의 생각을 발전적인 방향으로 바꿔준다. 이런 변화를 쉽게 받아들이는 사람도 있지만, 대부분 저항하게 마련이다. 이런 사람들을 설득하려다 보면 토론이 불가능할 때가 많고, 아무리 노력해도 좀처럼 설득하지 못할 때가 있다. 대화가 늘 가능한 건 아니라는 사실을 받아들이고, 내 앞에 있는 사람을 설득하지 못할 수도 있다는 사실을 인정해야 한다고 엊저녁에 콜린이 조언해줬다. 우리가 옳고 상대방은 틀렸다거나, 상대가 억지를 부린다는 식으로 볼 수 없는 문제이기 때문이다. 토론해야 할 때가 있고 그렇지 않을 때가 있으며, 관계의 지속성에 대해 생각해봐야 할 때가 있다. 우리가 하는 운동의 정당성을 입증하기보다 우리가 비건이나 종 차별 반대주의자, 동물권 옹호주의자라는 점을 일러주는 게 효율적일 때도 있다.

사람들은 대개 자신이 틀렸다는 사실을 쉽게 인정하지 못하며, 자기 삶이 도덕적으로 문제가 있다는 것도 잘 받아들이지 못한다. 사람들이 우리의 지극히 상식적이고 합당한 논리에 호응하며 손뼉 쳐주기를 기대해선 안 된다. 상황이 그렇게 간단하지 않다. 아무 말도 안 하고 참거나 가타부타 따지지 말아야 할 때는 일상에 대해 말하고, 비건의 삶을 보여주고 맛있는 음식을 만들어 선보이면서 여러 가지 방법으로 상대에게 문제를 인식시키는 편이 더 낫다.

　"비건이라고요? 제 여동생하고 비슷하네요. 팔레오paléo 식단*으로 먹고 있거든요."
　동물의 목숨을 빼앗거나 지구를 파괴하는 주범이 아니라면, 팔레오 식단같이 이색적인 식습관도 나쁠 건 없다. 다만 비거니즘이 식습관에 국한된 문제는 아니다. 비거니즘은 포괄적인 정치 운동이다. 이런 점에서 볼 때 비거니즘은 글루텐 프

★　농경시대 이전 선사시대 사람들의 식습관에 따라 채소와 과일, 알뿌리 등을 중심으로 섭취하는 식단을 말한다.

리 식단이나 팔레오 식단, 생체리듬에 따라 특정 시간을 정해 두고 식사하는 크로노chrono 식단과 무관하다. 비거니즘을 식생활의 문제로 보는 것은 페미니즘을 제모 반대의 문제로 국한하는 꼴이다.

비거니즘을 식습관의 문제로 생각하려는 사람들의 이면에는 비거니즘의 본질을 흐리려는 의식적인 전략이 어느 정도 깔렸다고 볼 수 있다. 비거니즘을 정치 운동으로 보지 않고, 사회 전복적인 성격을 무력화하려는 것이다.

비거니즘이 식습관 문제에 국한되지 않는 점을 강조한다고 해서 음식 문제를 과소평가하는 건 아니다. 먹는 문제는 그 자체로 충분히 정치적인 사안이다. 식생활과 관련한 비거니즘의 측면이 당연히 중요하고 꽤 흥미로운 부분이지만, 그게 전부는 아니라는 점을 말하고 싶은 것이다.

"내가 양 한 마리를 키우게 됐다고 칩시다. 양털이 많이 자라서 깎아주면 그 털을 사용할 수 있습니까? 물론 이 양은 죽을 때까지 내가 돌봐줄 겁니다."

여기에는 여러 가지 답이 있을 수 있다. 일부 동물권 옹호주의자는 양이 도축장에서 살아남을 수 있다면, 어떤 폭력적인 대우도 받지 않고 이 양이 자연사하는 순간까지 우리가 보살펴준다면, 그 털을 깎아 스웨터로 만드는 것은 문제가 되지 않는다고 본다.

하지만 동물권 옹호주의자 중에서 일부는 이런 사례가 상당히 예외적이라 전체 양의 0.1퍼센트에 지나지 않는다면서, 이런 예를 드는 게 문제의 논점을 흐린다고 여긴다. 중요한 건 다른 데 있다는 이야기다.

일각에선 동물 해방운동의 목적이 우리가 동물성 제품 없이도 얼마든지 살 수 있음을 보여주는 데 있다고 생각한다. 따라서 모든 예외는 정치적으로 대의를 해칠 수 있으니, 양모의 대체재를 제안하도록 노력하는 게 낫다는 입장이다.

이런 상황에서 나라면 다음과 같이 물을 것이다.

"실제로 그런 일이 있습니까?"

머릿속으로 상상해본 일이라면 나는 이 문제에 답하지 않을 것이다. 무인도에 좌초돼 살아남기 위해서 고기를 먹어야 할 상황이면 어떻게 할 것이냐는 질문에도 답하지 않는다. "불난 집에 새끼 고양이 한 마리와 투우사가 있다. 당신은 누

굴 구할까?" 같은 질문도 마찬가지다. 이는 현실과 동떨어진 말장난일 뿐이다. 중요한 것은 인간의 즐거움을 위해 날마다 수십억 마리나 되는 동물이 죽어간다는 사실이며, 이 대학살을 멈출 방법을 찾아내는 일이다.

비현실적인 질문에 답하느라 낭비할 시간이 없다. 눈앞의 문제에 해법을 찾기 위해 노력해야 한다. 일부 예외적인 사례에 대한 질문이라면 나는 차라리 답하지 않겠다. 여자가 먼저 손찌검했을 경우나 연쇄살인범인 경우, 다른 사람을 구하기 위한 목적이 있었을 경우 등 특정한 상황에서 아내를 때려도 된다고 생각하느냐는 질문에 답하지 않는 것과 마찬가지다. 이런 예외적인 상황을 가정한 질문에 답하느라 시간 낭비할 필요는 없다. 우리는 더 중요한 일을 해야 하니까.

우리의 불완전함 때문에
비거니즘의 정당성과 필요성이 훼손될 순 없다

오늘 아침에 나는 콜린과 우리 아들 시뤼스와 함께 텃밭에서 소소한 수확을 했다. 상추를 뜯고 총각무를 뽑았는데, 총각무는 꽤 매운맛이 돌았다. 텃밭 구석에 둔 퇴비도 양이 너무 많아서 일부를 다른 곳으로 옮겨야 할 판이었다. 딸기와 배추, 상추, 총각무 등을 심은 텃밭이 알록달록 다채롭게 빛났다. 우리는 날마다 사과를 따는데, 정원과 텃밭을 가꾸는 일은 글쓰기라는 직업과 꽤 잘 어울리는 듯하다. 균형을 잡아주고 어울리게 가꿔 결실을 거두는 작업은 때때로 어려울 수 있는 인간관계와 소소한 트러블에 어느 정도 거리를 두고 상대적으로 바라보는 데 도움을 준다.

엊저녁에는 한 동물권 운동가와 언쟁을 벌였다. 유쾌하지 않지만 흔히 있는 고전적인 논쟁이었다. 어느 때 보면 동물 보호 운동가는 육식주의자나 종 차별주의자를 비판하기보다 자기들끼리 깎아내리며 싸우는 일이 많은 것 같다.

한동안 이렇게 우리끼리 수많은 논쟁과 싸움을 벌이는 상황이 지겹고 안타까웠다. 어찌 됐든 우리는 도축장을 폐쇄하는 데 한마음 한뜻으로 뭉친 사람들이다. 이런 대의를 제외한 나머지는 소소한 문제 아닐까? 그러니 괜히 우리끼리 싸우면서 에너지 낭비하는 일은 없으면 좋겠다고 생각했다.

그런데 생각이 바뀌었다. 이런 토론은 건전하기도 하거니와, 지극히 정상적인 일이다. 이는 우리 운동의 대오가 살아 있다는 증거이자, 나날이 성장한다는 방증이며, 조직 내에 의견 차가 생기면서 다차원적으로 발전한다는 신호다. 가끔 언어폭력이나 인신공격, 조롱과 교만의 형태로 나타나는 것은 유감이지만, 동물권 운동가도 사람이다. 다른 사람과 마찬가지로 흥분할 수 있고, 기분 나쁠 수 있으며, 짜증이나 신경질을 낼 수 있다. 가정환경과 문화적 환경이 다르고, 저마다 기질도 다르다 보니 이런 다툼은 불가피하다. 외려 단합된 동물권 보호 운동이라면 사이비 분파와 비슷한 양상일 테니 더 걱정스러울 수 있다.

내가 아는 대다수 활동가는 열심히 살고, 성품이 온화한 편이다. 도발적인 성향을 보일 때도 있지만, 사회정의를 살리기 위한 투쟁의 길에서 이런 모습을 보이는 건 지극히 당연한 일이다.

동물권 운동에 대한 생각이 한 가지 방향일 수는 없다. 그러다 보니 단체 사이의 편협하고 쓸데없는 언쟁에 지치고, 이기적인 발언에 눈살이 찌푸려지지만 의미 있는 싸움이나 흥미로운 의견 대립도 있다. 여러 가지 생각이 대치하거나 상호 보완하는 것이다.

그런 상황에서 내 생각을 말하고 문제의식을 제기하는데, 나는 어차피 도축장에서 사라질 닭이나 소에게 더 나은 생활 환경을 제공해야 한다는 주장에는 회의적이다. 존엄하게 죽인다는 자체가 어불성설이기 때문이다. 동물 사육 환경을 개선하기 위한 투쟁은 고기를 먹어도 된다는 생각을 지속하는 결과를 가져올 뿐이다. 다만 동물 복지를 내세우는 운동이 동물에 대한 공감과 연민을 확대하는 방법이 되므로, 이를 동물 해방의 한 단계로 볼 순 있다.

내가 다소 꺼리는 운동 방식도 있다. 예를 들어 이스라엘 쪽 '269 Life' 운동 본부같이 사람의 몸에 (사육장 동물처럼) 식별 번호를 찍는 운동, 거리에서 잔혹한 사진을 공개하는 시위, 연극처럼 구성한 대중 퍼포먼스는 좋아하지 않는다.

하지만 내가 그 방식을 좋아하느냐 마느냐는 그리 중요하지 않다. 그와 같은 운동을 하는 활동가들 덕분에 사람들의 머릿속엔 동물 정의와 관련한 문제가 각인되기 때문이다. 사회운동은 필연적으로 종전 질서를 흐트러뜨린다. 애초에 우리 관습과 관행을 뒤집기 위해 운동이 시작됐기 때문이다. 따라서 겉으로 보이는 운동 양상이 내게 불편함을 주느냐 마느냐는 별로 중요하지 않다. 어떤 사람들에겐 그와 같은 퍼포먼스가 더 중요하고 효과적일 수 있다.

비거니즘 관련 지식이 부족한 종 차별 반대주의 운동가들은 비거니즘을 식생활 문제로 국한하거나, 개인적인 결벽증으로 치부한다. 극단적으로 희화화된 편협한 시각이다. 비거니즘은 다양하고 복합적이며 대중적인 운동이다. 비거니즘 진영 내부에는 비건 지식인과 유튜버, 비건 희극인, 비건 블로거도 있고, 비건 요리 전문 블로거나 동물 윤리 기준에 부합한 화장품을 사용하는 메이크업 전문가, 무정부주의자도 있다. 비건 운동의 전문성이 의심을 받는 건 어쩌면 이렇게 다양한 사람들이 있기 때문이 아닐까? 하지만 다른 나라에서는 비건의 이야기를 스스럼없이 하는 비건 지식인도 많다.

　나는 '비건'이란 단어가 더 많은 사람을 지칭하는 표현이 되기 바란다. 요리 전문 블로거나 사육장에서 동물을 풀어주는 동물 해방운동가, 학계의 학자 등을 비건으로 통칭하면서도 그 정당성이나 전문성을 의심하지 않는 것이다. 이로써 '비건'이란 표현이 더 대중화되기 바라고, 각 언어권에서도 이를 자국어식 표현으로 바꿔 말했으면 좋겠다(예를 들어 프랑스어로 베간végane이라 말하는 반면, 스페인어와 이탈리아어로는 베가노vegano, 베가나vegana, 리투아니아어로는 베가나스veganas, 베가네vegane, 폴란드어로는 베가닌weganin, 베간카weganka라고 한다).

　동물 해방운동이 성공을 거두지 못하는 이유가 비건의 잘못 때문이라는 이야기도 있다(이렇게 말하는 사람들은 페미니즘이 실패한 책임이 페미니스트에게 있다는 식으로 말하기도 한다). 어리석은 생각이다. 동물 해방운동이 어려운 이유는 우리 앞에 적이 너무 많기 때문이다. 같이 운동하는 사람들에게 쓴소리하면서 부족한 부분을 강도 높게 비판하는 이들은 동물 해방운동의 이유를 알리는 데 별 도움이 되지 않는 것 같다.

이렇게 완벽주의를 추구하는 강압적인 태도는 사실 육식주의자들이 자주 보이는 패턴이다. 이들은 우리가 여전히 낡은 가죽 신발을 버리지 못한다는 이유로, 우리가 제대로 된 채식을 못할뿐더러 모든 동물의 죽음을 막는 것이 불가능하다는 이유로 우리에게 100퍼센트 비건이 되지 못한다고 비난한다. 인간으로서 우리는 100퍼센트 순수하고 완벽하게 살아갈 수 없다. 그리고 우리의 불완전함 때문에 종 차별주의 반대 운동과 비거니즘의 정당성과 필요성이 훼손될 순 없다.

어찌 됐든 사람들과 말하고 싸우는 그 모든 일이 필요하다. 우리에게 뭔가 생각할 거리를 만들어주기 때문이다. 물론 반드시 금해야 할 정치적인 성향도 있다. 집회나 시위, 단체 활동 등에서 인종주의나 반유대주의, 성차별주의, 이슬람 혐오주의, 계급 차별주의에 관한 발언을 용납하는 것은 결코 있을 수 없는 일이다. 이는 단순한 견해나 의사 정도로 치부할 수 없는, 다분히 억압적인 정치적 행위다.

미국의 대규모 단체가 벌이는 활동에 성차별주의가 존재한다면, 나는 이 단체에 긍정적인 면보다 부정적인 측면이 많다

고 생각한다. 동물 착취의 기원이 된 가부장제를 유지하는 데
기여하기 때문이다.

　개인이나 단체가 이슬람교도나 유대인의 제례용 도축 문제
를 물고 늘어지면서, 정작 어류의 대량 살상에는 일언반구 없
는 것도 문제라고 생각한다. 수적인 측면에서 볼 때, 비인도
적인 방식으로 가장 많이 도축을 당한 건 공장식 조업으로 잡
은 물고기지 종교의식에 따라 죽인 동물이 아니다. 종교적 신
념에 따른 살상에 집중하는 것은 별 의미가 없고, 괜한 혼선
을 빚으면서 동물 해방운동 반대 세력에게 말리는 결과를 가
져올 수 있다. 게다가 이런 제례용 도축에 가장 강력하게 반
대하는 이들은 보통 종교적 이유와 무관하게 도살장에서 죽
어간 동물의 고기를 먹는 사람들이다.

　핵심은 동물을 신체적·정신적으로 억압하고, 인간을 사회
적·경제적으로 억압하는 데 있다. 동물권 운동가라면서 인종
주의에 따른 피해자나 사회적 약자에게 무심한 사람도 많다.
동물이 인간과 다를 바 없다고 말하는 것도 중요하지만, 동
물과 인간을 동등하게 보면 자연히 기득권층이 아닌 모든 사
람을 위한 연대 운동을 하게 된다. 우리가 인간을 평등한 존

재로 바라보지 못하면 오늘날 동물이 처한 현실의 부당함을 어떻게 설득할 수 있을까? 나 역시 이 땅에서 억압 받는 모든 존재를 위해 싸우는 것을 우선시한다.

책에서도 동물 학살과 인간 학살의 공통점을 연구한 사례가 적지 않다. 예를 들어 찰스 패터슨Charles Patterson이 쓴 《Un éternel Treblinka불멸의 트레블링카 수용소》[39]는 19세기 미국에서 고안된 공장식 도축 시스템과 나치 수용소의 연관 관계를 다룬다. 물론 이런 책이라고 다 좋은 건 아니다. 비유가 적절한 책이 있는 반면, 말도 안 되는 비유로 쓸데없는 주장을 한 책도 있다.

나는 진심으로 걱정하는 마음 없이 가난한 사람이나 정신 질환자에 대해 이야기하는 것을 들으면 굉장히 화가 난다. 이들을 위하는 척하면서 정작 자신을 높이고, 이들의 목소리를 들려주기보다 자기 목소리를 높이며, 이들의 현실을 제대로 아는 사람들 이야기는 외면하기 때문이다.

그래서 나는 인간이 동물을 습격하는 상황을 좀 더 명확하

---

39   Charles Patterson, *Un éternel Treblinka*, Calmann-Lévy, 2008.

게 이야기하고 싶을 때, 가급적 동물에 대한 억압과 노예나 여성, 유대인, 집시가 겪는 억압을 비교하는 일은 피한다. 물론 이런 비교가 늘 거슬리는 것은 아니다. 아이작 싱어가 동물 학살과 유대인 학살을 비교한 것은 타당하다. 그는 유대인 수용소에서 가족을 잃었기 때문이다.

이런 비교를 아무나 할 수 있는 것은 아니다. 싱어가 "나치가 유대인에게 한 짓은 인간이 동물에게 한 짓과 같다"[40]고 이야기한 것이나 "이는 동물에게 영원한 트레블링카나 다름없다"[41]고 쓴 것 역시 그가 이와 관련한 역사를 겪었기에 가능한 일이지, 아무나 이런 단어를 쓸 수 있는 것은 아니다. 자신이 억압적인 상황을 겪었거나, 과거 혹은 현재에 억압적인 사회 집단에 속한 사람은 이런 비교를 할 수도 있다. 그렇지 않은 경우라면 불가능할 것이다.

같은 맥락에서, 인종차별을 별로 겪어보지 못했을 백인 남

40 아이작 싱어 지음, 김진준 옮김, 《원수들, 사랑 이야기Sonim, di geshichte fum a liebe》, 열린책들, 2009.

41 Isaac B. Singer, "The Letter Writer", *The New Yorker*, 1968년 1월 13일자, p. 26.

성이 동물의 예속이나 착취 문제를 아프리카 노예제와 비교하는 것도 문제다.[42] 젖소의 인공수정 방식을 두고 강간 운운하는 것 역시 문제라고 보지만, 채식주의 운동가 댈러스 라이징 Dallas Rising이 한 말에는 귀 기울였다. 그녀가 강간의 직접적인 피해자이기 때문이다.

과거나 현재의 사회운동을 비교할 때는 신중을 기해야겠지만, 탄압을 겪었거나 겪고 있는 사람들이 자기 상황을 동물 착취와 비교·분석한 것은 관심 있게 볼 만하다. 이와 관련해서 비건 아티스트 수나우라 테일러Sunaura Taylor가 쓴 글이 꽤 괜찮았다. "나약함과 의존성은 쉽게 흔들린다는 특성이 있다. 나약하고 의존적이 되면 비밀이 늘어나고, 공감과 연민의 마음이 커지며, 자기반성의 성향이 강해지기 때문이다. 하지만 그만큼 새로운 삶의 방식에도 개방적이고, 타인을 돕거나 타인과 소통하는 데도 열린 마음을 갖게 된다."[43]

42 "De la comparaison entre élevage et esclavage", Angryblackvegan, T-Punch Insurrectionnel 웹 사이트, 2015년 10월 21일.

43 Sunaura Taylor, "Interdependant Animals: a Feminist Disability Ethic-of-Care", *Ecofeminism,* Bloomsbury, 2014, p. 125.

나는 좀 더 다양한 사람이 동물 해방운동에 동참했으면 좋
겠고, 우리끼리 심하게 공격하거나 모욕을 주는 게 아니라면
내부적인 토론과 논의도 확대되기 바란다. 나도 짜증 나고
회의적일 때가 있지만, 사람들과 이야기하다 보면 생각이 좀
더 명쾌해지는 경우가 대부분이다. 우리의 대의를 확신할 때
도 겸손해야 한다.

　이와 관련해 베지웹Vegeweb 인터넷 게시판에서 벌어진 논쟁
에 파비카Fabicha가 쓴 글이 기억에 남는다. "(겸손한 자세는)
동물권을 지키는 데도 꽤 도움이 된다. 우리가 바보 같은 소
리를 하거나 한계에 부딪히고 모순된 상황에 처했을 때, 동물
은 우리 입을 막지 못하기 때문이다."[44] 그러니 우리에게 문제
가 없었는지 돌아보고, 자신이 한 말을 분석하며, 우리가 과
연 옳은지 수시로 자문해야 한다. 우리의 동물권 옹호 운동
을 안에서부터 비판하는 것이다.

44　https://vegeweb.org, 2014년 7월 21일.

생태주의를
넘어서

비거니즘이 제기하는 문제에 사람들이 반발하는 것은 어찌 보면 당연한 일이다. 비거니즘은 오랜 세월 이어온 인류의 관습을 문제 삼기 때문이다. 우리는 원래 초식동물이 아니며, 선사시대 조상들은 작은 동물과 곤충을 잡아먹거나 큰 동물의 사체 따위를 먹고 살았다. 삶의 방식에 선택의 여지가 별로 없던 조상들은 어떻게든 살아남는 게 우선이었으며, 동물에게서 얻는 비타민 B_{12}가 필수적이었다.

그런 생리적 필요성에 따라 관습이 생겨났고, 무의식적인 행동 양식이 자리 잡았다. 우리의 인식 체계와 상징적인 관념은 물론, 식성도 그에 맞춰 형성됐다. 캐럴 애덤스의 말마따나 "달콤한 불평등"[45]이 생겨난 것이다. 여기에 기업의 논리가

---

45 Carol J. Adams, "Ecofeminism, Anti-speciesism, and Eco-activism", *The Carol J. Adams Reader,* Bloomsbury, 2016, p. 381.

깔린 농식품 권력이 더해지고, 정부가 보조를 맞춰준다. 그 결과 종 차별주의는 굉장히 탄탄한 이념으로 자리 잡았다. 이는 주변 사람들과 조금만 이야기해봐도 알 수 있다. 가족이든 친구든 주변의 비채식주의자는 평소라면 모든 문제에 우리와 별 이견이 없을지라도, 비거니즘에 관한 한 마치 벽을 사이에 두고 있는 듯 말이 잘 통하지 않는다. 심지어 누군가의 죽음과 고통을 무시하는 말도 서슴지 않는다.

지금 우리에겐 시간이 별로 없다. 한시가 급하니 목표를 분명히 할 필요가 있다. 우리의 궁극적인 바람은 고기를 먹는 게 합법적이지 않은 세상이 오는 것이지만, 모피나 투우의 금지처럼 빨리 실현할 수 있는 목표부터 선결 과제로 삼을 수도 있다. 이 과정에서 생태 운동가들이 우리와 동물의 친구가 돼줄 수 있을 듯한데, 안타깝게도 아직 현실은 그렇지 못하다. 그래서 생태 운동가들이 우리의 동물 해방운동을 지지하도록 설득할 만한 환경적 이유를 몇 가지 들어보고 싶다. 환경에 대한 고민은 생태 운동가들의 일차적인 목표니까.

다만 나는 지구 환경이나 인간에게 해롭다는 이유로 육류 소비를 중단하는 것은 바람직하지 않다고 생각한다. 이는 억압과 학대가 아닌 다른 이유로 사회적 소수자에 대한 탄압을 중단해야 한다고 주장하는 것과 같다. 매상을 높여줄 여성 고객이 필요하니까 여성이 없으면 안 된다고 주장하는 식이다.

우리가 동물을 착취하거나 죽이지 말아야 하는 이유는 환경오염이나 기후변화 때문이 아니다. 내 안위를 지키거나 종 다양성을 보전하기 위해서도 아니다. 그저 동물이 살고 싶어 하니까, 우리에게 그들의 생명을 빼앗을 합당한 근거가 없으니까 동물의 권리와 생명을 지켜줘야 하는 것이다.

얼마 전에 콜린이 위 내용을 주의 깊게 읽어보더니 내 논조가 너무 강한 것 같다고 평했다(이런 경우 대개 아내의 생각이 맞다). 콜린은 이런저런 환경적인 이유로 비거니즘에 동참한 뒤에 동물과 교감을 서서히 늘려가는 것도 얼마든지 좋은 일이라고 했다.

내가 환경 운동가들의 논리를 받아들이고 그들이 걱정하는 부분과 내가 걱정하는 부분을 함께 고민한다면, 그들 모두가 비건, 아니 최소한 베지테리언 단계까지 올 수 있을 성싶었다. 사실 채식을 하지 않는 생태 운동가라면 사륜구동차를 굴리는 생태주의자와 다름없다. 단언컨대 생태주의자를 자처하며 고기를 먹을 순 없다. 이렇듯 생태 운동가들의 주장과 논리가 흔들리고 모순되는 것은 이들의 운동 기초가 얼마나 취약한지 보여준다.

최근 들어 생태 운동가들이 좀 더 적극적인 움직임을 보이긴 했다. 녹색당은 우리 뒤를 이어 육식 폐지 집회를 할 만한 유일한 정당이고, 투우 경기 폐지를 원한 것도 프랑스의 녹색당과 스페인 포데모스 같은 극좌파 정당뿐이다. 비거니즘은 윤리적 문제이자 정치적 사안이므로 생태 진영에서도 으레 관심을 보이게 마련인데, 환경문제 관점에서 보면 더더욱 그럴 수밖에 없다. 가축 사육이 환경오염의 주범이기 때문이다. 축산업은 자동차를 비롯해 모든 교통수단을 합한 것보다 심각한 환경오염을 초래한다.

예를 들어보자. 햄버거 하나를 먹는 것은 한 달 동안 샤워할 물을 쓰는 것과 같다. 패티 하나를 만드는 데 물 2500리터가 필요하기 때문이다. 미국의 전체 물 소비량에서 가정 용수가 차지하는 비중은 5퍼센트 정도인 반면, 축산업 분야의 물 소비량은 55퍼센트에 이른다. 소고기 450그램을 생산하는 데도 물 9500리터가 필요하다. 소들이 그 많은 물을 마시는 건 아니지만, 사료에 이 물이 대부분 들어간다. 축산업은 지구의 민물 용수 3분의 1을 소비하며, 전체 농지의 45퍼센트를 차지한다. 인간이 하루에 마시는 물은 약 197억 리터, 날마다 소비하는 음식물은 950만 톤이다. 그런데 전 세계에 있는 소 11억 마리가 매일 물 1700억 리터를 마시고, 사료 620억 톤을 먹어 치운다. 상식적으로 말이 안 되는 상황이다. 문제는 인구 과밀이 아니라 인간이 소비하는 고기의 양이다.[46]

엄밀히 말해 생태적인 관점에서는 소규모 유기농 사육 방식이 보편화되는 것이 동물을 우리에 가두고 키우는 공장식 사육보다 지구에 훨씬 해로울 수 있다. 동물 복지 기준을 지키는 윤리적인 사육에는 훨씬 더 많은 공간과 자원, 에너지가 필요하기 때문이다. 그러니 육류 소비가 지금 수준으로 계속된다면 지구의 삼림을 다 밀어도 부족할 것이다.

문제는 이뿐만 아니다. 미국에서는 초당 52톤에 이르는 가

---

46 해당 통계 수치는 2014년 킵 안데르센(Kip Andersen)과 키건 쿤(Keegan Kuhn)이 제작한 다큐멘터리 〈소에 관한 음모Cowspiracy: The Sustainability Secret〉를 참고했다.

축 배설물이 쏟아지며, 이는 그대로 지하수 층이나 바다로 흘러든다. 가축에게 처방하는 항생제의 내성 문제도 인간에게 심각한 영향이 미칠 것으로 예측되고, 집약식 축산 환경은 사람에게도 옮을 수 있는 치명적인 전염병의 발발과 확산을 야기한다. 중증급성호흡증후군SARS이 대표적인 사례다.

우유를 생산하는 과정도 환경에 안 좋기는 마찬가지다. 젖소와 염소의 먹이가 될 식량을 만들어야 하므로, 이들 또한 식용으로 키우는 동물과 같은 문제를 야기한다. 어업 활동 역시 바다를 훼손하고 해양자원을 파괴한다.

동물을 생각하는 마음이 전혀 없다 해도 이렇듯 육식이 환경에 미치는 악영향에는 반박할 수 없다. 하지만 대다수 생태 운동가는 여전히 일요일에 질 좋은 닭 요리를 고수하고, 유기농 파테pâté*와 소규모 농가에서 생산된 오리나 거위 가슴살 스테이크, 브르타뉴 연안 먼 바다에서 잡은 도미에 대한 애착을 버리지 못한다. 언젠가 생태 정당 쪽에서 대선 공천을 받

★ 페이스트리 반죽으로 만든 파이 크러스트에 고기, 생선, 채소 등을 갈아 만든 소를 채운 뒤 오븐에 구운 프랑스 요리.

은 후보자 토론회를 봤는데, 남녀 후보자 모두 핵 문제와 경유 차량 문제는 언급하면서 정작 환경오염의 주범인 축산업 이야기는 한 마디도 하지 않았다. 동물 착취 문제도 마찬가지다. 믿기 힘든 현실이다.

문제는 제대로 잠그지 않아 물이 새는 수도꼭지나 샤워를 너무 오래 해서 낭비되는 물이 아니란 걸 생태 진영 쪽에서도 잘 알고 있다. 그런 얘기를 입에 올리면 표를 잃을까 겁낼 뿐이다. 생태 운동가들은 그동안 누려온 편안한 삶의 방식에 안주하고 있는데, 이는 분명 문제다(물론 괴한의 총에 맞아 숨을 거둔 베르타 카세레스Berta Cáceres처럼 근본적인 변화를 위해 현장에서 투쟁하는 환경 운동가와 소극적인 환경 운동가를 동일시하는 것은 아니다). 나 역시 몇 년 전에는 유기농 닭이라고 좋아하며 먹는 어리석은 생태주의자 중 하나였다.

고기를 덜 먹는 게 아니라 완전히 끊는 것이 중요하다. 오늘날 축산업과 어업은 지구를 파괴한다. 축산업은 지구온난화에 막대한 영향을 미치며, 지하수 층 오염과 토양침식을 유발하는 주원인이다. 수자원 낭비는 가난한 나라에 기근을 유발하고 전쟁을 일으켜 해당 지역 국민이 난민으로 전락하게

하는 원인이다. 지정학적 위기의 중심에 축산업이 있는 것이
다. 따라서 생태 운동가들은 생태적인 이유는 물론, 인도적인
이유에서도 동물 해방을 위한 투쟁과 비거니즘을 지지해야 한
다. 억압에 반대하는 투쟁이기 때문이다.

　나는 환경 운동 동지들이 진정한 환경 운동가로 거듭나기
바란다. 동물을 사랑하고 지구 환경을 보전하고 싶다면, 인
류의 생존이 중요하다고 생각한다면, 동물 해방을 위한 행동
에 동참해야 한다. 모든 정당 가운데 이 문제에 가장 민감할
수 있는 건 생태 정당인데, 아직은 참여 수준이 미흡하다. 부
디 일관된 논리로 운동하며 동물을 감성이 있는 복합적인 존
재로 봐주면 좋겠다. 아울러 자연 하나만 보고 싸울 게 아니
라, 이를 구성하는 개별 주체인 동물의 착취를 종식하기 위한
투쟁도 벌여주면 좋겠다.

식생활과 영양학을 교육하는 세상,
모든 사람이 요리할 시간이 있는 세상을 위하여

"윽, 이게 무슨 크루아상이야?!"

겉보기엔 비슷하지만, 맛이 밍밍하고 식감이 푸석푸석했다. 오늘 아침에 우리가 먹은 식사는 (로포포로즈Ropoporose의 최신 앨범을 BGM으로 깔았어도) 썩 좋지 않았다.

콜린과 나는 가끔 비건용 가공식품을 구입한다. 요리해서 먹는 걸 좋아하지만, 직접 만들기 어려운 음식이나 요리할 여유가 없을 때 먹기 위해서다. 작은 팩에 든 비건용 크루아상을 발견하고 한번 먹어봐야겠다고 생각했다. 결과는 실망이었다. 퍽퍽하고 밍밍하고 눅눅한 게 최악이었다. 차라리 오디잼을 넣은 헤이즐넛파이를 만들어 먹는 편이 나을 뻔했다.

우리가 바라는 건 하나, 집 근처에 비건 빵집이 문을 여는 것이다. 지금은 파리에 들를 때마다 11구 볼테르 대로에 있는 비건 제과점 'VG pâtisserie'에 달려가는 정도로 만족하고 있다.

일부 상인이나 기업은 새롭게 등장한 채식 시장이 크고 있으니, 채식주의자한테 전에 먹던 음식과 비슷한 제품을 대충 만들어 팔면 되겠거니 생각하는 모양이다. 그러니 뭐 하나 믿고 살 만한 게 없다.

　얼마 전에 배관 설비 기사 수습생들에게 《L'art de revenir à la vie다시 삶으로 돌아가는 기술》과 관련한 특강을 하러 며칠간 파리에 다녀왔다. 마지막 날에는 친구 토마 르베르디Thomas B. Reverdy와 마린 쥐뱅Marine Jubin 집에서 같이 저녁 식사를 하기로 했다. 나는 친구들에게 동물성 재료가 들어가지 않은 맛있는 가공식품이 있다는 사실을 알려주고 싶은 마음에 가방 가득 비건용 식품을 가져갔다.

　하지만 치즈는 밍밍한 게 형편없었고, 헤이즐넛크림은 해바라기 씨유 뒷맛이 느껴진데다, 식전용 비스킷도 맛이 없었다. 그나마 식물성 초리소 정도가 그럭저럭 먹을 만했다. 다행히 스가이아Sgaïa, 베구르메VeGourmet 같은 브랜드 덕분에 비건용 조리 식품과 가공식품 수준이 점점 나아지고 있다. 실력이 뛰어난 소규모 사업자도 눈에 띈다.

　며칠 뒤, 나는 집에서 아몬드크림크루아상을 만들어봤다.

제대로 된 크루아상 반죽은 시간이 오래 걸리고 과정도 복잡해서 간단한 반죽으로 만들었는데, 맛이 꽤 괜찮았다.

식물성 재료로 만드는 대체육 가공식품에는 나도 대체로 찬성하는 편이다. 이런 제품을 사용하면 조리할 시간이 없는 사람도 다양한 음식을 손쉽게 만들 수 있다. 바쁘고 피곤할 때, 음식에 소질이 없을 때 굉장히 편리하다. 최근에 우리도 마트에 가서 비건용 너깃을 샀는데, 치킨 너깃만큼 맛이 좋았다. 이 정도라면 패스트푸드 체인에서 햄버거, 샌드위치, 케밥 등 패티가 들어간 모든 메뉴를 고객이 눈치 채지 못할 만큼 맛있는 비건용 패티로 쓸 수 있을 것 같다. 가정에서도 너깃이나 식물성 패티를 만드는 등 얼마든지 새로운 메뉴 개발이 가능하다. 물론 요리할 시간이 있어야겠지만.

학계에서 동물성 세포를 이용해 인공육을 개발하는 데는 좀 회의적이다. 이는 동물의 살과 피에 의존하는 식생활을 유지하려는 생각에 기초한 접근 방식이며, 기업의 권력에는 문제를 제기하지 않기 때문이다(따라서 인간의 학대와 착취 또한 당연히 문제 삼지 않는다).

그래도 여기에 전혀 이점이 없는 것은 아니다. 누군가 페이스북에서 내게 일러주길(자세한 병명까지 알려주진 않았지만), 자신은 체질적인 이유로 대다수 채소류와 콩류를 먹을 수 없다는 것이다. 이에 어쩔 수 없이 고기를 먹어야 하는 상황이라고 했다. 이렇듯 희귀 질환이나 개인적인 건강 문제가 있는 경우, 합성 우유나 인공육 같은 제품이 대안이 될 수 있을 것이다. 어쩌면 수십 년 뒤에는 인공육을 파는 전문 상인이 생기고, 현지의 실력 있는 소규모 생산업자가 실험실에서 직접 신종 고기를 만들어낼 수도 있다.

나는 식생활과 영양학을 교육하는 세상, 우리 모두가 요리할 시간이 있는 세상이 오기 바란다. 일주일에 사흘 동안 일하도록 제한된 사회라면 좋겠지만, 현실은 아직 이와 거리가 멀다. 그때까지 장차 대기업으로 발돋움할 중소기업이 비건용 제품을 내놓기만 기다려야 한다. 물론 이것으로도 한 발 내디딘 셈이다.

오늘날 유럽 시장에서는 달걀이 들어가지 않은 마요네즈와 비건용 너깃을 구할 수 있다. 비욘드미트Beyond Meat 같은 회사에서 개발한 식물성 대체육은 다진 고기 패티로 착각할 정도다. 이런 제품은 채식으로 넘어가는 과도기를 더 수월하게 만들어주고, 소비자에게 선택의 폭을 넓혀주리라 생각한다.

　여기서 잊지 말아야 할 건 채식으로도 얼마든지 맛있게 먹을 수 있다는 점이다. 모든 건 우리가 하기 나름이다. 그동안 익숙해진 행동 양식과 전통을 바꾸고자 노력하며, 끼니마다 누구나 손쉽게 식사를 하고 즐길 수 있는 사회가 되도록 힘써야 한다.

윤리적인 도축은 없다

알자스는 채식에 그리 호의적인 지역이 아니다. 농담 반 진담 반으로 베이컨 조각을 거의 채소처럼 여기는 소시지 천국이다. 대안 문화에 개방적이어서 그런지 레게 문화도 있다.

올 크리스마스 연휴에는 알자스 보주Vosges 산맥 근처에 있는 콜린 부모님 댁에 우리 가족 모두 초대 받아, 어머니와 남동생까지 콜린 부모님이 지은 집에서 머물렀다. 양쪽 집안은 말도 잘 통하고 잘 어울렸지만, 먹는 게 문제였다. 우리는 결국 고기가 들어간 식단과 채식 식단을 함께 준비하기로 합의했다. 고기를 좋아하는 사람과 식사하는 일은 꽤 중요하다. 그들에게 채식으로 만든 요리도 맛있다는 것을 증명할 기회이기 때문이다.

콜린과 나는 12월 24일 오후 내내 (마리 라포레Marie Laforêt가 쓴 요리책 《Vegan비건》을 보며) 음식을 준비했다. 메인 요리는 밤으로 속을 채운 밀고기구이에 그레이비gravy 소스를 곁들였고, 디저트는 초콜릿과 생크림으로 만든 세계 최고의 가나 슈크림과 함께 장작 모양 케이크인 초코-헤이즐넛-코코넛-프랄린 뷔슈 드 노엘로 준비했다. 리예트 마린rillettes marines과 타라마tarama, 그라블랙스gravlax, 푸아그라도 식물성 재료를 이용해 만들었다.★ 리예트와 타라마는 성공이었고, 당근으로 만든 그라블랙스도, 표고버섯과 호두를 넣은 푸아그라도 남김없이 먹었다(그라블랙스에는 바다 향을 위해 해조류를 첨가하고, 제대로 된 소스처럼 만들려고 아네톨, 레몬, 올리브유를 넣어 완성했다).

성대한 크리스마스 만찬이었다. 콜린네 가족도 열린 마음으로 매우 흥미롭게 음식을 먹었고, 모두가 비건 요리를 맛봤다. 이튿날 우리는 간식으로 스웨덴 시나몬롤 카넬블라

★ 리예트는 원래 다진 고기를 기름에 장시간 익혀 만드는 스프레드 형태의 음식인데, 비건용 리예트 마린은 고기 대신 발효 훈제 두부와 가지, 해초, 식물성 마가린, 레몬 즙, 후춧가루와 소금을 사용해 비슷한 식감과 맛을 낸다. 타라마도 원래 생선 알과 올리브유, 레몬으로 만드는 음식인데, 비건용 타라마는 동물성 재료 대신 두부를 사용한다. 소금이나 설탕을 넣어 숙성시킨 연어로 만드는 그라블랙스는 연어 대신 당근을 이용해 채식용 그라블랙스를 만들 수 있다. 모두 마리 라포레가 쓴 비건 요리책에서 제안하는 조리법이다.

kanelbullar를 만들어 먹었다. 채식 요리는 이렇게 가족이 모인 식사 자리에서도 확산될 수 있다.

채식 요리가 늘 성공적이었던 건 아니다. 간식으로 비건 갈레트데루아galette des rois*를 만든 적이 있는데, 글루텐을 먹지 않는 친구가 있어 쌀가루를 넣었더니 아몬드크림이 들어간 두꺼운 스프링롤처럼 됐다. 완전히 실패였다.

이렇게 풍광 좋은 산중에서 연말 파티를 치르다가, 제빵사로 일하는 내 또래 남자 사미Samy를 만났다. 숱이 많은 머리카락을 뒤로 넘겨 말끔하게 정리한 사미는 내가 비건이라고 하자 상당한 관심을 보였다.

사미는 로드 킬을 막기 위한 동물 보호 단체에서 활동 중이라고 했다. 올빼미, 노루, 산토끼, 고슴도치, 개구리 등 수많은 동물이 차에 치여 목숨을 잃는다. 이 단체는 동물이 도로를 안전하게 건널 수 있도록 지하 통로와 멧돼지 탈출구, 건널목, 울타리 등을 설치할 것을 정부에 촉구하는 한편, 동물

★ 보름달 모양의 둥글고 넓적한 케이크. '왕의 갈레트'라는 뜻이 있는 프랑스 축제 음식이다.

에게 경고하는 음성·영상 장치를 개발해 실험하고, 운전자용 표지판과 야간 반사 장치도 만들었다고 했다.

　나는 전혀 모르고 지내던 문제다. 이 분야에서 활동하는 사람을 만나 다행이었다. 사미는 비건의 주장에 동의한다고, 도축장에서 동물을 죽이는 것은 있을 수 없는 일이라고 했다. 나는 동지가 하나 더 생겼다고 생각하며 속으로 쾌재를 불렀다. 다음과 같은 이야기를 듣기 전에는 말이다.

　"도살장에서 동물을 죽이는 데는 저 역시 반대합니다. 정말 끔찍한 일이죠. 그래서 앞으로 제가 먹을 고기는 직접 죽이기로 결심했습니다. 위선 떨지 않겠다 이거죠."

　사미는 최소한 일관되고 솔직한 육식주의자다. 이메일 주소를 주고받고 헤어진 뒤 한동안 그의 소식을 듣지 못했다. 그러다 문득 내 전화번호를 묻는 메일을 보내더니 곧 전화가 왔다.

　그는 뮝스테르 계곡의 소규모 사육 업자와 만난 이야기를 들려줬다. 숲 사이에 있는 농장이 무척 근사했고, 그 안에서 거위와 오리, 고양이, 개들이 자유롭게 노닐었으며, 사육 업자도 동물을 따뜻하게 대해줬다고 한다. 그날 사미가 잡기로 한 건 젖먹이 새끼 돼지인데, 사육 업자와 잠시 이야기를 나누고 동물을 잡으러 갔다. 사육 업자가 죽여야 할 돼지를 손으로 가리키는데, 작고 귀엽고 호기심이 많은 장난꾸러기 녀석이었다.

사육 업자가 이 돼지를 잡아서 농장의 탁자에 올린 뒤 사미에게 단도를 내밀었지만, 사미는 돼지를 죽이지 못했다. 심지어 칼조차 손에 쥘 수 없었다. 사미는 사육 업자에게 새끼 돼지를 죽이지 말아달라고 부탁한 뒤 값을 치르고 농장을 나왔지만, 이 돼지가 얼마 안 가 죽을 처지라는 것을 모르지 않는다고 했다.

나는 사미에게 이 일이 있은 뒤 고기를 끊었는지 물었다. 사미는 고기를 끊지 않았지만, 고기를 먹는 게 문제라는 사실은 인지했다. 그는 뭔가 잘못됐다고, 존엄사라는 건 있을 수 없다는 사실을 깨달았다. 사미는 고기를 끊으려는 노력을 시작했고, 전보다 고기를 훨씬 덜 먹고 있다.

오늘 아침에는 페이스북 뉴스피드에서 소규모 사육 업자의 동물을 도축하는 유기농 인증 도살장의 끔찍한 환경에 관한 동영상을 봤다. 윤리적인 도축은 환상에 지나지 않는다는 사실을 일깨우는 자료였다. 이렇게 농장에서 벌어지는 전통적인 도축 과정에 대한 동영상 자료도 배포해야 할 듯싶다. 소비자가 이상적이라 생각하는 도축 방식 또한 상황은 크게 다르지 않기 때문이다. 동물의 눈에는 여전히 두려움이 가득하고, 눈물을 흘리는 새끼 돼지와 새끼 양의 모습도 변함이 없다. 동물이 흘리는 눈물에서 성격과 감정이 그대로 드러난다. 죽음을 목전에 둔 비명도 똑같다. 이런 자료를 보면 더는 동물의 도축을 합리화하며 허튼소리를 지껄이지 않을 것이다.

도살이 자기 집 안에서 일어나고 달콤한 말로 포장되면 폭력성이 덜해질 것이라는 생각을 버렸으면 좋겠다. 그동안 우리는 절차상 문제가 없으면 그 행위도 문제가 없다고 생각해 왔다. 하지만 이는 더 야만적인 행동을 유발할 뿐이다.

사미가 사육 업자 앞에서 왜 그렇게 행동했는지 이해가 간다. 대다수 사람은 동물을 사랑하며, 동물이 고통 받거나 죽기를 바라지 않는다. 하지만 인간과 동물의 자연스러운 교감은 우리 사회에 은근히, 총체적으로 깔린 폭력적인 구조에 따라 단절되고 만다.

전통적인 교육과 산업구조는 참기 힘든 일에 눈감고 외면하도록 가르쳐왔다. 따라서 속 편하게 눈감고 마는 오늘날의 행태에서 벗어나기 위한 정치적인 틀 깨기 작업이 필요하다. 동물이 밥 먹고 행복해하는 모습을 담은 종 차별주의적 광고를 일부 운동가들이 비난하는 이유도 여기 있다. 이제 가려진 눈을 뜨고, 원래 우리의 감정과 정서를 되찾아야 한다.

다른 이의 고통 앞에서 무뎌지도록 가르치는 문화에서 그만 벗어나자. 다른 이의 고통은 나와 상관없다고 생각하는 관행이 지속되는 한, 이 세계는 무자비하고 폭력적인 세상으로 남을 것이다.

산속에서 보낸 이번 크리스마스 연휴 때, 나는 콜린과 시뤼스, 콜린 어머니, 우리 어머니와 함께 프렐랑드Fréland의 소도시에 있는 동물원에 갔다. 인형으로 만든 동물을 한데 모아놓은 곳으로, 야생동물을 실제 모습과 똑같이 만들었다. 일부 동물은 움직이기도 했다. 신기하기도 하고 굉장한 곳이었다.

동물 해방운동가들은
왜 폭력을 행사하는가

　일부 동물 해방운동가들이 폭력적인 성향을 보인다는 말은
귀에 못이 박히도록 들었다. 그렇다고 이들의 시위 방식이 축
산업자나 수렵인, 육류·모피·양모·가죽 업계의 행태만큼 폭력
적이진 않다.

　물론 일부 운동가들이 폭력적인 것은 사실이다. 도축장 내
부의 사진을 공개하는가 하면, 길거리에서 고함을 지르며 시
위하고, 사람들에게 죄의식을 불러일으키거나 공격적인 모습
을 보이기 때문이다. 어떤 이들은 보란 듯이 기마 수렵장을
망쳐놓기도 하고, 경기장에 난입해 투우 경기를 중단하려 들
때도 있다. 도축장이나 실험실에 무단으로 쳐들어가 현장을
촬영하고 동물을 풀어주기도 한다. 심지어 잠금 장치를 부술
때도 있다. 한쪽에서는 유혈이 낭자한 관습이 규범으로 자리
잡은 반면, 다른 한쪽에서는 훨씬 덜 잔인하되 법에 따른 제
재와 비난을 받는 정치 운동이 자리 잡았으니, 양쪽이 극단적

으로 대치하는 꼴이다.

나는 가급적 화를 내지 않으려고 노력한다. 안 그래도 이 사회에는 분노가 넘쳐나기 때문이다. 하지만 자신이 받은 분노와 충격을 적극적으로 보여주려는 노력에도 일말의 긍정적인 효과는 있는 듯하다. 그만큼 해당 사안이 얼마나 중요한지 알려줄 수 있기 때문이다.

비건이 되기 전의 나라면 좀 더 과격한 동지를 만나고 싶어 했을지 모른다. 내가 먹고 입기 위해 동물을 죽일 순 없다고 더 강력하게 주장하는 사람들과 함께하길 바랐을 것이다. 내가 만나본 채식주의자는 지나치게 신중하고 소극적인 사람들이기에, 그보다 적극적이고 과격한 사람들과 만나고 싶은 마음도 없지 않았다. 지각 있고 이성적인 사람들이 중요한 문제에 대해 끊임없이 우리의 경각심을 일깨우고 있지만, 그래도 세상에는 화내고 흥분하는 사람이 필요한 법이니까.

지금은 극단으로 치닫는 상황이니 여간해선 이성적으로 침착하게 대응하기가 쉽지 않다. 일부 실험실에서 자행되는 일을 안다면, 일부 가학적이고 불필요한 실험 내용을 읽어본다면, 도축장 내부를 촬영한 동영상을 보거나 동물 복지 기준을 지킨다는 소규모 농장에서 도축되는 모습이 결코 아름답지 못한 현실을 안다면, 누구나 분노할 수밖에 없다.

물론 동물권 운동 진영에도 문제가 없지 않다. 일부 활동가들은 확실히 공격적인 모습을 보이고, 사람들의 죄책감을 부추긴다(가만 보면 그 대상은 같이 동물권 운동을 하는 활동가일 때가 많은 것 같다). 비거니즘 입문 초기에는 나 역시 간혹 다른 사람을 탓했는데, 이는 분명 잘못된 행동이다. 비채식주의자를 대할 때는 호의적인 모습으로 다가가서 차근차근 이런저런 정보를 알려주고 채식을 권해야 한다. 종 차별주의자에게 공격을 받는 경우가 아니라면 괜히 날카로운 이를 드러낼 필요가 없다. 우리가 처음부터 비건은 아니었고, 비채식주의자 때문에 피해를 본 적도 없지 않은가.

활동가들의 폭력성은 상징적인 측면이 있다. 이들이 보여주는 폭력은 개인이 아니라 제도와 규범을 향한 것이기 때문이다. 이들은 총체적으로 공감과 연민이 부족한 이 문명에 반대해서 그런 폭력성을 드러내는 것이다. 다만 그 행동이 지나칠 때도 있는데, 심한 경우 모피를 이용하는 디자이너에게 피를 부었다.

동물이 착취되는 현실을 모르거나 모르고 싶어 하는 사람에게는 그 참상을 보여주는 자체가 폭력이 될 수 있다. 자신이 약자를 착취하는 일에 동참하고 있다는 사실을 알고 나서도 마음이 편할 사람은 별로 없다. 그러다 보니 동물권 운동가들이 너무 공격적이며, 괜한 죄의식을 조장하고 있다는 식으로 몰아가는 것이다. 적어도 마음은 편할 테니까. 이런 때 우리가 할 일은 고기를 먹는 사람들 곁에서 이들이 우리에게들을 불편한 진실을 감당할 수 있도록 돕는 것이다.

　최근 투우 반대 운동가들은 투우 경기 애호가들한테 맞아심한 부상을 당했고, 채식주의 운동가들도 축산업자들에게 구타를 당했다. 나는 도축장을 촬영하는 데 성공한 사람이나 실험실의 동물 학대 현장을 보여주는 사람, 사냥터와 투우장에 난입하는 사람들이 대단하다고 생각한다. 아무도 다치지 않게 하면서 현장에서 뛰는 이 운동가들을 존경하고 지지한다.

자연은 아름답지만
난폭하고 거칠다

육식과 동물 착취를 없애는 일은 길고 어려운 싸움이다. 이 운동이 호응을 받은 적은 한 번도 없으며, 지구가 더 살 만한 곳이 되기 위해 우리가 이끌어가야 할 투쟁 역시 한두 가지가 아니다. 인간이 인간을 착취하는 것을 막기 위한 싸움, 인종주의와 여성 살해, 성폭력을 근절하기 위한 싸움도 계속해야 한다.

폭력은 오직 인간이 저지르는 게 아니다. 자연에서 벌어지는 일을 조금만 지켜봐도 동물끼리 싸우다가 다치거나 다치게 하고, 죽고 죽이는 모습을 확인할 수 있다. 동물이 병에 걸리는 경우도 있다. 자연은 아름답고 평온하지만, 난폭하고 거친 곳이다.

여덟 살 때 산속에서 한쪽 다리를 절면서 비명을 지르는 산토끼를 품에 안고 집으로 왔다. 부상당한 야생동물을 도와주는 단체에 전화를 걸었더니, 이 단체가 토끼를 데려가서 치료

해줬다. 토끼는 얼마 뒤 숲으로 돌아갔다.

　나는 부상당한 동물을 보면 본능적으로 구조부터 한다. 우리 집 고양이가 새를 덮치려고 할 때도 끼어들어 막는다. 나는 포식자의 사냥을 좋아하지 않을뿐더러, 가급적 이를 막아선다. 그렇다고 다른 사람들도 그래야 한다는 소리는 아니다. 모든 포식자를 우리에 가두길 바라지도 않는다.

　내가 포식자의 사냥을 문제시하는 이유는 인간이 포식자의 가장 잔인한 면을 보고 배운다고 생각하기 때문이다. 상위 포식자인 동물은 남성 중심의 파괴적인 이데올로기를 합리화하는 명분으로 사용될 때가 많다. 따라서 철학적으로든 도덕적으로든 포식자의 사냥을 미화하지 말아야 하며, 육식동물이 초식동물보다 우위에 있다는 생각도 버려야 한다. 얼마 전에는 (부상당하거나 장애가 있는 토끼를 보살피고 먹이를 주는) 토끼 보호소에 후원한 이야기를 친구에게 했다가 비웃음을 샀다. 내가 늑대 보호소에 후원한다는 이야기를 했어도 친구가 그렇게 웃었을까? 외려 더 많은 궁금증과 관심을 보이지 않았을까?

　이렇게 초식동물을 무시하는 경향이 없어졌으면 좋겠다.

많은 사람이 집 안에 야생동물 포스터를 걸어두지만, 내가 목초지의 젖소 사진을 액자에 넣어 걸어둔다면 우리 집에 오는 사람들은 대부분 비웃을 것이다. 자연의 폭력성이 우리의 폭력성을 합리화하는 근거가 돼선 안 된다. 언젠가 젖소에 대한 책이 나와서 젖소가 얼마나 위대한 동물인지 보여주면 좋을 것 같다.

자연계에서 상위 포식자들이 사냥하는 데 별다른 해법은 없다. 사냥하지 않으면 이 동물들은 굶어 죽고 말 테니까. 지금 상황에서는 자연계의 야생동물을 원래 살던 그대로 두는 게 최선이다. 하지만 학계에서는 의견이 분분하다. 사폰치스 Steve F. Sapontzis가 쓴 〈Faut-il sauver le lièvre du renard?여우에게서 토끼를 구해야 할까?〉[47]에 나타나듯이 인간의 개입을 정당화하는 철학자가 있는 반면, 다비드 올리비에David Olivier와 이브 보나르델Yves Bonnardel 등을 포함한 일각에선 포식자 수가 줄어든 자연계에 인간이 다시 포식자를 투입하는 것을 비판하기

---

47 *Les Cahiers antispécistes*, 14호, 1996년 12월.

도 한다. 포식자가 있어야 생태계의 균형이 잡힌다는 생각은 잘못됐다는 것이다.

이들은 반대로 늘어난 포식자의 사냥을 막아야 할 때는 어떻게 할 것이냐고 문제를 제기한다. "우리가 생태계의 질서에 개입할 경우, 피식자의 고통을 현저히 줄이기보다 기껏해야 공격 대상의 변화를 야기하거나 최악의 경우 심각한 악영향을 미칠 것"[48]이라고 생각하는 이들도 있다.

동물의 삶에 개입해서 이들의 고통을 줄이고 목숨을 구해주는 게 맞을까? 그렇다면 어떤 식으로, 어디까지 개입해야 할까? 이 문제는 동물권 운동가 사이에서도 의견이 분분하다.

지나친 개입이라면 나 역시 반대한다. 하지만 야생동물 사이에서 포식자의 사냥이 문제인 만큼 비록 현실적인 대안이나 성과로 이어지지 않더라도 다 같이 생각하고 논의해볼 필요는 있다. 자연적인 것과 그렇지 않은 것에 대한 우리의 확신도

---

48 Sue Donaldson & Will Kymlicka, *Zoopolis*, Alma, 2016, p. 232. 이 문제와 관련해선 'La souveraineté des animaux sauvages야생동물의 주권'이라는 챕터가 특히 흥미롭다.

경계해야 하고, 모든 게 지금 이대로 영원할 것이라는 생각도 버려야 한다. 모든 건 한 번도 그대로인 적이 없는데, 어떻게 앞으로 모든 게 그대로일 수 있을까?

인류의 역사도, 동물의 역사도 그리 길지 않은 만큼 진화는 앞으로 계속될 것이다. 학자들에 따르면 모든 초식 공룡의 조상은 육식동물이다. 판다의 조상도 원래는 육식을 하는 곰이었다. 서식지가 달라지면서 다른 환경에 적응하다 보니 초식동물이 된 것이다. 구약성경에서 "늑대와 양이 나란히 풀을 뜯고, 사자와 소가 함께 여물을 먹을 것"이라던 이사야의 예언이 언젠가 실현될지도 모른다.

야생동물의 고통을 줄이기 위해서는 자연의 파괴와 지구 환경의 오염부터 멈춰야 한다. 그러고 나서 각자 가능한 만큼 야생동물을 돌보는 일에 참여하면 된다. 다친 새나 고슴도치를 발견하면 동물 보호 단체나 수의사에게 알리고, 추운 겨울이면 발코니에 새들이 먹을 곡물을 놓고 쉼터를 만들어주는 것이다. 사냥과 삼림 파괴에 반대하는 시위에 동참해볼 수도 있다. 언젠가 야생동물도 우리가 발견한 백신으로 질병 치료를 받게 할 수 있으면 좋겠다. 수 세기에 걸쳐 동물실험을 했다면 그에 따른 연구 성과로 동물의 목숨도 구할 수 있어야 하지 않을까?

(약간의 노력과 더불어) 우리 힘으로 할 수 있는 일이라면, 아울러 더는 죄를 짓지 않고 외려 이 죄를 씻을 수 있는 길이라면, 나는 우리가 자연의 냉혹한 질서에 불응하고 수많은 동물의 목숨을 앗아 가는 질병과 상처에서 동물을 구해야 한다고 생각한다. 우리가 동물을 구하지 말아야 할 이유가 전혀 없기 때문이다.

비건 농업

비건이 되면 동물을 직접 착취하는 일은 피할 수 있지만, 간접적인 착취까지 피할 수 있는 것은 아니다. 우리가 먹는 수많은 채소의 재배와 수확 과정에서도 동물의 사체가 이용되기 때문이다. 농사지을 때는 건조 처리한 동물의 혈액과 골분, 쇠뿔, 가금류 깃털, 발굽 등을 사용하며, 곤충과 설치류를 죽여 수확물을 보호한다. 거대한 콤바인은 설치류는 물론 작은 포유류까지 깔아뭉갠다.

유기농 비건 채식 농업이라고도 불리는 비건 농업에서는 이런 문제를 피하기 위해 살충제와 동물성 비료, 도축장에서 나온 폐기물을 사용하지 않는다. 밭 근처에서 생활하는 동물도 지켜주려고 노력한다. 현재 프랑스에서는 비건 농업을 위한 공식 인증 라벨 같은 게 없어서, 얼마나 많은 농부가 이런 방법을 활용하는지 집계하긴 힘들다.

비건 농업에서는 전통적으로 해오던 농사의 몇몇 원칙은 따르지 않는다. 대신 밭을 번갈아가며 다양하게 경작하고, 주변 환경과 울타리를 보전하며 생태계가 뒤집히지 않도록 노력하는 한편, 인간과 동물이 공존할 수 있도록 애쓴다.

나는 비건 농업에 관심이 많은 스테판 그롤로Stéphane Groleau와 이야기를 나눈 적이 있다. 그는 비건 농업 관련 정보를 모아 인터넷 사이트(www.vegeculture.net)를 구축하기도 했다. 스테판은 지금과 같은 농업 방식이 오래가지 않으리라 확신했다. 오늘날 농업은 석유 의존도가 높고, 삼림을 파괴하며, 살충제로 환경을 오염하는데다, 토양을 훼손하고, 침식작용을 쉽게 불러올 수 있기 때문이다. 유전자 변형 식품 문제도 빠지지 않는다.

스테판에 따르면 "유전자 변형 식품을 쓸 경우, 인간의 작물 생산 역량이 위협을 받는다. 새로운 기후 환경에 적응하기도 어려워질 수 있다. 유전적 다양성이 없는 극소수 식물에 의존하기 때문이다. 뿐만 아니라 특허 문제로 농부들이 다국적 기업에 예속되는 상황까지 발생한다. 녹색혁명이 일어나고 유전자 변형 식품이 등장한 이후 인류는 종자 유산을 상당 부분 잃었으며, 이제는 엄청난 화학물질을 사용해 어디서나 똑같은 작물을 재배하고 있다. 다양한 지역에 수많은 재배 품종이 존재하던 예전과는 상황이 다르다".

스테판은 비건 농업이라는 대안이 가능할뿐더러, 필수적인 상황이라고 했다. 위그노스트리트팜Huguenot Street Farm, 수니조나 패밀리팜Sunizona Family Farms, 이에인톨허스트Iain Tolhurst 등 수확량이 높은 비건 농장도 이미 존재한다.

비건 농업으로 세계 인구를 먹여 살리기는 어렵지 않지만, 그러자면 식생활에 대한 우리 생각부터 바로잡아야 한다. 우리가 사육하는 동물 수를 줄이면 일단 경작에 필요한 전체 재배 면적이 줄어든다(고기를 먹는 사람에게 소요되는 재배 면적은 비건에게 필요한 재배 면적보다 50배나 많다). 농사에 적합하지 않은 땅에는 나무를 심어 녹지로 만들고, 남은 공간에서는 바이오매스를 생산하거나 토양의 비옥도를 높이며 토지 생산력을 회복할 수 있다. 유기농 집적 농업 분야의 존 지번스John Jeavons 같은 사상가도 이 문제를 연구 중이다.

비건 농업에는 여러 가지 형태가 있으며, 그 방식도 다양하다. 곡물과 채소, 과일은 생산 방식이 다른 만큼 비건 농업에도 유기농 집적 농업, 영속 농업, 도시 농업 등이 있으며, 기계

농업에서 순수한 재래식 농업까지 접근법이 다양하다.

스테판 그룰로는 젊은이를 중심으로 비건 농업에 관심 있는 사람들이 점점 늘고 있다고 했다. 비건 인구도 늘고 있지만, 대다수 비건은 정작 자기가 먹는 채소와 과일을 재배하는 데 상당한 동물성 원료가 들어간다는 걸 모른다.

흔히 비건 농업에 반대하는 주된 이유는 해충이나 새 같은 기생동물에 대한 거부감 때문인데, 스테판 그룰로는 비건 농업의 토대가 다양한 생태계를 만들고자 노력하는 데 있다고 말한다. "자연적인 수분 매개 곤충이나 포식자도 같이 살아갈 수 있도록 해줘야 한다. 작물이 환경에 잘 적응하고 영양 상태가 좋아지면 병충해의 영향은 그만큼 줄어든다. 병충해에 강한 품종을 재배하는 것도 나쁘지 않다. 곤충은 경우에 따라 대응 전략이 다양한데, 예를 들어 그물로 보호막을 치면 나비나 모기가 작물에 알을 까는 것을 막을 수 있다. 식물성 물거름도 해충이 달려들지 못하도록 막는 효과가 있고, 일부 질병을 방지하기 위해서는 퇴비차가 좋다. 관련 분야를 연구하고 새로 시도한 여러 가지 방법을 자료화하려면 더 많은 재원과 인력이 필요하다."

비건 농업은 아직 크게 발달하지 못했다. 콜린과 나는 마옌Mayenne의 신생 비건 농장 에스카르고트랑킬L'escargot tranquille(조용한 달팽이)을 후원 중이다. 비건 농업은 순조롭게 진행되는 상황이고, 앞으로 속력이 더 붙을 수 있다. 환경과 인간, 동물을 사랑하는 농업 형태도 얼마든지 실현 가능하다. 사회가 이런 선택을 하면 차차 대규모 농업을 무너뜨리고, 토지와 부의 재분배를 실현하며, 어마어마한 낭비를 줄일 수 있다. 농부의 수도 훨씬 더 많아질 수 있다. 우리가 고기를 먹지 않고 동물성 제품을 사용하지 않으면, 동물의 죽음을 최소화하는 영속적인 유기농업으로 전 세계인이 먹고 살 수 있다. 기업식 농업이 필수적이라는 착각에서도 벗어날 수 있을 것이다.

예를 들어 도시 농업이 식량 주권을 회복하는 대안이 될 수 있다. 도시에는 허브나 과일, 채소, 콩류를 심을 공간이 굉장히 많기 때문이다. 알비Albi 같은 일부 도시에서 이런 시도를 하고, 그보다 규모가 작지만 낭트에서도 비슷한 시도를 한다. 디트로이트는 도시 농업의 대표적인 사례로 손꼽힌다.

비거니즘은 정치적일 수밖에 없다. 비거니즘이 확산되면 지금까지 우리가 알던 세계가 뒤집어질 것이다.

동물이
내게 가르쳐준 것

　우리는 프랑스 중부 오베르뉴론알프Auvergne-Rhône-Alpes 지역에 위치한 캉탈Cantal에서 며칠간 지냈다. 컴퓨터와 기타도 챙겨서 떠난 여행이었다. 콜린과 나는 각자 새 책을 작업하는 중인데, 나는 최근에 쓴 청소년 도서용 원고를 거절 당해 조금 실의에 빠진 상태였다. 나중에 다른 출판사에 원고를 보내볼 생각이다. 나는 알자스의 보주 산맥과 분위기가 비슷한 이 지역을 좋아한다. 내게 면허증이 있고 이곳에 기차역이 좀 더 많고 대중교통이 잘 구축됐다면, 푸르고 완만한 산으로 뒤덮인 이곳에서 살았을지도 모른다. 우리를 맞아준 카롤린의 집 앞으로 안개가 산맥을 뒤덮은 가운데, 동네를 한 바퀴 돌아보러 나섰다.

　나는 주위에 동물이 있는지 훑어봤다. 시냇물에는 송어 세 마리가 돌 틈을 헤엄치고 있었다. 물속에서 노니는 송어들이 지금 무슨 생각을 하는지, 이들의 하루는 어떤 시간으로 채워

질지 궁금했다. 고개를 들어 하늘을 보니 찔레나무 사이로 방울새 한 마리가 날아갔다. 방울새는 주변을 샅샅이 살피더니 나뭇가지에 폴짝 내려앉았다. 이어 다른 방울새도 곁에 와서 자리를 잡았다.

우리는 자연에서 살아간다. 자연은 아름답지만 잔인하기도 하다. 포식자가 아닌 동물에게는 더 잔인한 곳이다. 나는 자연이 모든 것의 어머니라고는 생각지 않는다. 강자와 약자가 공존하는 자연은 내게 아름다움과 영감의 원천이자 인생의 반려자 같은 존재지만, 무자비한 폭력도 있다. 다행히 의학이 발전한 덕분에, 우리는 수백만 명의 목숨을 앗아 가던 질병에서 안전해졌다.

수면 위에 잠자리 한 마리가 날아다니고, 나는 잠자리가 초원으로 날아갈 때까지 눈으로 뒤쫓았다. 이어 송아지가 보였다. 예쁘고 장난기 가득한 두 눈이 많은 감정을 드러내고 있었다. 이 아이도 머지않아 결국 목숨을 잃으리라는 데 생각이 미쳤다. 인간에게 이 아이는 그저 식재료일 뿐이니까. 이런 생각이 들 때마다 무척 안타깝다. 우리는 왜 귀한 생명을 물건으로 전락시켰을까? 우리는 도대체 왜 그렇게 살 수밖에 없을까?

　소설가 카미유 브뤼네이Camille Brunei가 한 말처럼 우리가 동물이라고 일컫는 존재 역시 "사람하고 똑같다. 세상에 하나 뿐인 고유한 존재로서 누구로 인식돼야지, 무엇으로 인식될 물건이 아니다. 우리와 별다르지 않은 이 동물은 자기 가족이 말살되는 현장을 보고 이를 트라우마처럼 기억하며 괴로워할지 모른다. 멀쩡히 잘 살던 집에서 쫓겨나 하루아침에 사냥감으로 전락했을 수도 있다. 무지막지한 힘을 내세워 숲을 지배한 자와 유전자가 다르다는 이유 때문이다. 동물 한 마리가 죽으면 그와 더불어 삶의 방식 하나가 송두리째 사라진다. 인간은 이제 그 삶의 피상적인 일부를 알기 시작했을 뿐인데 말이다".

　그 순간, 이 송아지나 다른 동물 친구를 사람들이 죽이지 않도록 내가 싸우는 이유가 단순히 호기로운 정의감이나 알량한 지식 때문이 아니라는 사실을 깨달았다. 내가 저 동물의 목숨을 지키기 위해 싸우는 이유는 그저 동물을 보면 마음이 아프기 때문에, 이 세상에 존재하는 한 생명에게, 내가 사랑하는 그 존재에게 정을 느끼기 때문이다. 동물 해방을 위한 투쟁의 길에서 나를 이끄는 건 바로 내 느낌과 감정이다. 이는 이성이라든가 정의라든가 하는 목적 못지않게 고귀한 투쟁의 이유가 된다.

양식 있는 서양인 남자로서 나는 이런 내 감정에 진지하고 고귀하며 과학적이라는 옷을 입히려는 경향이 짙었다. 1970년대 이후 동물 해방운동은 이성적인 측면에 초점을 맞추면서 정서적인 이유로 투쟁하는 사람들은 과소평가하고 폄하해온 게 사실이다. 왜 그런지 나도 잘 안다.

저녁 식사 자리에서 누군가 왜 동물을 위해 싸우느냐고 물었을 때, 내가 "동물을 사랑하고 동물에게 정이 가서요"라고 답하면 대개 날 비웃어도, "동물을 좋아하지 않지만 그게 사회정의를 위한 정치적 투쟁이기 때문"이라고 하면 모두가 진지하게 받아들인다. 전략적으로 보면 그렇게 접근하는 것도 의미 있겠으나, 정서적인 측면을 외면하는 데는 분명 문제가 있다. 우리에겐 이성적인 인간도 필요하지만, 정에 이끌리는 감정적인 사람도 필요하니까.

조세핀 도노번Josephine Donovan에 따르면 "우리가 동물을 죽이고, 먹고, 학대하고, 착취하지 말아야 하는 이유는 간단하다.

동물이 그런 대우를 원치 않고, 우리도 이 사실을 알기 때문이다. 우리에게 귀가 있다면 이들의 목소리를 들어야 한다".[49] 내가 동물 해방에 찬성하는 이유도 이와 같다. 우리는 동물이 그런 대우를 원치 않는다는 사실을 익히 알고, 그것만으로 충분하다. 우리 배 속이 동물의 무덤이 돼선 안 된다.

나는 송아지를 바라봤다. 송아지가 내게 다가왔다. 울타리 하나가 우리 사이를 가로막았다. 살아 있는 것만으로, 피부에 햇볕의 흔적을 담고 있는 것만으로 이 아이는 굉장한 존재다. 이 세상을 살아본 것만으로, 이 세상에서 이런저런 경험을 해본 것만으로 이 아이는 굉장한 존재다. 생각과 감정이 있는 것, 같은 무리에 속한 동물과 관계를 맺고 있는 것, 이들을 아끼며 지내는 것, 다른 종에 속한 동물에게 관심을 갖고 다가가는 것만으로 이 아이는 경이로운 존재다. 그런 아이가 머지않아 죽으리란 사실에 생각이 미치자, 두 눈에서 눈물이 흘러내렸다. 나는 송아지의 입가로 손을 가져갔다. 송아지도

---

49 Josephine Donovan, "Animal Rights and Feminist Theory", *Signs*, 15권 2호, 1990, pp. 350~375.

내 손 쪽으로 고개를 들었다.

인간도 분명 동물이다. 언젠가 이 사실이 부정적인 뉘앙스를 띠지 않을 날이 올 것이다. 나를 포함한 우리 모두는 여러 동물 중 하나일 뿐이다. 이 사실이 평범한 말로 다가올 날이 분명 올 것이다.

우리가 동물에게 배운 것, 이들과 맺은 관계에서 배운 것이 뭔지 생각해봤다. 우리는 인간 이외 동물에게 굉장히 많은 것을 배운다. 나도 이 사실을 깨닫기까지 시간이 꽤 걸렸다. 동물이 먹고 자는 모습을 보면서 여러 가지 아이디어를 떠올린다. 동물 다큐멘터리를 보면서 배우는 게 많다. 물살에 몸을 맡기는 법도 고래한테서 배웠다. 나무늘보는 낮잠 자는 도사다. 일부 예술가와 학자들은 동물의 몸짓이나 행동에서 인간의 모습을 찾기도 한다. 비에트 보 다오 viet vo dao*나 쿵후 같은 일부 무술 동작을 구상하는 사람들도 동물에게서 영감을 얻는다.

★ 베트남의 전통 무예.

우리가 동물에게 얻을 수 있는 가장 큰 교훈은 바로 행복과 자유다. 우리는 생산적이거나 쓸모 있지 않아도 된다는 사실을 동물에게 배운다. 일자리를 구하지 않아도, 의무와 구속에서 벗어나도 우리의 삶과 시간을 활용해 자유롭고 행복하게 사는 법 또한 동물에게 배울 수 있다.

　그런데 우리는 동물을 인간에게 유용하도록 만들었고, 동물이 우리에게 자유로이 사는 법을 가르칠 수 있다는 사실은 외면했다. 심지어 우리는 아직 인간 이외 동물에게 시선조차 두지 않는다.

　못생겼다는 이유로 사람들의 사랑을 받지 못하는 동물에 대해서도 할 말이 많다. 우리는 이런 동물도 똑같이 사랑하고 지켜줘야 한다. 전통적인 미의 기준에서 벗어나도, 마케팅 쪽에서 구축한 미의 기준에서 벗어나도, 다른 아름다움이 존재하는 법이다. 하지만 영화나 사진에서는 돌고래나 말, 맹수 등 늘 같은 동물만 지겹도록 보여준다.

　나는 바다소 예찬론을 보고 싶고, 물고기도 애정 어린 시선으로 바라봤으면 좋겠다. 이들에게도 복잡한 내면의 삶이 있으며, 얽히고설킨 관계가 존재함을 알아주기 바란다. 새를 보고 이들의 삶이 얼마나 흥미롭고 풍요로우며 아름다운지 알아줬으면 좋겠다. 뱀이 세상에 태어나는 과정이 얼마나 감동적인지 제대로 봐주고, 개미의 상상력이 얼마나 위대한지 알아주면 좋겠다.

로버트 번스Robert Burns는 암컷 쥐에게 바치는 시를 썼고, 로자 룩셈부르크는 작은 날파리에게 존경심을 표현했으며, 이스라엘 엘리라즈Israël Eliraz는 곤충에게 시집을 바쳤다. [50] 부디 인간이 동물에게도 의식이 있다는 점을 볼 수 있는 혜안을 갖췄으면 좋겠다. 2012년 "동물도 의식이 있으며 대우 받아야 한다"는 케임브리지 선언 이후, 이는 학계에서 만장일치로 인정하는 사실이다. 동물도 개성과 성격이 있는 개별 주체임을, 경이롭게 살아가는 심오하고 매력적인 존재임을 알아주면 좋겠다.

우리는 동물을 외면한 채, 이 사회에서 동물을 소외하는 법

---

50 이 세 가지 예시는 Françoise Armengaud, *Apprendre à lire l'éternité dans l'œil des chats ou De l'émerveillement causé par les bêtes*, Les Belles Lettres, 2016에서 가져온 것이다.

을 배우며 자라왔다. 우리가 사는 세상에서 동물은 살아 있는 유령 같은 존재였다. 이제는 우리가 이들의 존재를 인정하고, 이들에게 말을 건네며, 우리와 동등한 존재로 바라보고, 이들의 권리를 지켜주기 위해 싸워야 할 때다.

나는 동물이 자기들끼리 어우러져 있는 모습을 보는 게 좋다. 같은 종끼리 있는 모습이든, 다른 종과 함께 있는 모습이든, 이들이 어우러진 모습이 보기 좋다. 이들 사이에도 관계의 끈이 있다. 인간과 동물, 인간과 인간의 관계가 있듯 동물 사이에도 인연이 존재한다.

동물에게 눈이 가면 사람한테 한 번 더 눈이 가고, 사람을 사랑하는 법도 더 잘 깨닫는다. 쉽사리 타인을 판단하지 않고, 마음을 움직이는 뭔가를 찾는다. 동물에게 눈이 가면, 제대로 된 시선으로 동물을 바라보면, 사물이 아닌 생명으로서 이들을 관찰하면, 거만한 태도로 동물을 대할 수 없다. 동물해방운동가라면 자신이 이들의 구세주나 친절한 주인인 양 생각하기 쉽지만, 안타까운 착각일 뿐이다. 동물의 주인은 인간이 아니라 동물 자신이기 때문이다.

동물은 최대한 인간에게 저항하며, 인간의 폭력 앞에서 가

만히 당하고 있지 않는다. 죽기 직전의 동물 영상을 보면, 동물이 교살되기 전에 발버둥 치거나 도축장에서 죽지 않으려고 떼로 도망치는 모습이 나온다. 물고기도 어망 안에서 안간힘을 쓰며 파닥거리고 바동댄다. 필사적으로 애쓰며 민첩하고 교활하고 거칠게 움직인다. 젖소도 사람들이 송아지를 데려가지 못하도록 발버둥 친다. 동물은 결코 수동적이지 않다. 외려 사납고 영리하다. 우리는 동물의 구세주가 아니라 아군일 뿐이다.

문득 동생과 함께 아버지가 계신 병실에 갔을 때가 떠오른다. 당시 우리는 아버지가 치료 받을 수 있도록 온갖 노력을 했으나, 일부 환자들(특히 정신 질환이 있는 환자들)이 얼마나 형편없는 대우를 받는지 두 눈으로 똑똑히 확인했다. 우리가 동물을 학대하는 건 그들이 반격할 수 없기 때문이다. 정신 질환자들이 형편없는 대우를 받는 것도 이와 비슷하다. 고립되고 무시당하는 존재이기 때문에 그런 대우를 받는 것이다.

언젠가는 도축장에서 구조된 동물이나 장애가 있는 동물, 버려진 동물을 위한 보호소를 차릴 수 있으면 좋겠다. 이 보호소가 지치고 상처 받은 사람에게도 보금자리가 될 수 있기를 꿈꿔본다.

이제 우리는 동물을 음식으로 먹지 말아야 한다. 동물을 이용해 치즈나 신발, 스웨터를 만들지 말고, 동물의 사체로 연료나 타투 잉크, 포도주, 사탕도 만들지 말아야 한다. 동물 착취와 살상을 멈춰야 할 때다. 가죽이 들어가지 않은 신발은 태가 안 난다고 비웃으며 잘난 척하는 태도 역시 버리면 좋겠다.

　동물이 해방되는 세상에서 우리는 과연 동물에게 어떤 권리를 부여할지 생각해봐야 한다. 동물에게 보금자리를 내주고, 자유롭게 어울려 지낼 수 있는 관계의 자유를 부여하며, 인간이 지배하는 이 지구에서 우리와 함께 살아갈 시민권을 주는 문제를 고민해보자. 이 세상을 모든 종이 어우러져 사는 곳으로 인식해야 한다.

　동물권 옹호주의 작가 에스티바 뢰스가 윌 킴리카와 수 도널드슨의 《Zoopolis》 헌정사에 썼듯이 "이제는 다양한 종이 한 사회에서 같이 살아가는 평등한 공동체를 구축하는 방식을 고민하고 소통해야 할 때다. 화목한 미래를 그려보고, 어느 날 갑자기 시작된 인간의 파괴적인 오디세이아가 어떻게 아름다운 미래로 귀결돼 도축장의 시대를 종결할 수 있을지

상상해보는 것이다".[51]

　종 차별주의에서 벗어난 세상을 떠올려보자. 생각만 해도 신난다. 비거니즘은 분명 동물을 위한 정치투쟁이다. 하지만 내 생각에 비거니즘은 인간과 동물, 남자와 여자, 세련된 것과 후진 것, 부자와 빈자, 귀족과 평민, 강자와 약자 등 우리에게 흑백논리적인 이분법을 가르친 이 세계를 바꾸고자 하는 의지이기도 하다.

51　Estiva Reus, "Quels droits politiques pour les animaux?", *Les Cahiers antispécistes,* 37호, 2015년 5월, p. 146.

장애물이
우리 앞을 가로막을 때

　콜린과 나는 이 사회에서 그렇게 사교적인 축에 끼지 못한다. 여러 사람을 만났으나, 그들과 모두 관계를 맺으며 지내진 않았다. 사람들 사이에서 함께 지내는 건 꽤 복잡한 문제다. 생각해야 할 부분이 많고, 사람들이 하는 말에는 너무 많고 복잡한 의미가 담겨 있기 때문이다.

　나는 소셜 포비아라고 이야기할 때가 많은데, 꼭 그렇지는 않다. 다른 사람을 마음 편히 만나기가 쉽지 않을 뿐이다. 사람을 대하는 건 자연을 대하는 것처럼 많은 기호의 작용으로 이뤄지고, 빙산의 일각처럼 그 이면에 숨은 뜻과 오해도 많다. 그래서 내가 사람들과 쉽게 어울리는 유일한 순간은 함께 음식을 만들 때다. 좀 더 넓게 보면 사람들과 뭔가 활동하고 뭔가를 만들 때, 이들과 함께 하는 순간이 익숙하다.

　비건이 되어 맛있는 채식 요리를 만들고, 가죽과 양모 제품을 사지 않으며, SNS에서 친구나 가족과 비거니즘에 대한 이야기를 나누는 것만으로 상당한 참여 활동을 벌이는 셈이다. 그렇게 하면 알게 모르게 사람들의 무의식과 일상생활에 영향을 미칠 수 있다. 따라서 비건 요리법과 채식주의의 팁, 새롭게 고안한 비거니즘 행동, 동물 착취와 관련한 정보를 최대한 많이 퍼뜨리고, 동물에게 의식이 있다는 사실을 강조해야 한다. 이는 동물 해방을 위한 운동의 한 단계이자 실천적인 행동이다. 운동의 목표를 명확히 인지하고 행동으로 실천하는 것이다.

콜린과 나는 사회성이 떨어지는 성격이지만, 우리의 대의를 위한 행동이 필요하다고 생각했다. 그래서 SNS에서 글을 공유하고, 토론과 논의의 장을 마련했으며, 이를 통해 동물권 운동가의 담론도 꽤 많이 들려줬다. 우리는 좀 더 창의적인 방식으로 운동하길 바랐다. 예술가나 동물, 아이 등 위기에 처한 모든 이와 관련해 우리가 문제라고 생각한 부분에 대해 글쓰고 그림을 그린 이유도 여기 있다.

우리가 벌이는 활동이 그렇게 전문적이지 않고, 외려 희한하거나 역설적으로 느껴질 수도 있다. 늘 모두의 이해를 구할 수 있는 일은 아니지만, 조심스럽게 시작하는 것이 긍정적인

한 걸음을 내딛는 길이 아닐까? 우리는 이제 막 발을 뗀 소극적인 활동가다. 우리의 그림을 SNS에 올리거나 인쇄해서 곳곳에 붙이고, 우리가 펴내는 책으로 메시지를 전하며 나름대로 운동을 펼친다. *

학창 시절 에이즈 환자 인권 단체인 액트업Act Up에서 활동했는데, 여기서도 동물권 운동과 관련해 배울 점이 있었다. 자유주의경제 반대 운동 예스맨Yes Men 활동이나 퀴어 네트워크 배시백!Bash Back! 운동처럼 기성 질서에 반하는 운동은 기본적으로 종전의 사고방식에 문제를 제기하므로, 어떤 운동에 참여하든 배울 점이 많다. 운동을 하려면 이를 뒷받침할 사상적 토대가 있어야 하고, 사회를 바꾸겠다는 의지와 함께 재미있고 기발한 발상도 필요하다. 한나 아렌트Hannah Arendt가 말했듯이 "적절한 때 찾아낸 적당한 말도 투쟁의 일환"**52**이다.

그러나 기성 질서에 반하는 사회운동을 하는 게 쉬운 일은

★ 마르탱 파주와 콜린 피에레는 몽스트로그라프(Monstrograph, https://www.monstrograph.com)라는 출판사를 세워 자신들이 쓴 책을 직접 출간하고 있다.

52 한나 아렌트 지음, 이진우 옮김, 《인간의 조건The Human Condition》, 한길사, 2017.

아니며, 앞으로 상황은 더 어려워질 것이다. 생태 운동이나 동물권 운동을 하다가 법을 어겼다는 이유로 체포된 사람이 많고, 정부는 학대 받은 동물을 풀어주고 관련 정보를 수집하는 일에 점점 더 강경하게 대처하고 있다. 막강한 권력을 자랑하는 농식품 산업과도 싸워야 한다. COP21 회의 때 생태 운동가들은 정부의 긴급사태 선포로 가택 연금 당했고, 생태 운동가 레미 프레스Rémi Fraisse는 환경을 파괴하는 불필요한 댐 건설 계획에 반대하다가 목숨을 잃었다.

최근에 전 사회당 상원 의원 두 명이 동물권 운동을 감시하기 위한 조사 위원회 신설을 요청했는데, "전 세계에 지부가 있고 자금원도 전 세계로 확대된 이 우려스러운 현상의 실상을 알아보기 위해서"란다. 실로 믿기지 않는 현실이다. 이는 뭔가 상황이 달라지고 있다는 뜻이며, 정치권이 활동가들을 더 탄압할 것이라는 뜻이기도 하다. 정부를 등에 업고 권력을 과시하는 기업도 환경오염과 자본, 동물의 죽음을 전제로 성장한 만큼 세상이 달라지는 걸 방관하지 않을 것이다.

그래도 우리에겐 여러 가지 운동 수단이 있다. 충격적인 이미지를 보여주는 방법을 생각해볼 수 있고, 친구들과 토론해볼 수 있으며, 비건 채식으로 저녁 식사를 즐기고 채식주의자를 위한 축제 베지프라이드Veggie Pride를 개최할 수도 있다. 도축장 폐쇄를 위한 시가행진, 비거니즘 교육을 하거나 국회의원에게 공개 서신을 보내는 등 방법은 여러 가지다. 관련 단체에 가입하거나 여기서 봉사 활동을 해볼 수 있고, 블로그 활동을 하거나 책을 쓸 수도 있다.

단체로 움직이는 활동가들은 동물 착취를 지지하는 집단의 대항마가 되기 위해 노력한다. 동물 착취 집단의 대항 세력이 되는 건 가시적인 면에서 효과적일 수 있다. 이 사회의 암묵적인 동의를 깨는 동시에, 사람들의 머릿속에 이 운동의 필요성을 각인하는 비폭력적인 투쟁 방식이다.

사회의 변방으로 밀려나 소외된 사람들을 동물권 운동의 중심으로 끌어들일 수도 있다. 억압 문제를 거론하기에 제일 적절한 사람은 억압적인 상황을 직접 겪어본 이들이다. 여성 해방 운동가 낸시 핫속Nancy Hartsock이 말했듯이 억압 받는 이들은 "태생적으로 유리한 입장"에 있다.

동물을 위해 싸우는 건 다른 투쟁과 성격이 좀 다르다. 우리는 동물권 운동을 하는 만큼 동물에 대한 인간의 특권을 인정하지 않지만, 인간에 대한 인간의 특권 문제도 외면하지 않는다. 이것이 이 운동을 하는 데 어려운 부분이다. 그 모든 억압적인 상황에 맞서 싸우는 것은 인권과 동물권을 위해 싸운다는 뜻이며, 동물을 죽이고 그 고기를 먹는 사람들의 권리까지 생각하는 투쟁이기 때문이다.

　우리는 동물의 상황에 공감해야 하고, 우리와 입장이 다른 사람들도 이해해야 하니 꽤 복잡한 상황이다. 이에 우리 의사를 강경하게 관철할 수만도 없고, 유연하게 운동을 진행하면서 한편으로 쉽사리 개선되지 않는 동물의 상황에 대한 안타까움도 안고 가야 한다. 동물권 운동가로 산다는 건 여간 가슴 아픈 일이 아니다. 즉각적인 대안이 있는 것도 아닌데, 슬프고 불편한 상황을 감수해야 하기 때문이다.

　퀘벡의 비건 전문지 《베르쉬스Versus》가 지난봄부터 《베간Véganes》이란 이름으로 프랑스에서 공동 출간된다. 어느 날 이 잡지사에서 연락이 왔다. 고기를 먹지 않고 사람들이 서로 헐뜯지 않도록 하는 내 일상에 대한 글을 써달라고 했다. 전문 잡지를 만들거나 이런 잡지에 기고하는 것도 우리의 투쟁 방식 중 하나다. 종합 주간지나 디지털 매체에 글을 쓰는 일, 베지프라이드 같은 행사나 집회를 조직하고 참여하는 것도 우리의 대의에 동참하는 길이다.

　콜린 말대로 운동은 각자의 방식으로 실천하는 것이다. 비건에게 죄를 사해주거나 벌을 내리는 교황이 있는 것도 아니고, 활동가에게 좋은 성적을 주거나 완벽한 활동가 학위를 주는 본부가 있는 것도 아니다. 각자 선택에 따라 운동할 뿐, 중요한 것은 우리 모두가 본질적인 부분에 동의하고 있다는 점이다.

일상에서
비거니즘을 실천하는 방법

비건이 될 마음이 없고, 그럴 수 있는 처지가 아니라도 우리가 실천해볼 일은 많다. 나는 동물을 위한 생각과 행동이라면 소소한 것일지언정 무엇이든 장려하고 싶다. 동물을 살리기 위한 일이라면 어떤 노력이라도 높이 평가해야 마땅하다.

첫 단계는 동물 해방운동의 정당성을 인식하는 일이다. 제아무리 꽃등심과 생선구이를 포기할 수 없더라도 동물을 죽여 그 고기를 먹는 일이 옳지 않다는 점은 인지하고 있을 게다. 이를 알고 말로 표현하는 것으로도 한 걸음 내디딘 셈이다. 이 과정에서 실질적으로 도움이 되는 최고의 정치적 동맹은 모순에 항거하는 정신이다. 아이작 싱어가 스티븐 로젠 Steven Rosen의 책 서문에 썼듯이 "채식주의자가 되는 것은 오늘날 세상이 흘러가는 방식에 동의하지 않는 것을 의미"[53]한다. 기

---

53 Steven Rosen, *Food for the Spirit: Vegetarianism and the World Religions,* Bala Books, 1987.

성 질서에 반기를 들 자세가 되었다면 그만큼 탄탄한 토대가 마련된 것이나 다름없다.

다음 단계는 일상 속 작은 것부터 실천함으로써 우리에게 익숙하던 동물성 식품과 제품에서 조금씩 멀어지는 것이다. 식물성 우유나 두유, 귀리와 쌀로 만든 우유를 사고, 요리할 때는 식물성 크림을 사용해보자. 물과 흑밀로 크레이프를 만들고, 식물성 우유로 브르타뉴 갈레트를 만들어본다.

그러고 나서 고기를 끊어보자. 일반 채식주의자가 돼보는 것은 중요한 단계를 넘어서는 일이며, 여기까지 과정은 어렵지 않다. 너무 힘들면 동물의 어린 새끼 고기부터 먹지 않고, 이어 사람과 가장 가까운 포유류와 문어, 낙지 등 두족류를 끊어보자. 생김새나 지능적 차원에서 우리와 가까운 동물일수록 공감하기 쉬우니까. 그 뒤에 닭고기와 생선을 줄여간다.

가죽 패치가 들어간 청바지나 천연 모피가 들어간 코트를 사지 않는 것도 실천 방법이다. 최근 마음에 드는 필통을 발견했는데, 지퍼에 가죽끈이 묶인 형태라 사지 않았다. 이제 동물의 사체에 의존하지 말아야 한다. 요즘은 천으로 된 지갑, 면으로 된 운동화나 벨트, 옷도 얼마든지 있다.

우리는 집단행동과 정치 운동으로 세상을 바꿀 수 있다. 윤리적인 소비를 하고, 비건 채식을 하며, 동물성 원료를 쓰지 않은 옷을 사 입는 것도 비건 행동이다. 물론 소비 패턴을 바꿔서 결정적인 변화가 일어나진 않을 것이다. 비건 제품을 사기 위해 카드를 긁어야 세상이 변하는 것이라면, 돈이 없는 사람은 비건 행동에 참여할 수 없기 때문이다. 우리 모두가 정치적·사회적 관점에서 비거니즘을 고민하고, 정치적인 색을 띤 활동가로 행동하며 다양한 제안을 내놓는다면 세상을 바꿔 나갈 수 있다.

우선 가족과 친구들에게 동물 해방 문제에 대해 이야기하고, 우리의 확신을 드러내자. 집회든, SNS든, 비건 요리 블로그 개설이든, 티셔츠 캠페인이든 우리가 어떤 싸움을 하는지 가시적으로 보여주는 것도 중요하다. 모든 수단과 방법이 바람직하며, 여러 가지 활동이 결합될 수 있다. 그리고 사람에 대해 이야기하듯 동물 이야기를 해보자. 동물과 사람은 다르지 않으니까.

비건이 돼가는 과도기에 있거나 채식주의에 관심이 있다면, 정부와 기업에 맞서 대규모 캠페인을 벌일 만큼 가장 효율적이고 정치성이 강한 동물권 운동 단체에 힘을 실어줄 수 있다. 구조된 동물을 경제적으로 뒷받침하는 방법도 있는데, 마틴 루서 킹Martin Luther King이 "자선 활동은 기특한 일이지만, 자선 활동이 필요하게끔 만든 부당한 경제 상황을 외면하기 위한 구실이 돼선 안 된다"[54]고 한 말을 명심해야 한다. 그러므로 자선 활동을 한다고 인간과 동물이 겪는 억압의 원인을 구조적으로 분석하려는 노력이 필요 없는 것은 아니다. 동물 착취에 반대하는 이들이 쓴 책을 읽어도 도움이 된다.

비거니즘은 종전 생활과 근본적인 단절을 의미한다. 인간은 오래전부터 고기를 먹고 동물의 젖을 마셔왔다. 그릇된 생각에서든, 울컥하는 심정에서든 그동안 고기를 먹어온 사람들이 비거니즘에 반기를 들고 돌파구를 찾는 것도 지극히 정상적인 반응이다. 우리는 이 사회에서 '상식'으로 자리 잡은 규범에 맞서 싸우기 때문이다. 그동안 늘 당연한 것으로 여겨지고 습관적으로 해오던 것을 반대하니, 기성 사회의 저항도 어찌 보면 당연하다.

---

54 Martin Luther King, *Strength to Love,* Fortress Press, 1963.

이 책을 마무리할 때가 되고 보니 "발명은 사랑에 빠지게 만들어준다"[55]고 쓴 조르주 디디-위베르망과 "사랑은 기발한 발상을 가능하게 해준다"[56]던 피에르 아도Pierre Hadot가 생각난다. 이제 우리는 동물을 평등한 존재로 인식하는 새로운 세상을 발명해야 하며, 이는 인류에게 손해가 아니라 외려 인류를 더 아름답고 정의롭게 만들어줄 것이다. 어떤가, 흥미진진한 시도가 아닐까?

    그러니 맛있는 음식을 먹고 좋은 옷을 입겠다는 일념으로 동물을 죽이는 일은 이제 그만두자. 기업의 필요에 따라, 과거의 전통을 따른다는 미명 아래 동물을 죽여선 안 된다. 단언컨대 고기는 금지돼야 하며, 도축장은 폐쇄돼야 한다. 동물이 인간의 지배에서 해방된 세상이 와야 한다. 더 기다릴 수가 없다. 인간과 동물이 친구처럼, 평등한 존재로 함께 살아가야 한다.

55   Georges Didi-Huberman, *L'OEil de l'histoire: Tome 1, Quand les images prennent position*, Éditions de Minuit, 2009.

56   Pierre Hadot, *Éloge de Socrate*, Allia, 1998, p. 49.

문명 전환을 앞당기는 데 도움이 되길 바라며

"굳이 고기를 안 먹을 이유가 있어? 사람은 잡식동물이라 원래부터 고기를 먹어왔는데."

"고기가 아니어도 사람은 다른 여러 가지 요리를 만들어 먹을 수 있어. 판다도 원래는 잡식성인 곰에서 출발했지만 지금은 초식동물로 살고 있어. 그러니 원래 고기를 먹었다고 계속 고기를 먹어야 할 이유는 없잖아?"

비건에 대한 개념이 없던 조카에게 비건의 의미를 설명해주다가 언쟁이 벌어졌다. 워낙 마른 체형이라 남의 살을 먹어야 기운을 좀 차리는 조카는 우리가 왜 고기를 먹지 않아야 하는지 이해하지 못했다. 이 책을 작업하면서 알게 된 지식을 토대로 조목조목 반박했지만, 틀린 말이 아닌데도 이해한 것 같지 않았다. 머리로는 이해하지만 마음으로 받아들이고 싶지 않았을까? 책에 소개된 지은이의 '흔한' 일상을 직접 체험하고 나니 그동안 지은이가 얼마나 심적인 고충을 겪었는지 십분 이해가 갔다.

채식주의자가 이러저러한 윤리적 이유 때문에 고기를 먹지 않는다고 이야기하면, 그동안 당연하게 고기를 먹어온 사람은 순식간에 나쁜 사람이 되고 만다. 고기를 먹는다고 그 사람을 탓한 게 아니라, 그저 내 마음이 불편해서 고기를 먹지 않는 거라고 설명해도 상대방은 괜한 죄책감에 발끈한다. 혼자 착한 척하면서 자기를 나쁜 사람으로 만들지 말라는 뜻일 게다. 그러고 나서 하는 말이 "사람은 누구나 자기 하고 싶은 대로 하고 사는 것"이란다. 누구나 자기 하고 싶은 대로 하고 사는데, 여럿이 모인 자리에서 누가 채식주의자임을 밝히면 같이 있는 사람들이 묘하게 불편해하는 이유는 뭘까?

사람이 누구나 자기 하고 싶은 대로 하며 산 결과, 오늘날 수십억 동물이 생후 몇 개월 혹은 며칠도 안 돼 목숨을 잃고 식탁에 오르는 처지가 됐다. 동물은 왜 자기가 살고 싶은 대로 살다 죽으면 안 될까? 자기 의지대로 죽고 싶어서 도마에 오른 동물은 없다. 동물은 인간이 자기 목을 딸 때, 온 힘을 다해 발버둥 친다. 이유는 단 하나, 살고 싶기 때문이다. 그렇다면 우리는 동물을 고기로 먹어선 안 된다. 동물은 음식이 아니기 때문이다. 지은이가 비건이 된 시발점이다.

그렇다면 이 책을 작업한 뒤에 나는 비건이 됐을까? 아쉽게도 아직 그렇지 못하다. 자라며 습관적으로 고기를 먹어왔고, 고기의 맛을 너무나 잘 알기에 이 좋은 걸 끊을 수가 없었다. 하지만 이 책을 작업하다 보니 어느 순간부터 붉은 고기에 거부감이 생겼다. 팩에 담긴 시뻘건 고기가 과연 내 살과 어디가 다를까 싶었다(지은이는 이처럼 인간과 유사성을 내세우며 채식을 주장하는 사람들에게 반대한다. 인간과 생김새가 달라도 살아 있는 생명이라면 그 자체로 존중 받아야 한다는 게 지은이의 생각이다).

　프랑스에 가서 지은이를 만나보니, 채식을 결심하고 나서 진정한 비건이 되기까지 몇 년이 필요하다고 한다. 그만큼 원래 식생활과 식문화에서 벗어나기 힘들다는 말이다. 하지만 조금씩 인식이 변하다 보면 나도 언젠가 동물의 피와 살을 기반으로 한 문명에서 벗어날 수 있지 않을까? 주변 사람들도 나처럼 조금씩 변해간다면 일상적으로 고기를 먹던 패턴에서 벗어나 모두가 고기 소비량을 줄이고, 좀 더 많은 동물의 생명을 지켜낼 수 있지 않을까? 실제로 이 책 작업과 관련해 프랑스에 갔다가 채식주의자들 틈에서 있다 보니, 고기를 요리하거나 주문해 먹는 나 자신이 부끄럽고 그들에게 미안했다. 다수의 패턴과 다른 소수가 됐을 때 드는 괜한 자격지심과 묘한 수치심이었다.

이 책은 프랑스국립도서센터CNL의 장학금을 지원 받아 프랑스에 가서 작업한 책이다. 초벌 번역은 한국에서 거의 끝냈지만, 책의 내용과 관련해 지은이 인터뷰를 진행하고 프랑스의 채식 현황에 대한 자료 조사도 해볼 겸 프랑스에 가서 작업을 마무리했다.

가서 확인해보니 프랑스는 채식 선진국이다. 채식 메뉴가 없는 음식점이 거의 없고, 일본 유명 라멘 브랜드의 파리 체인점에도 일본에 없는 채식 라멘 메뉴가 있었다(국내 식품 가공업체도 채식 라면과 100퍼센트 채소 만두를 해외 시장에 수출하고 있다). 마트에 가면 식물성 너깃과 패티가 있고, 콩고기로 만든 식물성 패티는 국내 브랜드의 떡갈비 맛과 크게 다르지 않았다. 동물성 재료를 사용하지 않은 비건 치즈와 햄은 물론, 파리 시내에 비건 전용 식료품점도 있었다. 이 정도면 굳이 동물의 피와 살을 기반으로 한 식습관을 고수하지 않아도 되겠다 싶었다. 프랑스는 채식주의자도 얼마든지 먹고 싶은 것을 먹어가며 편히 살 수 있는 나라다.

앙제에서 만난 지은이 설명에 따르면, 최근 3~5년 사이 프랑스 채식 시장이 굉장히 성장했다고 한다. 채식주의자가 언제 어디서든 편하게 식사할 수 있는 이 나라에서도 비교적 최근에야 채식 인프라가 구축된 셈이다. 그렇다면 우리도 가능하지 않을까? 우리에겐 채식 메뉴로 살릴 수 있는 자원이 많고, 요리 기술과 식재료도 전보다 훨씬 발달한 상황이다. 우리라고 채식 대중화를 못 할 것은 없다. 프랑스에서 가능한 상황이 한국에선 불가능할까?

다행히 최근 한국에서도 비건 푸드, 베지 푸드, 비건 베이커리, 비건 제품, 비건 백 등이 다양해지고 점차 확대되는 추세다. 동물 복지에 여론의 관심이 높고, 비건과 같은 목적에서 혹은 건강을 위해 채식을 하는 사람이 늘어나자, 맛있는 채식 요리를 선보이는 가게도 늘고 있다. 2019년 봄, 프랑스에서 본 장면을 머지않아 한국에서도 마주할 수 있으리란 희망이 보이는 대목이다.

프랑스와 한국에서는 더디지만 문명의 전환을 시도하고 있다. 이 책이 그 시기를 조금이나마 앞당기는 데 도움이 되면 좋겠다. 동물을 사랑하지만 고기는 먹고 싶은 사람들이 이 책을 읽고 나처럼 고기에 대한 사랑을 좀 더 줄이기 바란다.

2019년 여름

왜 고기를 안 먹기로 한 거야?
관대하고 흥미로운 지적 혁명, 비거니즘!

펴낸날 2019년 8월 30일 초판 1쇄
엮은이 마르탱 파주(Martin Page)
옮긴이 배영란
만들어 펴낸이 정우진 강진영 김지영
꾸민이 Moon&Park(dacida@hanmail.net)
펴낸곳 (04091) 서울 마포구 토정로 222 한국출판콘텐츠센터 420호 도서출판 황소걸음
편집부 (02)3272-8863
영업부 (02)3272-8865
팩 스 (02)717-7725
이메일 bullsbook@hanmail.net / bullsbook@naver.com
등 록 제22-243호(2000년 9월 18일)
ISBN 979-11-86821-40-4 03860

황소걸음
Slow&Steady

정성을 다해 만든 책입니다. 읽고 주위에 권해주시길…
잘못된 책은 바꿔드립니다. 값은 뒤표지에 있습니다.

이 도서의 국립중앙도서관 출판시도서목록(CIP)은 서지정보유통지원시스템
홈페이지(http://seoji.nl.go.kr)와 국가자료공동목록시스템(http://www.nl.go.kr/kolisnet)에서
이용하실 수 있습니다.(CIP제어번호 : CIP2019031103)